AS HORAS VERMELHAS

LENI ZUMAS
AS HORAS VERMELHAS
PARA QUE SERVEM AS MULHERES?

Tradução
Isa Prospero

Copyright © Leni Zumas, 2018
Esta edição foi publicada em acordo com a DeFiore e Company Literary Management, Inc., por meio da Agência Literária Riff Ltda.
Copyright © Editora Planeta do Brasil, 2018
Todos os direitos reservados.
Título original: *Red Clocks*

Preparação: Fernanda Cosenza
Revisão: Laura Folgueira e Renata Lopes Del Nero
Diagramação: Vivian Oliveira
Capa: adaptada do projeto original de Lauren Harms
Letterings de capa: Estúdio Chaleira – Cris Viana

DADOS INTERNACIONAIS DE CATALOGAÇÃO NA PUBLICAÇÃO (CIP)
ANGÉLICA ILACQUA CRB-8/7057

Zumas, Leni
 As horas vermelhas: para que servem as mulheres? / Leni Zumas; tradução Isa Prospero. – São Paulo: Planeta do Brasil, 2018.
 336 p.

 ISBN: 978-85-422-1455-0
 Tradução de: *Red clocks*

 1. Ficção norte-americana 2. Feminismo - Ficção 3. Gravidez na adolescência - Ficção I. Título II. Prospero, Isa

18-1696   CDD 813

Índices para catálogo sistemático:
1. Ficção norte-americana

2018
Todos os direitos desta edição reservados à
EDITORA PLANETA DO BRASIL LTDA.
Rua Padre João Manuel, 100 – 21º andar
Ed. Horsa II – Cerqueira César
01411-000 – São Paulo-SP
www.planetadelivros.com.br
atendimento@editoraplaneta.com.br

Para Lucas e Nicholas
Per sempre

*Pois nada era simplesmente uma única coisa.
O outro Farol também era verdadeiro.*

Virginia Woolf

~~Nascida em 1841 em uma fazenda faroesa de ovelhas,~~

~~A exploradora polar cresceu em uma fazenda perto de~~

No mar do Norte, entre a Escócia e a Islândia, em uma ilha com mais ovelhas que pessoas, a esposa de um pastor deu à luz uma criança que um dia estudaria o gelo.

Banquisas[1] e outros blocos de gelo à deriva representavam um perigo tão grande para os navios, que qualquer pesquisador que ~~conhecesse a personalidade desses blocos~~ fosse capaz de prever seu comportamento era valioso para as empresas e os governos que financiavam expedições polares.

Em 1841, nas Ilhas Faroé, em uma choupana com teto de turfa, em uma cama que cheirava a gordura de baleia, de uma mãe que tivera nove filhos e enterrara quatro, nasceu a exploradora polar Eivør Mínervudottír.

---

1. Também chamadas de campos de gelo ou bancos de gelo, as banquisas são blocos com pelo menos dez quilômetros de extensão formados pelo congelamento da água do mar. Por não estarem conectadas ao continente, ficam à deriva, sendo transportadas pela ação dos ventos e das correntes marítimas. (N.T.)

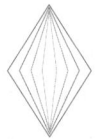

A BIÓGRAFA

Em uma sala para mulheres cujos corpos estão quebrados, a biógrafa de Eivør Mínervudottír aguarda sua vez. Ela veste calças de moletom, tem a pele branca e o rosto sardento; não é jovem nem velha. Antes de ser chamada para subir nos estribos e sentir sua vagina ser cutucada por uma vara que projeta, em uma tela, imagens pretas dos seus ovários e útero, a biógrafa observa todas as alianças de casamento na sala. Pedras imponentes, faixas largas de brilho. Repousam nos dedos de mulheres que têm sofás de couro e maridos afortunados, mas cujas células e tubos e sangue estão fracassando no seu destino animal. De toda forma, é a história que a biógrafa gosta de imaginar. É uma história simples e fácil que lhe permite não pensar sobre o que está acontecendo na cabeça das mulheres ou na dos maridos que às vezes as acompanham.

A enfermeira Ranzinza está usando uma peruca rosa-neon e um aparato de alças plásticas que deixa quase todo o seu torso exposto, incluindo uma boa porção dos seios.

— Feliz Dia das Bruxas — ela cumprimenta.

— Para você também — diz a biógrafa.

— Vamos lá extrair uma linhagem.

— Perdão?

— Tirar sangue.

— Humm — diz a biógrafa por educação.

Ranzinza não encontra a veia de primeira. Ela tem que cutucar, e dói.

— *Cadê* você, menina? — ela pergunta à veia. Meses de agulhadas deixaram veios escuros nos braços da biógrafa. Felizmente, mangas compridas são comuns nessa parte do mundo.

— O Chico visitou de novo, não é? — pergunta Ranzinza.

— Impiedosamente.
— Bem, Roberta, o corpo é um enigma. Vamos lá. Pronto, *consegui*. — O sangue flui para a câmara. Ele vai mostrar quanto de hormônio foliculoestimulante e estradiol e progesterona o corpo da biógrafa está produzindo. Há números bons e números ruins. Ranzinza põe o tubo no suporte, ao lado de outras pequenas cápsulas cheias de sangue.

Meia hora depois, uma batida na porta da sala de exames – um aviso, não um pedido de licença. Entra um homem usando calça de couro, óculos de aviador e uma peruca preta encaracolada sob uma cartola.
— Eu sou o cara daquela banda — explica o dr. Kalbfleisch.
— Uau — diz a biógrafa, incomodada com quão sexy ele ficou.
— Vamos dar uma olhada? — Ele acomoda o couro em um banquinho diante das pernas abertas dela, diz "Opa!" e tira os óculos de sol. Kalbfleisch jogou futebol americano em uma universidade da Costa Leste e ainda tem o rosto de um rapaz de fraternidade. Ele tem a pele dourada e não é um bom ouvinte. Sorri enquanto cita estatísticas deprimentes. A enfermeira segura a ficha da biógrafa e uma caneta para anotar medidas. O doutor vai dizer quão grosso é o revestimento, quão grandes e quantos são os folículos. Acrescentando a esses números a idade da biógrafa (42), seu nível de hormônio foliculoestimulante (14,3), a temperatura lá fora (13 °C) e o número de formigas no metro quadrado de solo diretamente abaixo deles (87), sai a probabilidade. A chance de se ter uma criança.
Ele coloca as luvas de látex.
— Ok, Roberta, vamos ver o que temos aqui.
Em uma escala de um a dez, em que dez é o fedor agudo de um queijo envelhecido e um é a falta de odor, como ele classificaria o cheiro da vagina da biógrafa? Como a compararia às outras vaginas que desfilam pela sala de exames dia após dia, anos de vaginas, uma multidão de fantasmas vúlvicos? Muitas mulheres não tomam banho antes do exame, ou estão lutando contra fungos, ou simplesmente fedem naturalmente nas partes baixas. Kalbfleisch sentiu alguns aromas maduros em sua trajetória.
Ele introduz a vara de ultrassom, coberta com a geleia azul-neon, e a pressiona contra o cérvix dela.
— O revestimento está fino — ele diz. — Quatro ponto cinco. Bem como queremos. — No monitor, o revestimento do útero da biógrafa é uma linha de giz branco contra um fundo negro, algo até difícil de se medir, parece

a ela, mas Kalbfleisch é um profissional treinado em cuja capacidade ela está depositando sua confiança. E seu dinheiro – tanto dinheiro que os números parecem virtuais, míticos, mais detalhes de uma história sobre dinheiro do que dinheiro que alguém teria de verdade. A biógrafa, por exemplo, não o tem. Está usando cartões de crédito.

O médico passa para os ovários, empurrando e entortando a vara até encontrar o ângulo certo.

— Aqui está o lado direito. Um bom cacho de folículos... — Os óvulos em si são pequenos demais para serem vistos, mesmo com a ampliação, mas seus sacos, buracos pretos na tela cinzenta, podem ser contados.

— Vamos torcer — diz Kalbfleisch, removendo a vara com delicadeza.

Doutor, meu cacho é bom mesmo?

Ele rola o banquinho para longe da virilha dela e tira as luvas.

— Nos últimos ciclos — ele está olhando para a ficha, não para ela —, você tomou Clomid para ajudar a ovulação.

Isso, ela não precisa que ele diga.

— Infelizmente, o Clomid também faz o revestimento uterino encolher, então, aconselhamos as pacientes a não tomá-lo por longos períodos. Você já tomou por um período extenso.

Espere, o quê?

Ela devia ter pesquisado a respeito por conta própria.

— Então, para a próxima etapa, precisamos tentar um protocolo diferente. Outro medicamento que tem melhorado as probabilidades em alguns casos de pré-gravidez geriátrica.

— Geriátrica?

— Só um termo clínico. — Ele não ergue os olhos da receita que está escrevendo. — Ela vai lhe explicar a prescrição, e voltamos a nos ver no nono dia. — Ele entrega a ficha para a enfermeira, se levanta e ajusta a virilha de couro antes de sair.

Cuzão, em língua faroesa: *reyvarhol*.

Ranzinza diz:

— Então, você precisa comprar isso hoje e começar a tomar amanhã de manhã, em jejum. Todos os dias por dez dias. Nesse período, você talvez note um odor fétido na secreção da sua vagina.

— Ótimo — diz a biógrafa.

— Algumas mulheres dizem que o cheiro é um tanto, hã, surpreendente — ela continua. — Até perturbador. Mas, o que quer que faça, não se lave com a ducha. Isso vai introduzir substâncias químicas no canal que, se subirem ao cérvix, podem, sabe, comprometer o pH da cavidade uterina.

A biógrafa nunca usou uma ducha na vida, nem conhece ninguém que tenha usado.

— Perguntas? — indaga a enfermeira.

— O que o... — ela estreita os olhos para a receita — Ovutran faz?

— Ele ajuda a ovulação.

— Mas como?

— Você teria que perguntar ao doutor.

Ela está submetendo sua área a todo tipo de invasão sem entender uma fração do que está sendo feito a ela. De repente, isso parece terrível. Como poderá criar um filho sozinha se nem sabe o que estão fazendo com sua área?

— Eu gostaria de perguntar a ele agora — ela diz.

— Ele já está com outra paciente. É melhor ligar para o consultório.

— Mas eu estou aqui, *no* consultório. Ele não pode... ou não há outra pessoa que...

— Sinto muito, mas é um dia especialmente movimentado. Dia das Bruxas e tudo o mais.

— Por que o Dia das Bruxas deixa o consultório mais movimentado?

— É um feriado.

— Não é um feriado *nacional*. Os bancos estão abertos e os correios estão funcionando.

— Você vai precisar — diz Ranzinza lenta e cuidadosamente — ligar para o consultório.

A biógrafa chorou da primeira vez que não deu certo. Ela estava esperando na fila para comprar fio dental – havia jurado melhorar sua higiene dental agora que ia ser mãe – quando o telefone tocou e uma das enfermeiras disse "sinto muito, querida, mas seu teste deu negativo", e a biógrafa disse "obrigada, ok, obrigada", antes de desligar e as lágrimas começarem a fluir. Apesar das estatísticas e do "não funciona para todo mundo" de Kalbfleisch, a biógrafa tinha pensado que seria fácil. Um esguicho de milhões de espermatozoides de um estudante de Biologia de dezenove anos, esperando ali na hora exata em que o óvulo saísse voando; espermatozoides e óvulo colidem no túnel quente – como a fertilização poderia *não* ocorrer? *Não ser mais idiota*, ela escreveu em seu caderno, embaixo de *Ação imediata necessária*.

* * *

Ela dirige para o oeste na Rodovia 22 e adentra colinas escuras, densas com cicutas, pinheiros e abetos. O Oregon tem as melhores árvores dos Estados Unidos, altas e felpudas, alpinas e sinistras. A gratidão pelas árvores abafa o ressentimento em relação ao médico. A duas horas do escritório dele, o carro atinge o topo do penhasco e o campanário da igreja fica visível. O resto da cidade aparece em seguida, acocorado sobre colinas rugosas que descem até a água. Uma fumaça enovelada sobe da chaminé do pub. Redes de pesca estão empilhadas na costa. Em Newville, é possível assistir ao mar comer o chão, uma vez depois da outra, sem parar. Milhões de acres talássicos abissais. O mar não pede permissão nem aguarda instruções. Ele não sofre por não saber o que diabos, exatamente, deve fazer. Hoje as ondas estão altas, a espuma branca desfeita colidindo com força nos rochedos. "Mar bravo", as pessoas dizem, mas para a biógrafa a atribuição de sentimento humano a um corpo tão inumano é em si errada. A água se projeta por motivos que não têm nomes.

Escola Regional da Costa Central procura professor de História (Estados Unidos/mundial). Ensino superior obrigatório. Local: Newville, Oregon, vila de pesca em porto tranquilo, baleias em migração. O diretor, com formação Ivy League, está comprometido em criar um ambiente de ensino dinâmico e inovador.

A biógrafa se candidatou pelo "porto tranquilo" e por não haver menção a experiência. Sua breve entrevista consistiu no diretor, o sr. Fivey, resumindo seus romances preferidos de aventuras marítimas e mencionando duas vezes o nome da faculdade em que estudou. Ele disse que ela poderia fazer o curso para tirar o certificado de ensino em dois verões. Há sete anos ela vive ao abrigo de montanhas enevoadas e cobertas de árvores perenes, com penhascos de trezentos metros mergulhando diretamente no mar. Chove e chove e chove. Caminhões de lenha obstruem o trânsito na estrada do penhasco, os habitantes locais pescam ou produzem objetos para turistas, o pub exibe uma lista de antigos naufrágios, a sirene de tsunami é testada uma vez por mês e os alunos aprendem a chamá-la de "senhora", como se fossem criados.

Ela começa a aula seguindo seu plano diário, mas quando vê queixos afundando-se sobre punhos decide abandoná-lo. História global no primeiro ano do ensino médio – o mundo em quarenta semanas com um livro didático estúpido que ela é contratualmente obrigada a usar – não pode ser suportada sem alguns desvios. Essas crianças, afinal, ainda não estão perdidas. Encarando-a com suas mandíbulas ainda recheadas de gordura infantil, estão se equilibrando na beira de não dar a mínima. Ainda dão a mínima, mas a maioria não por muito tempo. Ela os instrui a fechar os livros, o que fazem de bom grado. Eles a observam com uma nova imobilidade. Vão ouvir uma história; podem ser crianças outra vez, de quem nada é requisitado.

— Boadiceia era rainha de uma tribo céltica dos chamados icenos, onde hoje é Norfolk, na Inglaterra. A região tinha sido invadida algum tempo antes pelos romanos, que então governavam a terra. Seu marido havia morrido e deixado a fortuna para ela e as filhas, mas os romanos ignoraram o testamento, tomaram a fortuna, açoitaram Boadiceia e estupraram suas filhas.

Uma criança:

— O que é "açoitar"?

Outra:

— Bater em alguém pra cascalho.

— Os romanos a foderam solenemente — nesse momento alguém ri baixinho, pelo que a biógrafa é grata — e em 61 d.C. ela liderou seu povo em rebelião. Os icenos lutaram com garra. Forçaram os romanos a recuar até Londres. Mas lembrem-se de que os soldados romanos tinham muito incentivo para vencer, porque, se não vencessem, seriam cozinhados em espetos e/ou fervidos até a morte, depois de verem os próprios intestinos sendo puxados para fora do corpo.

— Maneiro — diz um menino.

— Finalmente, as forças romanas superaram os icenos. Boadiceia se envenenou para evitar a captura ou então adoeceu; de toda forma, ela morreu. A vitória não é a questão. A questão é… — Ela para, ciente de vinte e quatro pares de olhinhos.

No silêncio, uma risada suave arrisca:

— Lute como uma garota?

Eles gostam disso. Gostam de slogans.

— Bem — a biógrafa diz —, *mais ou menos*. Mas mais do que isso. Também temos que considerar…

O sinal.

Uma explosão de cadeiras arrastadas, corpos felizes em ir embora.

— Tchau, senhora!

— Tenha um bom-dia, senhora.

A que ri suavemente, Mattie Quarles, se demora perto da mesa da biógrafa.

— Então é daí que vem a palavra *"bodacious"*?

— Gostaria de dizer que sim — diz a biógrafa — mas *"bodacious"* se originou no século XIX, acredito. É uma mistura de *"bold"* e *"audacious"*.[2] Mas bom instinto!

— Obrigada, senhora.

— Você realmente não precisa me chamar assim — diz a biógrafa pela milionésima sétima vez.

Depois das aulas, ela para no Acme, combinação de mercado, loja de ferramentas e farmácia. O assistente do farmacêutico é um menino – agora um jovem – que foi aluno dela no seu primeiro ano na Costa Central, e ela odeia o momento, a cada mês, quando ele lhe entrega a sacola branca com a garrafinha laranja. *Eu sei para que isto serve*, os olhos dele dizem. Mesmo que os olhos do garoto não digam isso de fato, é difícil olhar para ele. Ela solta outros itens no balcão (amendoins sem sal, cotonetes) como que para disfarçar o medicamento de fertilidade. A biógrafa não lembra o nome dele, mas se lembra de admirar durante as aulas, sete anos antes, seus longos cílios negros – eles sempre pareceram um pouco úmidos.

Enquanto espera na cadeira dura de plástico, sob música de elevador e luz fluorescente, a biógrafa pega seu caderno. Tudo nesse caderno deve estar na forma de listas, e qualquer lista é válida. *Itens para a próxima compra no mercado. Padrões de gravata de Kalbfleisch. Países com maior número de faróis per capita.*

Ela começa uma nova lista: *Acusações feitas pelo mundo.*

1. Você é velha demais.
2. Se não consegue ter um filho do jeito natural, não devia ter um filho.
3. Toda criança precisa de dois pais.
4. Filhos criados por mães solteiras são mais propensos a estuprar/assassinar/usar drogas/tirar notas baixas em testes padronizados.
5. Você é velha demais.
6. Você devia ter pensado nisso antes.
7. Você é egoísta.

---

2. *Bold* (ousado) e *audacious* (audacioso). (N.T.)

8. O que você está fazendo não é natural.
9. Como a criança vai se sentir quando descobrir que o pai é um masturbador anônimo?
10. Seu corpo é uma casca grisalha.
11. Você é velha demais, sua solteirona patética!
12. Você está fazendo isso só porque se sente solitária?

— Senhora? A receita está pronta.
— Obrigada. — Ela assina na tela sobre o balcão. — Como vai o seu dia?
Cílios ergue as palmas para o teto.
— Se faz você se sentir melhor — diz a biógrafa —, este medicamento vai me fazer ter uma secreção vaginal fétida.
— Pelo menos é por uma boa causa.
Ela pigarreia.
— O total é de cento e cinquenta e sete dólares e sessenta e três centavos — ele acrescenta.
— Oi?
— Sinto muito, de verdade.
— Cento e cinquenta e sete dólares? Por dez comprimidos?
— Seu seguro não cobre.
— Por que raios não?
Cílios balança a cabeça.
— Eu gostaria de, tipo, quebrar esse galho para a senhora, mas tem câmeras em todo canto desta porra.

Quando criança, a exploradora polar Eivør Mínervudottír passou muitas horas no farol banhado pelo mar, cujo guardião era seu tio.

Ela sabia que não devia falar enquanto ele fazia anotações no livro de registros.

Que nunca devia acender um fósforo sem supervisão.

Noite de céu vermelho, alegria do marinheiro.

Manter a cabeça abaixada na sala da lanterna.

Urinar no pote e deixar lá e, se fizesse caca, embrulhar em papel de peixe para a caixa de lixo.

A REPARADORA

Da galinha manca vêm dois ovos, um rachado, um inteiro.

— Obrigada — a reparadora diz à galinha, uma Brahma escura com uma barbela vermelha e penas malhadas. Como coxeia fortemente – não é uma das vencedoras –, essa galinha é a preferida da reparadora. É uma alegria diária alimentá-la, salvá-la das raposas e da chuva.

Com o ovo a salvo no bolso, ela serve o grão das cabras. Hans e Pinka estão vagando por aí, mas voltarão para casa em breve. Eles sabem que ela não pode protegê-los se forem longe demais. Três telhas caíram do telhado no galpão das cabras; ela precisa de pregos. Debaixo do galpão costumava dormir uma lebre-americana. Marrom no verão, branca no inverno. Odiava cenouras e amava maçãs, cujas sementes, venenosas para os coelhos, a reparadora tinha o cuidado de tirar. A lebre era tão fofinha que ela não se importava que roubasse alfafa das cabras ou espalhasse bolinhas de cocô pela cama quando a deixava dentro de casa. Uma manhã, ela encontrou seu corpo destroçado, um saco de sangue peludo. Raiva subiu pela garganta dela contra a raposa ou coiote ou lince, *você a levou*, mas eles só estavam se alimentando, *você não devia tê-la levado*, presas rareiam no inverno, *mas ela era minha*. Ela chorou enquanto cavava. Deitou a lebre ao lado do velho gato da tia, duas pequenas covas sob a pequena árvore.

Na cabana, a reparadora mistura o ovo com vinagre e bolsa-de-pastor para a cliente que vai chegar mais tarde, uma mulher que sangra em excesso. A bebida vai estancar o fluxo coagulado e dolorido. A mulher não tem emprego nem plano de saúde. *Posso pagá-la com baterias*, seu recado dizia. O ovo com vinagre é fechado com firmeza numa jarra de vidro e enfiado na minigeladeira, ao lado de um pedaço de cheddar embrulhado em papel-alumínio. A reparadora quer o queijo agora mesmo, neste minuto, mas queijo é só para sextas-feiras. Balas de alcaçuz negro são para os domingos.

* * *

De modo geral, ela come o que encontra na floresta. Agrião e agrião amargo, dente-de-leão, banana-da-terra. Aspargo-do-mar e morrião-dos-passarinhos. Erva-de-urso, deliciosa grelhada. Raiz de bardana para amassar e fritar. Beldroega-de-inverno e urtiga-comum e, em pequenas quantidades, planta-fantasma. (Ela ama os caules brancos fervidos com limão e sal, mas planta-fantasma em excesso pode ser letal.) E ela colhe dos pomares e campos: avelãs, maçãs, *cranberries*, peras. Se pudesse sobreviver apenas da terra, sem coisas feitas por pessoas, ela faria isso. Ela ainda não descobriu como, mas não significa que não vai conseguir. Vai mostrar a todos como as Percival vivem.

A mãe dela era uma Percival. A tia era uma Percival. A reparadora é uma Percival desde os seis anos, quando sua mãe abandonou seu pai. Porque o pai saía quase toda sexta-feira à tarde, só voltava segunda e nunca dizia por quê. "Uma mulher quer saber por quê", dizia a mãe da reparadora. "Pelo menos me dê isso, cuzão. Nomes e lugares! Idades e profissões!" Elas dirigiram para o oeste através do deserto do Oregon, sobre a Cordilheira das Cascatas, a mãe fumando e a filha cuspindo pela janela, até a costa, onde a tia da reparadora tinha uma loja que vendia velas, runas e baralhos de tarô. Na primeira noite, a reparadora perguntou o que era aquele barulho e descobriu que era o oceano. "Mas quando ele para?" "Nunca", disse a tia dela. "É perpétuo, embora impermanente." E a mãe da reparadora disse: "Pretensiosa, não?".

A reparadora aceitaria pretensiosa em vez de chapada sem dúvida nenhuma.

Ela se deita nua com o gato ao lado do calor do fogão. Uma chuva forte e constante no telhado, as florestas negras e as raposas silenciosas, os filhotes de coruja adormecidos em seus ninhos. Malky pula do seu colo e arranha a porta. "Você quer ficar encharcado, cuzão?" Olhos com manchas douradas a observam solenemente. Flancos cinza estremecem. "Tem uma namorada para encontrar?" Ela afasta o cobertor e abre a porta; ele sai correndo.

* * *

Sempre que Lola vinha, Malky se escondia; ela pensava que a reparadora vivia sozinha na cabana. "Você não fica assustada", perguntou Lola, "aqui em cima no meio do nada?".

Vadia burra, as árvores não são o nada. Nem os gatos, cabras, galinhas, corujas, raposas, linces, veados de cauda negra, morcegos-orelhudos, búteos-de-cauda-vermelha, verdilhões de olhos escuros, vespas de cara branca, lebres-americanas, borboletas rosa-de-luto, gorgulhos de videira negra e almas que fugiram de suas carcaças mortais.

Sozinha em termos *humanos*.

Ela não tem notícias de Lola desde aquele dia da gritaria. Nenhum recado em sua caixa no correio, nenhuma visita. Foi mais do que uma gritaria. Uma briga. Lola, em seu vestido verde adorável, estava brigando. A reparadora não estava. A reparadora mal disse uma palavra.

Passou do meio-dia, mas as cabras ainda não voltaram para casa. Uma cãibra de preocupação. No ano passado elas destruíram um acampamento perto da trilha. Não foi culpa delas: um turista idiota deixou comida na floresta. Quando a reparadora as encontrou, o cara estava apontando um fuzil para Hans.
— É melhor mantê-las na sua propriedade a partir de agora — ele disse —, porque eu amo ensopado de cabra.

Na Europa, já houve julgamentos para animais malcomportados. Não eram só as bruxas que eles enforcavam. Um porco foi condenado à forca por comer o rosto de uma criança, uma mula foi assada viva por ter sido penetrada por seu mestre humano. Pelo ato não natural de botar um ovo, um galo foi queimado na fogueira. Abelhas culpadas de picar um homem até a morte foram sufocadas em sua colmeia, seu mel destruído, para que o mel assassino não infectasse as bocas que o comessem.

Aquela com mel assassino nos dentes vai sangrar sal de onde duas curvas de coxa se encontram. Sentir o sabor do mel do corpo de uma abelha com rosto demoníaco vai agitar esse sangue salgado. O rosto de abelhas que cometeram assassinatos se parece com o de cachorros esfaimados, cujos olhos se tornam mais humanos conforme morrem de fome. *Apis mellifera, Apis diabolus.* Se uma cidade for enxameada por abelhas com rosto demoníaco, e essas abelhas verterem mel em bocas abertas, o corpo de uma mulher com dentes de mel, sangrando sal da coxa, será amarrado a qualquer estaca que a segure. O enxame de abelhas será reunido em um barril e jogado sobre o fogo que consumir a mulher. Os dentes de mel vão pegar fogo primeiro, faíscas de azul no branco antes que a língua vermelha queime também, e os lábios. O corpo das abelhas, ao incendiar, cheira a tutano quente; o odor faz os espectadores vomitarem, mas eles continuam olhando.

Era preciso um barco para chegar ao farol, a meio quilômetro da costa, e, se caía uma tempestade, ela passava a noite num saco de dormir de pele de rena no chão inclinado da sala de vigia.

Durante tempestades, a exploradora polar ficava em pé na galeria da lanterna, segurando a amurada como se sua vida dependesse daquilo, porque dependia. Ela amava qualquer circunstância em que a sobrevivência não fosse assegurada. A ameaça de ser arrastada por sobre a amurada a acordava da ~~letargia~~ moleza que sentia em casa fatiando ruibarbo, quebrando ovos de papagaios-do-mar, tirando a pele de ovelhas mortas.

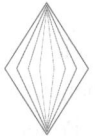

A FILHA

Cresceu numa cidade nascida do terror da vastidão do espaço, onde as ruas são dispostas numa grade apertada. Os homens que construíram Salem, Oregon, eram missionários metodistas brancos que seguiram caçadores brancos do comércio de peles até o Noroeste Pacífico, e os missionários estavam menos empolgados do que os caçadores com a selvageria que borbulhava em todas as direções. Eles dispuseram sua cidade em um vale que foi pescado, colhido e ocupado no inverno durante séculos pelo povo Kalapuya, que, nos anos 1850, foi transferido para reservas pelo governo norte-americano. No vale roubado, os brancos se aninharam e se acocoraram, tornaram tudo menor. O centro de Salem é uma caixa de ruas com nomes britânicos: Church e Cottage e Market, Summer e Winter e East.

A filha conhecia cada centímetro organizado do seu bairro. Ela ainda está aprendendo os centímetros em Newville, onde há menos humanos e mais natureza.

Ela está em pé na sala da lanterna do Farol Gunakadeit, ao norte da cidade, aonde veio depois da escola com a pessoa que espera chamar oficialmente de namorado. Dali se veem enormes penhascos se erguendo do oceano, com veios de ferrugem e limo verde; pinheiros gigantes se alinhando como soldados ao longo da borda; árvores enfeitiçadas se projetando num ângulo oblíquo da face da rocha. É possível ver a espuma branco-prateada batendo nos tornozelos dos penhascos. O porto e seus barcos ancorados e o oceano além, uma pradaria azul franzida que se estende até o horizonte, cortada por faixas de verde. Longe da costa: uma barbatana preta.

— É chato aqui — diz Ephraim.

Olhe para a barbatana preta!, ela quer dizer. *Para as árvores enfeitiçadas!*

Ela diz:

— É. — E toca a mandíbula dele, sentindo uma barba recente. Eles se beijam por um tempo. Ela adora beijar, exceto pelas estocadas de língua.

A barbatana é de um tubarão? Poderia ser de uma baleia?

Ela se afasta de Ephraim para olhar o mar.

— Que foi?

— Nada.

Sumiu.

— Vamos sair daqui? — ele pergunta.

Eles descem correndo a escada em espiral, a sola das botas batendo na pedra, e entram no banco traseiro do carro dele.

— Acho que vi uma baleia cinza. Você...?

— Não — diz Ephraim. — Mas você sabia que as baleias *azuis* têm os maiores paus do reino animal? De dois a três metros.

— O dos dinossauros era maior que isso.

— Mentira.

— Sério, meu pai tem um livro que... — Ela para: Ephraim não tem pai. O pai da filha, embora irritante, a ama mais do que todo o ouro do mundo. — Enfim — ela diz —, escute essa: um esqueleto pergunta a outro esqueleto, "Quer ouvir uma piada?". O segundo esqueleto diz: "Só se for bem umerada".

— Por que isso é engraçado?

— Porque... "úmero"? O osso do braço?

— Isso é piada de criancinha.

É o trocadilho preferido da mãe dela. Ela não tem culpa se ele não sabe o que é um úmero.

— Já deu de *conversa*. — Ele vai beijá-la, mas ela desvia, morde o ombro dele através da manga longa de algodão, tentando perfurar a pele mas também tentando não fazer isso. Ele abaixa a calcinha dela tão rápido que parece um ato profissional. O jeans dela já foi jogado para algum canto do carro, talvez sobre o volante, talvez embaixo do banco do motorista; o jeans dele também, e o chapéu.

Ela pega o pênis dele e circula a palma ao redor da cabeça, como se estivesse polindo.

— Assim, não. — Ephraim move a mão dela para apertá-lo. Para cima e para baixo, para cima e para baixo. — *Assim*.

Ele cospe na mão e umedece o pênis, guiando-o para dentro da vagina dela. Ele empurra para a frente e para trás. A sensação é ok, mas não ótima, definitivamente não tão boa quanto as pessoas dizem que devia ser, e o fato de a nuca dela ficar batendo contra a maçaneta da porta não ajuda, mas a filha também leu que leva algum tempo para a pessoa ficar boa em sexo e gostar de fazê-lo, especialmente as garotas. Ele tem um orgasmo com o mesmo gemido nervoso que ela achou estranho no começo, mas com o qual está se acostumando, e fica aliviada que sua cabeça parou de ser batida contra a maçaneta da porta, então, sorri; e Ephraim sorri também; e ela estremece quando o leite pegajoso escorre dela.

No começo, a exploradora ia ao farol sempre que tinha
permissão, e, depois que aprendeu a manejar o barco
sozinha, ia até quando era proibido. Seu tio Bjartur
se sentia mal porque o pai dela estava morto, então,
deixava que ela viesse, embora ela o incomodasse com
suas perguntas; ele era o guardião do farol, Deus sabe,
porque preferia ficar sozinho, mas esta pequena,
esta Eivør, a filha mais nova de sua irmã preferida,
seu coração carcomido permitiu que subisse correndo
as escadas em espiral e fuçasse seu baú com destroços
de navios, e, na ponta dos pés encharcados,
observasse o tempo.

A ESPOSA

Entre a cidade e a casa, há um longo trecho de estrada que abraça o penhasco, subindo e caindo e subindo de novo.

Na curva mais acentuada, cuja amurada é baixa, a mandíbula da esposa se tensiona.

E se ela soltasse as mãos da direção e deixasse o carro seguir em frente?

O veículo pularia sobre os galhos mais altos dos pinheiros da costa, abrindo um rasgo verde; capotaria uma vez antes de ganhar velocidade; voaria através das pedras até a água e para baixo para sempre e...

Depois da curva, ela relaxa.

Quase em casa.

É a segunda vez essa semana que ela imagina a cena.

Assim que as compras estiverem guardadas, ela se dará alguns minutos no segundo andar. Assistir a uma tela não vai matá-los.

Por que ela comprou a carne orgânica? Seis dólares a mais por quilo.

Segunda vez essa semana.

Dizem que a carne orgânica tem as gorduras boas.

O que pode ser perfeitamente comum. Talvez todo mundo imagine essas coisas, talvez não tão frequentemente quanto duas vezes por semana, mas...

Um animalzinho está se esforçando para atravessar a estrada. Escuro, cerca de trinta centímetros.

Gambá? Porco-espinho? Tentando atravessar.

Talvez seja até saudável imaginar essas coisas.

Mais perto: preto queimado, chamuscado até virar borracha.

Tremendo.

Já está morto, ainda tentando.
O que o queimou? Ou quem?
— Nós vamos bater! — do banco de trás.
— Não vamos bater — diz a esposa. Seu pé é capaz e firme. Eles nunca vão bater enquanto o pé dela estiver no freio.
Quem queimou esse animal?
Convulsionando, tremendo, já tão morto. Os pelos chamuscados. A pele negra como borracha.
Quem queimou você?
Mais perto: é uma sacola plástica preta.
Mas ela não consegue esquecer a coisa que tremia, queimada e morta e tentando.

Em casa: desafivelar, desvencilhar, erguer, carregar, soltar.
Desembrulhar, guardar.
Abrir fatias de queijo.
Distribuir fatias de queijo.
Acomodar Bex e John na frente de um desenho aprovado.
No andar de cima, a esposa fecha a porta da sala de costura. Senta-se de pernas cruzadas na cama. Foca seu olhar na parede branca arranhada.

Eles estão gemendo e chiando, seus dois filhos. Estão rolando e puxando e batendo e tagarelando, batendo com pequenos punhos e calcanhares no carpete puído.
São dela, mas ela não consegue entrar neles.
Eles não conseguem voltar para dentro dela.
Estão lançando seus punhos – Bex é mais forte, mas John é corajoso.
Por que eles o chamaram de John? Não é um nome de família e é quase tão entediante quanto o próprio nome da esposa. Bex tinha dito: "Eu vou chamar o bebê de Yarnjee".
John é corajoso ou tolo? Ele se encolhe de bom grado enquanto a irmã dá o soco. A esposa não diz *Nada de bater* porque não quer que eles parem, quer que eles se cansem.
Ela se lembra por que John: porque todo mundo consegue soletrar e dizer o nome. John porque o pai dele odeia corrigir a pronúncia inglesa assassinada do próprio nome. Os erros de burocracia. John é às vezes *Jean-voyage*; e Ro o chama de Plínio, o Jovem.

Na última hora, as crianças:

Rolaram e puxaram.
Comeram pipoca velha misturada com iogurte de limão.
Perguntaram à esposa se podiam ver mais TV.
Ouviram que não.
Molengaram e babaram.
Derrubaram o abajur.
Quebraram um cílio.
Perguntaram à esposa por que o ânus dela está no espaço quando deveria estar no seu traseiro.
Bateram e tagarelaram.
Perguntaram à esposa o que tem para jantar.
Ouviram que é espaguete.
Perguntaram à esposa qual ela acha que é o melhor molho para espaguete de bunda.

O bife orgânico acumula sangue na sacola plástica. Será que o contato com o plástico cancela sua organicidade? Ela não devia desperdiçar carne cara no molho de espaguete. E se deixar marinando à noite? Há uma jarra de molho pronto na...

— Tire o dedo do nariz dele.
— Mas ele gosta — diz Bex.

E brócolis. Aqueles rolinhos pré-assados são deliciosos, mas ela não vai servir pão com macarrão.

Barra de chocolate com amêndoas e sal marinho guardada na gaveta da cozinha, embaixo dos mapas – ainda esteja lá, por favor, ainda esteja lá.

— Você gosta de ter o dedo da sua irmã enfiado no seu nariz?

John sorri, se abaixa e faz que sim.

— Quando sai a merda do jantar?
— *O quê?*

Bex sabe que cometeu um crime; ela olha para a esposa com o cenho franzido e um olhar espertinho.

— Eu disse... quando sai o bendito jantar?
— Você disse outra coisa. Sabe o que significa?
— É ruim — diz Bex.
— Mattie usa essa palavra?

— Hã...

Para que lado vai a mentira da sua garota: proteger ou incriminar?

— Acho que talvez sim — diz Bex, arrependida.

Bex ama Mattie, que é uma boa babá, muito preferível à sra. Costello, que é malvada. A garota, quando mente, se parece muito com o pai. Os olhos fundos que a esposa achava atraentes no passado não são olhos que ela desejaria para a filha. Os de Bex terão círculos arroxeados em pouco tempo.

Mas quem se importa com a aparência da garota se ela está feliz?

O mundo vai se importar.

— Para responder à sua pergunta, o jantar é quando eu quiser que seja.

— Quando você vai querer?

— Não sei — diz a esposa. — Talvez a gente não jante hoje.

Barra. De chocolate. Amêndoas e sal marinho.

Bex franze o cenho de novo, mas sem o olhar espertinho.

A esposa se ajoelha no tapete e puxa os corpos deles contra o corpo dela, aperta, se aconchega.

— Ah, elfinha, não se preocupe, é claro que vamos jantar. Eu estava brincando.

— Às vezes você faz piadas muito ruins.

— É verdade. Me desculpe. Eu prevejo que o jantar vai acontecer às seis e quinze da tarde, horário padrão do Pacífico. Prevejo que vai consistir de espaguete com molho de tomate e brócolis. Então, que espécie de elfos vocês são hoje?

John diz:

— Água.

Bex diz:

— Madeira.

A data de hoje está marcada no calendário da cozinha com um pequeno P. Que significa "perguntar".

Perguntar a ele de novo.

Da janela saliente, cuja tinta velha no peitoril está descascando e possivelmente transbordando de chumbo – ela vive se esquecendo de levar as crianças para fazer o teste –, a esposa observa o marido percorrer lentamente a entrada, com pernas curtas em jeans apertados demais, jovens demais para ele. Ele sente horror a calças de pai e insiste em se vestir como se vestia aos dezenove anos. Sua bolsa carteiro bate contra uma perna magrela.

— Ele chegou — ela grita.

As crianças correm para recebê-lo. Este é um momento que ela amava imaginar, homem voltando para casa do trabalho e crianças o recebendo, um momento perfeito porque não tem passado nem futuro – não importa de onde veio o homem ou o que vai acontecer depois que ele for recebido, apenas a colisão alegre, o *Papai, você está aqui.*

— Fe-fi-fo-fum, *je sens le sang* de duas crianças brancas de classe média quebequense-americanas![3] — Seus elfos pulam sobre ele. — Tudo bem, tudo bem, calma, hein. — Mas ele está contente, com John pendurado sobre o ombro e Bex abrindo a bolsa para procurar salgadinhos da máquina automática. Ela herdou o gosto dele por salgados. Será que herdou tudo dele? O que nela é da esposa?

O nariz. Ela escapou do nariz Didier.

— Oi, *meuf* — ele diz, se agachando para colocar John no chão.

— Como foi o dia?

— O inferno de sempre. Na verdade, não o de sempre. A professora de Música foi demitida.

Bom.

— Olá, inferno! — diz Bex.

— Não dizemos "inferno" — diz a esposa.

Fico feliz que ela se foi.

— Papai...

— Eu quis dizer "inverno" — diz Didier.

— Crianças, eu quero esses blocos fora do chão. Alguém pode tropeçar. Agora! Mas achei que todo mundo adorava a professora de Música.

— Falta de verba.

— Quer dizer que não vão substituí-la?

Ele dá de ombros.

— Então, não vai mais ter aula de Música?

— Preciso urinar.

---

3. Versinho cantado pelo gigante em *João e o pé de feijão*. O pai canta em francês "je sens le sang" [sinto o cheiro do sangue] e na sequência faz uma brincadeira adaptando a música à nacionalidade dos filhos. Em tradução livre, os versos originais seriam *Fe-fi-fo-fum / Eu sinto o cheiro de um inglês / Vivo ou morto eu vou moer / Seus ossos para o pão fazer.* (N.T.)

Quando ele retorna do banheiro, ela está encostada no corrimão, ouvindo Bex ordenar que John colete todos os blocos.

— Devíamos contratar uma faxineira — Didier fala pela terceira vez esse mês. — Acabei de contar o número de pentelhos na tampa da privada.

E restos de sabonete incrustados na pia.

Poeira negra acumulada nos rodapés.

Bolas de cabelos loiros em cada canto.

Barra de chocolate com amêndoas e sal marinho na gaveta.

— Não podemos pagar — ela diz —, só se deixarmos de usar a sra. Costello, e eu não vou abrir mão dessas oito horas. — Ela encara os olhos azuis-cinzentos dele, no mesmo nível que os dela. Com frequência, ela deseja que Didier fosse mais alto. Seu desejo é um produto da socialização ou de uma adaptação evolucionária do tempo em que ser capaz de atingir mais comida numa árvore era uma vantagem de vida ou morte?

— Bem — ele diz —, *alguém* tem que fazer uma limpeza. Isso aqui está parecendo uma rodoviária.

Ela não vai perguntar a ele hoje.

Vai escrever *P* de novo, num dia diferente.

— Eram doze, aliás — ele diz. — Sei que você tem coisas para fazer, não estou dizendo que não tem, mas não daria para lavar a privada de vez em quando? Doze pentelhos.

Manhã de céu vermelho; fique atento, marinheiro.

A BIÓGRAFA

Não consegue ver o oceano de seu apartamento, mas consegue ouvi-lo. Na maior parte dos dias, entre cinco e seis e meia da manhã, ela senta na cozinha ouvindo as ondas e estuda sobre Eivør Mínervudottír, uma hidróloga polar do século XIX cuja pesquisa pioneira sobre banquisas foi publicada sob o nome de um conhecido seu. Não existe nenhum livro sobre Mínervudottír, apenas menções em outros livros. A biógrafa já tem uma infinidade de anotações, um roteiro, alguns parágrafos. Um rascunho solto – mais buracos que palavras. Na parede da cozinha, ela colou uma foto da prateleira na livraria de Salem onde seu livro vai viver. A foto é um lembrete de que ela vai terminar o livro.

Ela abre o diário de Mínervudottír, traduzido do dinamarquês. *Admito que temo o ataque de um urso-marinho; e meus dedos doem o tempo todo.* Uma mulher há muito falecida retornando à vida. Mas hoje, encarando o diário, a biógrafa não consegue pensar. Seu cérebro está escorregadio e latejando devido ao novo remédio para os ovários.

Ela se senta em seu carro, o rádio ligado, a garganta estremecendo com indícios de vômito, até estar tão atrasada para a aula que não se importa se seu tempo de reação olho-pé-freio foi reduzido pelo Ovutran. As estradas têm amuradas. A testa lateja com força. Ela vê uma renda preta se jogar no para-brisa e pisca até a imagem desaparecer.

Dois anos atrás, o Congresso dos Estados Unidos ratificou a Emenda da Pessoalidade, que dá o direito constitucional à vida, à liberdade e à propriedade a um óvulo fertilizado no momento da concepção. O aborto agora é ilegal em todos os cinquenta estados. Facilitadores de aborto podem responder por homicídio doloso, e as mulheres que o procuram, por conspiração para praticar homicídio. A fertilização in vitro também está banida em nível federal, porque a emenda proíbe a transferência dos embriões do laboratório para o útero. (Os embriões não podem dar seu consentimento à mudança.)

Ela estava tranquilamente ensinando História quando aconteceu. Acordou um dia com um presidente eleito em quem não tinha votado. Esse homem pensava que mulheres que sofriam abortos espontâneos deviam pagar por funerais para o tecido fetal, e pensava que um técnico de laboratório que acidentalmente derrubasse um embrião durante a transferência in vitro devia responder por homicídio culposo. Ela ouviu dizer que houve comemorações na comunidade para aposentados em que o pai dela vivia, em Orlando. Marchas pelas ruas de Portland. Em Newville: uma calma amarga.

Exceto transar com algum homem com quem, em qualquer outra circunstância, ela não gostaria de transar, Ovutran e as varas vaginais cobertas de lubrificante e os dedos mágicos do dr. Kalbfleisch são a única opção biológica que resta. Inseminação intrauterina. Na idade dela, não é muito melhor do que se ela tentasse um método caseiro.

Ela foi colocada na lista de espera de adoção três anos atrás. No perfil, ela descreveu, sincera e meticulosamente, seu emprego, seu apartamento, seus livros preferidos, seus pais, seu irmão (vício em drogas omitido) e a beleza feroz de Newville. Anexou uma fotografia que a fazia parecer amigável mas responsável, divertida mas estável, despreocupada mas de classe média alta. O suéter rosa-coral que ela comprou para usar nessa foto foi jogado mais tarde na cesta de doação da igreja.

Ela foi avisada, sim, desde o começo: mães biológicas tendem a escolher casais heterossexuais, especialmente se o casal for branco. Mas nem todas as mães biológicas escolhem assim. Tudo podia acontecer, disseram a ela. O fato de que ela estava disposta a acolher uma criança mais velha ou uma criança com necessidades especiais estava a seu favor.

Ela presumiu que levaria um tempo, mas que iria, eventualmente, acontecer.

Ela pensou que, pelo menos, uma adoção aconteceria; e, se as coisas dessem certo, isso poderia levar à adoção permanente.

Então, o novo presidente se mudou para a Casa Branca.

A Emenda da Pessoalidade aconteceu.

E logo na esteira: Lei de Ordem Pública 116-72.

No dia quinze de janeiro – em menos de três meses – essa lei, também conhecida como Toda Criança Precisa de Dois, entrará em vigor. Sua missão: *restituir a dignidade, força e prosperidade às famílias americanas*. Pessoas não casadas ficarão legalmente proibidas de adotar. Além da necessidade de certidões de casamento válidas, todas as adoções deverão ser aprovadas por uma agência federal, criminalizando transações privadas.

Atordoada pelo Ovutran, lentamente subindo os degraus da Escola da Costa Central, a biógrafa relembra sua carreira no time de corrida durante o ensino médio. "*Mantenha as pernas, Stephens!*", o treinador gritava quando seus músculos estavam prestes a ceder.

Ela informa aos alunos do primeiro ano que eles devem eliminar de suas redações a frase A *história nos conta*.
— É um tique retórico antiquado. Não significa nada.
— Claro que significa — diz Mattie. — A história está nos contando para não repetirmos seus erros.
— Podemos chegar a essa conclusão *estudando* o passado, mas a história é um conceito, não está falando conosco.
As bochechas de Mattie – brancas como gelo, com veias azuis – ficam vermelhas. Desacostumada a ser corrigida, ela fica facilmente envergonhada.
Ash ergue a mão.
— O que aconteceu com o seu braço, senhora?
— O quê? Ah. — A manga da biógrafa está enrolada até acima do cotovelo. Ela a puxa para baixo. — Eu doei sangue.
— Parece que você doou, tipo, litros. — Ash esfrega seu nariz porcino.
— Você devia processar o banco de sangue por difamação.
— *Desfiguração* — corrige Mattie.
— Você ficou bem desfigurada, senhora.

Ao meio-dia, o latejamento enevoado por trás de suas sobrancelhas diminuiu um pouco. Na sala dos professores, ela come salgadinhos de milho e assiste ao professor de Francês enfiar os dedos numa caixa de delivery da Good Ship Chinese.
— Alguns tipos de camarão produzem luz — ela diz a ele. — São como tochas flutuando na água.

Como alguém pode criar um filho sozinha quando seu almoço consiste em salgadinhos de milho de uma máquina automática?

Ele grunhe e mastiga.

— Esses camarões, não.

Didier não tem nenhum interesse particular em francês, mas sabe falar a língua da Montreal de sua infância até dormindo. Como se ele ensinasse a caminhar ou sentar. Por essa situação, ele culpa a esposa. Durante a primeira conversa que teve com a biógrafa, anos atrás, comendo bolachas água e sal com queijo cremoso na sala dos professores, ele explicou:

— Ela disse para mim: "Você não tem habilidades fora cozinhar, mas pelo menos sabe fazer isso, não sabe?" *Ici* foi horrível. *Je. Suis.*

Depois disso, a biógrafa imaginou Susan Korsmo como um grande corvo branco, lançando uma sombra sobre a vida de Didier com sua enorme asa.

— Camarões têm um nível altíssimo de colesterol — diz Penny, a professora de Inglês, tirando as sementes de suas uvas sobre a mesa.

— Esta sala é onde a minha alegria morre — diz Didier.

— Mimimi. Ro, você precisa de sustento. Pegue uma banana.

— Essa é a do sr. Fivey — diz a biógrafa.

— Como podemos ter certeza?

— Ele escreveu o nome nela.

— Fivey vai sobreviver à perda de uma fruta — diz Penny.

— Aaai. — A biógrafa aperta as têmporas.

— Você está bem?

Caindo de volta na cadeira:

— Levantei rápido demais.

O sistema de alto-falantes é ligado e emite duas tossidas.

— Atenção, alunos e professores. Atenção. Este é um aviso de emergência.

— Tomara que seja uma simulação de incêndio — diz Didier.

— Vamos todos manter o diretor Fivey em nossos pensamentos hoje. A esposa dele foi hospitalizada em condição crítica. O diretor Fivey ficará afastado de suas atividades por período indeterminado.

— Ela devia contar isso para todo mundo? — pergunta a biógrafa.

— Eu repito — diz a secretária —, a sra. Fivey está em condição crítica no Hospital Geral de Umpqua.

— E o número do quarto? — grita Didier para o alto-falante na parede.

A esposa do diretor sempre vem à confraternização de Natal usando vestidos de festa colados ao corpo. E todo Natal Didier diz:
— A sra. Fivey está ficando *sixy*.

* * *

A biógrafa volta para casa e deita no chão de calcinha e sutiã.
Seu pai está ligando outra vez. Faz dias – semanas? – que ela não atende.
— Como está a Flórida?
— Estou curioso para saber quais são os seus planos para o Natal.
— Faltam meses, pai.
— Mas é melhor agendar o voo logo. Os preços vão explodir. Quando a escola entra em recesso?
— Não sei, no dia vinte e três?
— Tão perto do Natal? Jesus.
— Eu aviso, ok?
— Você tem algum plano para o fim de semana?
— Susan e Didier me convidaram para jantar. E você?
—Talvez eu dê uma passada no centro comunitário para assistir aos vegetais humanos devorarem sua gororoba. A não ser que a minha coluna comece a doer.
— O que o acupunturista disse?
— *Esse* foi um erro que não vou cometer duas vezes.
— Funciona para muita gente, pai.
— É uma droga de vodu. Você vai levar um acompanhante ao jantar dos seus amigos?
— Não — diz a biógrafa, se preparando para a próxima fala dele, o rosto rígido de tristeza por ele não conseguir se segurar.
— Já passou da hora de você achar alguém, não acha?
— Estou bem, pai.
— Bem, eu me *preocupo*, garota. Não gosto da ideia de você estar sozinha.

Ela podia citar a lista de sempre ("Eu tenho amigos, vizinhos, colegas de trabalho, pessoas do grupo de meditação"), mas o fato de ela estar ok sozinha – de um jeito comum e nada heroico – não precisa ser justificado para o pai. O sentimento é dela. Ela pode simplesmente se sentir ok e não explicar nem se desculpar por isso, nem fabricar argumentos para refutar o argumento de que *na verdade* ela não está satisfeita e está se iludindo para se proteger.

— Bem, pai — ela diz —, você também está sozinho.

Qualquer referência à morte da mãe tem a garantia de calar a boca dele.

Houve Usman por seis meses na faculdade. Victor por um ano em Minneapolis. Encontros de uma noite uma vez ou outra. Ela não é uma pessoa de longo prazo. Gosta de ficar sozinha. No entanto, antes da primeira inseminação, a biógrafa se forçou a consultar sites de namoro on-line. Ela procurou e cerrou os dentes. Ela procurou e sentiu uma depressão de esmagar o peito. Uma noite ela realmente tentou. Escolheu o site menos cristão e começou a digitar.

Quais são suas três melhores qualidades?
1. Independência
2. Pontualidade
3.

Melhor livro que leu recentemente?
Atas do tribunal do inquérito "Proteus" sobre a expedição de auxílio a Greely de 1883

O que fascina você?
1. Como o frio faz a água parar
2. Padrões que o gelo forma no pelo de um cão de trenó morto
3. O fato de Eivør Mínervudottír ter perdido dois dedos por enregelamento

Mas a biógrafa não sentiu vontade de contar isso a ninguém. Deletar, deletar, deletar. Ela podia dizer, pelo menos, que tinha tentado. No dia seguinte ela marcou uma consulta numa clínica de medicina reprodutiva em Salem.

O terapeuta achava que ela estava indo rápido demais.

— Você decidiu fazer isso recentemente — ele disse — e já escolheu um doador?

Ah, terapeuta, se você soubesse quão depressa um doador pode ser escolhido! Você liga o computador. Clica em quadradinhos para raça, cor do olho, escolaridade, altura. Uma lista aparece. Você lê alguns perfis. Você clica em COMPRAR.

Uma mulher no fórum de discussões Escolhendo a Maternidade Solo escreveu: *Eu passei mais tempo podando minhas rosas que escolhendo um doador.* Mas, como a biógrafa explicou ao terapeuta, ela *não* escolheu depressa. Ela pesquisou. Ela se esforçou. Ela ficou sentada por horas na mesa da cozinha encarando perfis. Aqueles homens tinham escrito redações. Listado qualidades pessoais. Relembrado momentos de alegria na infância e descrito as características favoritas dos seus avós. (Por cem dólares a ejaculação, eles discutiam seus avós de bom grado.)

Ela tomou notas sobre dezenas e dezenas...

Prós:
1. Diz ser um "leitor assíduo"
2. "Ótimas maçãs do rosto" (equipe)
3. Gosta de "charadas e desafios mentais"
4. Para a futura criança: "Estou ansioso para receber notícias suas em dezoito anos"

Contras:
1. Caligrafia muito ruim
2. Avaliador de imóveis
3. Sobre a própria personalidade: "Não sou muito complicado"

... então reduziu a lista até chegar a dois. O doador 5546 era um *personal trainer* descrito pela equipe do banco de esperma como "bonito e cativante". O doador 3811 tinha um diploma em Biologia e respostas discursivas bem escritas; o modo afetuoso como descrevia suas tias fez a biógrafa gostar dele; mas e se ele não fosse tão bonito quanto o primeiro? Os históricos de saúde de ambos eram perfeitos; pelo menos era o que eles diziam. A biógrafa era superficial ao ponto de ser influenciada por beleza? Mas quem quer um doador feio? Mas 3811 não era necessariamente feio. Mas será que a feiura era mesmo um problema? O que ela queria era boa saúde e um bom cérebro. O doador 5546 dizia estar transbordando de saúde, mas ela não tinha certeza sobre o cérebro.

Então, ela comprou um frasco de cada. Ela não ia se deparar com o 9072, o terceiro colocado, por alguns meses ainda.

— Você sente que não merece um parceiro romântico? — perguntou o terapeuta.

— Não é isso — disse a biógrafa.
— Está pessimista em relação a encontrar um parceiro?
— Eu não *quero* necessariamente um parceiro.
— Essa atitude não pode ser uma forma de se proteger?
— Você quer dizer que estou me iludindo?
— É um jeito de colocar.
— Se eu disser que sim, então não estou iludida. E se eu disser que não, isso apenas prova que estou.
— Precisamos terminar aqui por hoje — disse o terapeuta.

A exploradora polar gostava de ficar em pé no teto de turfa da choupana e imaginar que seus pés estavam precisamente acima da cabeça da mãe, que estava misturando ou cortando ou esmagando; e quantos centímetros de grama e solo havia entre elas; e como ela estava *acima*, e a mãe *abaixo*, revertendo a ordem, invertendo o mundo, sem que ninguém dissesse a ela que ele não podia ser invertido.

Então ela era chamada para ajudar a ferver o papagaio-do-mar.

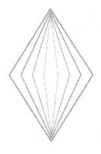

A REPARADORA

Volta da biblioteca para casa a pé pelo caminho mais longo, passando pela escola. O sino das três horas é grande acima do porto, flocos de bronze caindo lentamente na água, o sino em sua boca, o sino em sua bainha. As portas azuis da escola se abrem: botas e cachecóis e gritos. Parcialmente escondida atrás de uma cerejeira, a reparadora aguarda. Um cordão de Lanternas de aristóteles – os dentes afiados dos ouriços-do-mar – pende de seu pescoço como proteção. Semana passada ela ficou por aqui uma hora até que a última criança saiu e as portas se imobilizaram, mas a garota que ela estava esperando não apareceu.

A própria reparadora teve um desempenho bem ruim na Escola da Costa Central, que ela abandonou, quinze anos atrás, sem um diploma. *Não atingiu os critérios mínimos. Parece deliberadamente desinteressada no que acontece em aula.* Ah, vadias, não apenas parecia; o cérebro dela sequer estava na sala. Na aula, a reparadora fazia questão de nunca falar, exceto com almas fugidias ou uma lua de lâmpada mergulhada no estômago do oceano. Suas células cerebrais pulsando em seu capacete se dirigiam para a estrada da floresta, onde jazia a mãe toupeira destroçada pela coruja, seus bebês mortos como sementes vermelhas; ou às folhinhas de um jardim marinho arrastadas para labirintos por caranguejos. O corpo dela ficava na sala, mas seu cérebro, não.

Eles atravessam as portas azuis, grandes e pequenos, embrulhados contra o frio: filhos de pescadores, filhos de lojistas, filhos de garçonetes. Garotas com tinta branca nas bochechas e pálpebras pretas e lábios rubros que não são a garota que ela está esperando. A garota que ela está esperando não usa maquiagem, pelo menos, a reparadora acha que não. Ela sente cheiro de fumaça. Da marca que sua tia Temple fumava. Temple está por perto? Temple veio...? Idiota, idiota, eles não voltam. É aquele doninha loiro que ensina na escola. O cabelo e os dentes dele apontam para todas as direções. Ela o viu com a filha e o filho no caminho do penhasco, apontando para a água.

— Procurando alguém? — ele pergunta.

Ela olha para ele de esguelha.

O doninha loiro sorve e sopra o ar.

— Parece que está.

— Não — ela diz, e vai embora.

Ela não devia ser vista procurando a garota. As pessoas já pensam que ela é desequilibrada, uma esquisitona da floresta, uma bruxa. Ela é mais jovem que as bruxas de vassoura que as pessoas conhecem da TV, mas isso não impede os boatos.

Travessa de pedras redondas acima até o caminho do penhasco. Então cada vez mais para dentro das árvores. Um abeto-de-Douglas foi derrubado numa encosta, serrado para virar lenha, levado de caminhão a uma usina. Tábuas foram cortadas e podadas e totalmente aplainadas. Um homem comprou as tábuas e as prendeu juntas para fazer uma cabana. Dois quartos e um banheiro minúsculo. Fogão a lenha. Pia dupla. Um armário ao norte e um armário ao sul. As lâmpadas e a minigeladeira funcionam a bateria. O chuveiro fica pregado lá fora. No inverno, ela toma banhos de esponja ou fede. O galpão das cabras e o galinheiro ficam atrás da cabana, um de cada lado de um estrepeiro preto morto, partido por um raio. Na fissura que foi aberta, a reparadora construiu ninhos para corujas, andorinhas, tordas-miúdas-marmoradas e estrelinhas-de-poupa.

Ela devia tomar mais cuidado. Não pode deixar que as pessoas a vejam observando. O doninha de cabelo amarelo e dentes desalinhados parecia desconfiado. Não é crime observar alguém, mas os humanos gostam de chamar mar *algumas* coisas de normais e *outras* coisas de peculiares.

Clementine aparece à porta da reparadora com uma cesta térmica de piquenique e uma dor. A última reclamação dela era uma queimação violenta quando urinava; a dor de hoje é nova.

— Tire as calças e deite — diz a reparadora, e Clementine abre o zíper e chuta o jeans para longe. Suas coxas são brancas e muito macias, a calcinha do tamanho de um cadarço de sapato. Ela se acomoda de costas na cama da reparadora e afasta os joelhos.

Um cisto no lábio sul de Clementine, na dobra interior, branco-vermelho em meio ao rosa-amarronzado: quanto dói?

— Ah, Deus, demais. Às vezes, estou no trabalho tipo "Iiiish!" e eles pensam que eu... enfim, eu tenho sífilis?

— Não. Uma boa e velha verruga de boceta.

— Minha vagina não está tendo um bom ano.

A pomada: emulsão de baldroega, betônica e garra-do-diabo em óleo de gergelim. Ela põe algumas gotas na verruga, fecha o frasco e o entrega a Clementine.

— Aplique isto duas vezes ao dia.

Mais verrugas provavelmente vão aparecer, possivelmente muitas outras, mas ela não vê motivo para dizer isso.

Depois que Clementine vai embora, a reparadora sente falta dela, quer as coxas brancas e macias de volta. Ela gosta de suas mulheres grandes e sinuosas, sereias da terra, pressionando-se e contorcendo-se em corpos carnudos.

No galpão, ela verte uma concha de grãos e espera Pinka e Hans voltarem a galope. Hans encosta a fuça na virilha da reparadora, e Pinka ergue um casco dianteiro em cumprimento. *Olá, belezinhas.* Suas línguas são duras e limpas. A primeira vez que ela viu a pupila de uma cabra – retangular, não redonda –, ela sentiu uma pontada de reconhecimento. *Eu conheço você, estranheza.* Eles nunca serão tirados dela. Sabem se comportar agora, depois daquela travessura perto da trilha.

Clementine trouxe um cantarilho-preto como pagamento. Os irmãos dela são pescadores. A reparadora o tira da cesta térmica e o põe em uma tigela, depois pega uma faquinha. Ela dá a pele para Malky e tritura os ossos na própria boca. Os olhos ela joga na floresta. Malky precisa de proteína para toda a caça que faz. Ele some por dias e volta magro. Ossos de peixe não devem ser temidos; basta mastigá-los direito para não perfurar as paredes da garganta nem o revestimento do estômago.

"Seu professor de Ciências vai falar", dizia Temple, "que ossos de peixe são puro cálcio e não podem ser digeridos pelo corpo humano, mas eu garanto que essa não é a história completa". Uma das coisas que a reparadora mais gostava sobre a tia era "eu garanto". Isso e o fato de ela cozinhar refeições regularmente. Nenhuma vez, enquanto morava com Temple, a reparadora teve que encarar condimentos salteados para o jantar. Temple se tornou sua guardiã depois que a mãe da reparadora deixou um bilhete para ela dizendo: *Você vai ficar melhor com a titia não se preucupe mando cartas!* A reparadora tinha oito anos e não era a mais alfabetizada do mundo, mas ela reparou que uma palavra do bilhete estava errada.

Temple disse que as coisas que vendia em sua loja, Goody Hallett's, eram acessórios para turistas; mas se a sobrinha por acaso estivesse interessada nas propriedades reais da alquimia, ela podia lhe ensinar. Existia magia de dois tipos: natural e artificial. A magia natural nada mais era que um conhecimento preciso dos segredos da natureza. Armada com tal conhecimento, era possível realizar maravilhas que ao ignorante pareciam milagres ou ilusões. Um homem uma vez curou a cegueira do pai dela com a vesícula de um peixe-mandarim; a batida de um tambor esticado com a pele de um lobo estilhaçaria um tambor esticado com a pele de um cordeiro.

A reparadora fez sua primeira infusão pouco depois que a mãe foi embora. Seguindo as instruções de Temple, ela juntou dezenas de caules de verbasco florescente, amarelo e com formas alegres. Colheu as flores e as dispôs para secar numa toalha. Reuniu-as num jarro de vidro com lascas de alho, encheu o jarro com óleo de amêndoas, deixou o jarro no peitoril da janela por um mês. Então, filtrou o óleo em seis garrafinhas marrons, que ela alinhou no balcão da cozinha – já era alta o bastante para alcançá-lo – e chamou Temple para ver. A tia ficou em pé ao lado dela, cercada por seu redemoinho de cabelo ruivo, aquele cabelo longo, fibroso e brilhante, e disse "Bom trabalho!", e foi a primeira vez que a reparadora foi elogiada por algo que havia feito, e não por algo que havia deixado de fazer. (Não falar, não chorar, não reclamar quando a mãe demorava seis horas para voltar da loja.)

— Da próxima vez que seu ouvido doer — disse Temple —, é isso que você vai usar.

A promessa de consertar e curar enviou ondas quentes pela barriga da reparadora. Mostrar a eles como as Percival vivem.

Quando ela acorda, a cabana está tão escura da chuva e das árvores que ela não sabe que é manhã. Mas é, e Malky está arranhando, e há batidas na porta.

* * *

Ela bebe um chá de *ashwagandha* com sabor de cavalo. Come pão integral. A nova cliente não quer nada além de água. Seu nome é Ro Stephens. Rosto seco e preocupado, cabelo seco e opaco (sangue fraco?), corpo magro (não nocivamente). Ela perdeu pessoas, a reparadora sente. Um cheirinho sutil, como uma colherada de fumaça.

— Eu estou tentando há muito tempo com o dr. Kalbfleisch na Clínica Hawthorne de Medicina Reprodutiva.

A reparadora ouviu falar de Kalbfleisch por outras clientes. Uma o descreveu como NEC: nazista que eu comeria.

— Então, você está tomando os remédios deles.

— Uma cacetada, sim.

— Como está seu muco cervical?

— Bom, acho?

— Parece clara de ovo perto da ovulação?

— Por um dia ou dois. Mas meu ciclo não é... tão regular. Com a medicação, melhora, mas mesmo assim não é, tipo, um reloginho.

Ela está muito preocupada. E tentando esconder a preocupação. Seu rosto fica escapando das linhas bem-comportadas, sofrendo espasmos de *E se? E depois?*, então se tornando plano e obediente de novo. No fundo, ela não acredita que a reparadora pode ajudar, não importa quanto queira acreditar. Esta é uma pessoa desacostumada a receber ajuda.

— Vamos ver sua língua.

Escuma branca sobre o rosa.

— Você precisa parar de tomar leite.

— Mas eu não...

— Creme no café? Queijo? Iogurte?

Ro assente.

— Pare com tudo isso.
— Vou parar. — Mas Ro parece estar pensando *Eu não vim aqui pelas dicas de nutrição.*

Ingerir comidas quentes e aquecedoras. Batata-doce, feijão-roxo, feijão-preto, caldo de ossos. Mais carne vermelha: é preciso construir uma parede para pendurar esse reloginho. Menos laticínios: a língua está úmida. Mais chá verde: as paredes ainda estão fracas. Está tudo nos elementos, vadias. Todo mundo quer amuletos, mas trinta e dois anos na terra convenceram a reparadora de que amuletos são mera ilusão. Quando o corpo é lento demais para fazer algo ou galopa rápido demais em direção à morte, as pessoas querem as varinhas de condão. *Caldo? Só isso?* A reparadora as ensina a ferver ossos por dias. A deixar sementes e talos e sargaço em fervura baixa, filtrar e beber. Chá de útero tem um fedor violento.

Ela tira o jarro de chá do armário norte e despeja um pouquinho numa sacola marrom, que ela fecha e entrega a Ro.
— Esquente isto numa panela grande de água. Depois que ferver, abaixe o fogo e deixe aquecendo por três horas. Beba uma xícara toda manhã e toda noite. Você não vai gostar do sabor.
— O que tem nisto?
— Nada prejudicial. Raízes e ervas. Vão deixar seu revestimento mais bonito e seus ovários mais fortes.
— *Quais* raízes e ervas, exatamente?
Ela é uma daquelas pessoas que pensam que vão entender alguma coisa se ouvirem seu nome, quando na verdade vão apenas ouvir seu nome.
— *Fallopia* seca, raiz de cardo-penteador do Himalaia, goji, ajuga brilhante, raiz de cuscuta chinesa, orelha-de-leão, *dong quai*, raiz de peônia-vermelha e rizoma de junça.

O chá tem o sabor (a reparadora já experimentou) de água enterrada sob a terra por meses em uma tigela de madeira podre, que foi atravessada por minhocas e recebeu o cuspe de um rato-do-mato.

Os pelos no lábio superior de Ro. O sangramento irregular. A língua com escuma. A secura.
— O dr. Kalbfleisch descartou SOP?

— Não, o que é isso?

— Síndrome do ovário policístico. Afeta a ovulação, então, pode estar contribuindo. — Vendo Ro ter uma pontada de medo, ela acrescenta: — Muitas mulheres têm.

— Mas ele não teria mencionado? Eu estou indo lá há mais de um ano.

— Peça um exame.

Ro tem um rosto gentil – com sardas, rugas de riso, triste nos cantos da boca. Mas seus olhos são furiosos.

Como fazer papagaio-do-mar fervido
(*mjólkursoðinn lundi*)

1. Depenar o papagaio-do-mar; enxaguar.

2. Remover pés e asas; descartar.

3. Remover órgãos internos; separar para o purê de cordeiro.

4. Rechear o papagaio-do-mar com passas e massa de bolo.

5. Ferver em leite e água por uma hora ou até que os sucos fiquem transparentes.

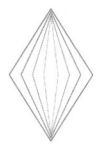

A FILHA

Está sete semanas atrasada, aproximadamente, mais ou menos.
Ela encara o chão da sala de aula, organizando os ladrilhos de linóleo em grupos de sete. Um sete. Dois sete.
Mas ela não se sente grávida.
Três sete. Quatro sete.
Ela devia estar sentindo algo a essa altura, cinco sete, se estivesse.
Ash passa um bilhete: *Quem é mais gostoso, Xiao ou Zakile?*
A filha responde: *Ephraim.*
Não está na lista, burrinha.
— Então do que estamos falando? — pergunta o sr. Zakile. — Temos brancura. A baleia branca. Por que ela é branca?
Ash diz:
— Deus a fez branca?
Seis sete.
— Bem, ok, não era bem isso que eu estava... — O sr. Zakile folheia suas anotações, provavelmente copiadas inteiramente da internet, procurando naquelas sentenças cortadas-e-coladas o cérebro com o qual não nasceu.
De todos os mergulhadores, disse o capitão Ahab, *tu mergulhaste mais fundo.*
Moveu-se pelas fundações deste mundo.
A filha quer flutuar para baixo até o abraço assassino desta Terra fragata.
Viste o suficiente para apartar os planetas.
Sete sete.
E nem uma sílaba escuto de ti.
Ela já ficou atrasada antes. Todo mundo já ficou. As anoréxicas, por exemplo, perdem a menstruação constantemente, já que passar fome bloqueia o

sangue; ou se você não está comendo ferro suficiente; ou se está fumando demais. A filha fumou três quartos de um maço ontem. A irmã de Ash, Clementine, diz que as drogadas fazem sexo sem medo porque a metanfetamina previne a concepção.

Ano passado uma das garotas do último ano se jogou das escadas da quadra, mas mesmo depois que quebrou uma costela ainda estava grávida, e Ro/Senhora disse em aula que esperava que eles entendessem quem era o culpado por aquela costela: os monstros do Congresso que aprovaram a Emenda da Pessoalidade e os lobotomizados do Supremo Tribunal que reverteram *Roe v. Wade*.[4]

— Dois curtos anos atrás — ela disse (na verdade, gritou) —, o aborto era legal neste país, mas agora somos obrigadas a nos jogar das escadas.

E é claro: Yasmine.
A que se corta. A mutiladora.
Yasmine, que foi a primeira pessoa de quem a filha se tornou irmã de sangue (segundo ano).
Yasmine, que foi a primeira pessoa que a filha beijou (quarto ano).
Yasmine, que o fez usar camisinha mas engravidou mesmo assim.

A filha queria poder falar com a mãe sobre isso. Ouvir que "Sete semanas de atraso não é nada, pombinha!".
Na maior parte dos assuntos, sua mãe é razoável e entendida...
— Meu cocô está peludo!
— Não se preocupe. É daquele suco verde que você tomou. A placa mucosa está descascando das paredes intestinais.
... mas não em todos os assuntos.
Você sabe me dizer de que cor eram os olhos da minha avó?
De que cor era o cabelo do meu avô?
As minhas tias-avós eram todas surdas?
Meus tios-tataravôs, todos lunáticos?
Eu venho de uma longa linha de matemáticos?
Os dentes deles eram tão tortos quanto os meus?
Não, você não sabe me dizer, meu pai também não, nem a agência.

---

4. Caso judicial dos anos 1970 nos Estados Unidos em que a Suprema Corte decidiu pelo direito ao aborto ou interrupção voluntária da gravidez. (N.T.)

Foi uma adoção fechada. Sem nenhum rastro.
Você é minha?

* * *

Ephraim não tem um orgasmo; ele para depois de alguns minutos, diz que não está no clima. Tira o peso de cima dela. A primeira coisa que ela sente é alívio. A segunda é medo. Nenhum adolescente rejeita a chance de uma relação sexual, de acordo com sua mãe, que ano passado teve com ela A Conversa, que, graças a Deus, não incluía detalhes anatômicos, mas continha avisos sobre como a mente dos meninos é escravizada pelo sexo. No entanto, aqui está Ephraim, com seus quase dezessete anos, rejeitando uma chance. Ou parando no meio de uma.

— Eu, hã, fiz algo errado? — ela pergunta baixinho.

— Nah. Eu é que estou morto. — Ele boceja, como que para provar. Empurra o cabelo com mechas loiras para trás. — Estamos fazendo dois treinos por dia no futebol. Me passa meu chapéu?

Ela adora esse chapéu, que o faz parecer um detetive bonitão.

Já as roupas dela: leggings de lã preta. Saia tubinho vermelha. Blusa branca de mangas longas com estampa em glitter. Cachecol infinito roxo. Um visual patético; não foi à toa que ele parou.

— Quer que eu deixe você na Ash?

— Sim, valeu. — Ela espera que ele diga algo sobre a próxima vez, marque um encontro, aluda ao futuro deles juntos, mesmo que seja só um *Você vai ao jogo sexta?* Eles chegam à casa de Ash e ele ainda não disse nada. Ela fala: — Então...

— A gente se vê, garota-setembro — ele diz e dá um beijo que é mais uma mordida na boca dela.

No banheiro de Ash, ela joga o cachecol roxo no lixo e o cobre com um bolo de papel higiênico amassado.

A família de Eivør Mínervudottír vivia à base de peixe, batata, carne de carneiro fermentada, papagaio-do-mar fervido no leite e baleia-piloto. Sua comida favorita era o *fastelavnsbolle*, um pão doce comido na terça--feira de Carnaval. ~~Em 1771, o rei sueco comeu catorze *fastelavnsbolle* com lagosta e champanhe, depois morreu de indigestão fulminante.~~

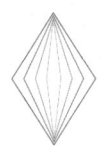

A ESPOSA

Bex se recusa a usar a capa de chuva. Eles vão ficar principalmente no *carro* e ela não se *importa* se seu cabelo ficar molhado entre o carro e a loja e ela *odeia* a sensação do plástico no *pescoço*.

— Tudo bem, se molhe — é a resposta de Didier, mas a esposa não vai aceitar isso. Está uma chuva torrencial. Bex vai usar uma capa de chuva.

— Coloque. A. Capa! — ela berra.
— Não! — grita a garota.
— Sim.
— Não!
— Bex, ninguém vai entrar no carro até você colocar essa capa.
— O papai disse que eu não preciso.
— Está vendo como a chuva está forte lá fora?
— A chuva faz bem para a pele.
— Não faz, não — diz a esposa.
— Jesus, *vamos logo* — diz Didier.
— Faça o favor de me apoiar aqui.
— Eu apoiaria se concordasse com você, mas estamos aqui de pé há dez malditos minutos. É ridículo.
— Impor regras é ridículo?
— Eu não sabia que tínhamos uma *regra* sobre...
— Bem, nós temos — diz a esposa. — Bex, você quer continuar atrasando todo mundo ou está pronta para agir como uma garota de seis anos e vestir sua capa de chuva?
— Eu não tenho seis anos — ela diz, com os braços cruzados. — Sou um bebezinho. Preciso trocar a fralda.

A esposa joga a capa de chuva sobre os ombros de Bex, puxa o capuz para a frente e amarra os laços sob o queixo dela. Então, ergue o corpo rígido da menina e a carrega até o carro.

* * *

As mãos do marido se apoiam sobre o volante na posição de dez para as duas, um hábito que chocava a esposa na época em que eles namoravam: ele tinha tocado em bandas, usado drogas, socado o pai na cara aos catorze anos. Mas dirigia – dirige – como uma vovozinha.

Ela fica feliz por não estar ao volante. Nenhuma decisão terá de ser tomada na curva da estrada.

Animalzinho preto tendo espasmos, queimado até a morte, mas não inteiramente morto.

Um pedaço de pneu se esforçando para atravessar a estrada.

Animalzinho, sacola plástica.

Mas talvez não fosse uma sacola plástica.

Talvez a primeira impressão dela estivesse correta.

Alguém ateou fogo nele, alguma criança má ou um adulto mau. Não há escassez de maldade em Newville...

... *mas é lindo aqui e sua família tem vindo para cá há gerações e o ar marinho é cheio de íons negativos. Eles melhoram o humor, lembra?*

Bex está tagarelando de novo quando eles chegam à loja.

Onde é a seção das bonecas.

John é tão preguiçoso.

A mãe de alguém foi à escola e ela era uma higienista dental e disse que mesmo um dente adulto começando a crescer na gengiva também precisa ser escovado.

— Perfeitos às duas horas — sibila Didier, cutucando o cotovelo da esposa.

Eles, não. Hoje, não.

— Shell! — exclama Bex. — Ai, meu Deus, *Shelly!*

As garotas se abraçam dramaticamente, como se um encontro na cidade onde ambas vivem fosse a surpresa mais incrível do mundo.

Bex:

— Seu vestido é tão bonito.

Shell:

— Obrigada, minha mãe que fez.

— Olá, amigos! — diz Jessica Perfeita alegremente. — Que bom ver vocês!

— Vocês também. — A esposa se inclina para um beijinho no ar. — Trouxe a turma toda, hein?

Os irmãos bronzeados e esbeltos de Shell estão enfileirados atrás de seus pais bronzeados e esbeltos.

— É, é um daqueles dias.

Aqueles dias para os Perfeitos provavelmente são um pouco diferentes *daqueles dias* na colina.

Além de fazer vestidos, Jessica tricota suéteres com a lã de ovelhas Shetland locais para todos os quatro filhos.

Faz geleia dos frutos silvestres que eles colhem.

Cozinha em casa as refeições sem glúten e sem lactose deles.

Nuggets de frango e queijo processado nunca entram na casa dela.

O marido dela é um nutricionista que um dia deu um sermão a Didier sobre a importância de deixar as nozes marinando durante a noite.

— Blake. — Didier acena com a cabeça.

— Como vai essa barra, colega?

— Longa e forte — diz o marido dela, com o mais leve sorriso.

— Olha só *esse* cara! Está ficando tão grande! Quantos anos você tem agora? — Blake se inclina para John, que se contorce no carrinho de compras e enfia o rosto no estômago de Didier.

— Três e meio — responde a esposa.

— Uau. O tempo *passa*, não é?

— Nem me fale — diz Jessica —, e faz séculos que vocês não vão lá em casa! Precisamos marcar. É difícil encontrar uma noite livre com tantas atividades das crianças depois da escola. Temos futebol, *cross country*, violino... minha nossa, o que estou esquecendo?

A criança mais velha diz:

— Minhas aulas para os superdotados e talentosos?

— É verdade, amor. *Este* aqui — ela afaga a cabeça do menino — teve um desempenho excepcional no ano passado, então se qualificou para um programa avançado de Matemática e Artes. Vocês não são vegetarianos, são? Temos recebido o bife mais divino dos nossos vizinhos do fim da estrada. As vacas deles recebem alimentação orgânica, sem nenhum antibiótico; o bife mais puro e feliz.

— Você diz feliz antes de serem abatidas — pergunta Didier — ou depois de se tornarem comida?

Ela não dá nenhum sinal de constrangimento.

— Então, quando vocês vierem, vou fazer bifes, e a acelga vai ser colhida em breve. Minha nossa, temos *acres e acres* dela este ano. Felizmente, as crianças amam acelga.

Ainda está chovendo forte no caminho para casa. Os para-brisas se movem furiosamente.

— Tiro? — sugere Didier.

— Rápido demais — diz a esposa. — Que veneno é bem lento?

— Cicuta, acho — ele diz, tirando uma mão do volante para acariciar a nuca dela. — Não, espere. Inanição! Podemos fazê-los se enforcar com os próprios... como é que se diz?

— Se enforcar com a própria corda — ela diz.

— Que corda é essa, afinal de contas?

— Não sei. Mas voto por inanição.

— "Eu notei que vocês têm algumas nozes não marinadas no recinto e estou um pouco preocupado. Sinceramente, eu jamais daria uma noz não marinada aos meus filhos."

— Do que vocês tão falando? — pergunta Bex.

— Um programa de TV que a gente viu — diz Didier —, chamado *A maior corda do mundo*. Você ia gostar, Bexy. Tem um episódio em que toda vez que uma pessoa peida, dá para ver o peido dela. Tem umas nuvenzinhas marrons que ficam espichadas atrás dos personagens como se fossem uma corda de peido.

Bex dá uma risadinha.

A esposa tira a mão dele de sua nuca e a põe sobre a sua coxa, fechando os olhos com um sorriso. Ele aperta a perna dela coberta pelo jeans.

Ela se lembra do que ama nele.

Não as piadas de peido, mas a doçura. A solidariedade contra os Perfeitos deste mundo. Ela vai perguntar a ele amanhã.

Na janela embaçada do carro ela desenha um *P.*

Foi ruim, sim, da última vez que ele recusou. Ela prometeu a si mesma que não perguntaria outra vez.

Mas as crianças o adoram.

E ele realmente é doce às vezes.

Eu peguei uma indicação de uma pessoa em Salem, ela dirá, *que supostamente é fantástica; não é tão cara e atende até tarde. Podemos pedir a Mattie que fique com as...*

E ela se viu voando da estrada do penhasco com as crianças no carro.

Quando a exploradora polar fez seis anos, ensinaram a ela o melhor jeito de segurar a faca e cortar a garganta do cordeiro – só um corte, eles não sentem, faça com força, observe o seu irmão. Mas quando ela segurou a faca e a mãe se agachou ao seu lado com o pequeno cordeiro se debatendo, ela não quis. Eivør recebeu duas vezes a ordem de cortar e duas vezes ela disse: "*Nei, mamma*".

A mãe pôs a mão sobre a dela e passou a faca sob o rosto do cordeiro; o rosto dele caiu; Eivør caiu com ele, gritando; e a mãe içou o animal acima de uma bacia para sangrar.

Eivør recebeu uma surra nas coxas com uma faixa de couro usada para pendurar cordeiros com a garganta cortada no galpão de secagem. E ela não comeu *ræst kjøt* naquele Natal, nem *skerpikjøt* na primavera, exceto por um ou outro pedacinho secreto que o irmão Gunni guardou no sapato.

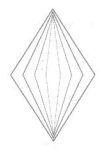

A BIÓGRAFA

Não sabe ao certo se Gunni guardou pedaços do cordeiro fermentado no sapato quando Eivør não tinha permissão de comê-lo, mas insere isso no livro porque seu próprio irmão costumava esconder biscoitos no guardanapo quando a mãe deles dizia à biógrafa que ela não precisava de mais sobremesa, a não ser que quisesse ficar gordinha. Archie deixava os biscoitos na gaveta para ela pegar. Toda vez que ela abria a gaveta e via o guardanapo escurecido de gordura enfiado entre as meias, uma chama de felicidade se acendia em sua garganta.

Ela escreveu as primeiras frases de *Mínervudottír: uma vida* dez anos atrás, quando trabalhava num café em Minneapolis e tentava ajudar Archie a largar as drogas. Quando não estava levando o irmão a consultas ou reuniões do grupo de apoio, estava jogando verduras em *smoothies* que ele não bebia. Estava procurando dilatação nas pupilas dele, agulhas nas gavetas e dinheiro desaparecido na própria carteira. Às vezes, ele pedia para ler o manuscrito. Ele gostava da parte em que a exploradora polar observava os homens conduzirem baleias para a morte em uma baía rasa.

Como odiava tradição, Archie teria aplaudido os esforços dela para engravidar sozinha. Teria feito seus amigos fornecerem esperma de graça. (Uma dose de esperma do Criobanco Athena custa oitocentos dólares.)

Ela não contou ao pai sobre esses esforços.

Ela desliga o computador e apoia o diário de Mínervudottír numa pilha de livros sobre expedições árticas do século XIX. Gira a cabeça em direção a um ombro, depois ao outro. Será que um pescoço rígido é outro sinal da síndrome de ovário policístico? Ela pesquisou a respeito on-line, tanto quanto podia suportar. As estatísticas de gravidez não são boas.

Mas Gin Percival talvez não soubesse do que estava falando. Ela não tem sequer um diploma do ensino médio, de acordo com Penny, que já dava aulas na Costa Central quando Gin largou a escola. A visita não foi ruim, nem particularmente boa. Ela não tinha nada contra Gin Percival. Saiu com um saquinho de chá medonho.

Falando nisso: a biógrafa pega uma caçarola. Enquanto o chá esquenta, ela se prepara para o sabor de uma boca humana não escovada há muitas luas e se pergunta se vai trocar de roupa para o jantar. É só Didier e Susan e as crianças; mas essas calças de moletom, verdade seja dita, não são lavadas há um bom tempo.

A xícara branca tem manchas marrons do lado de dentro. Os dentes dela também são manchados assim? Provavelmente. Anos de café frequente. Longos hiatos entre visitas ao dentista. Será que má higiene bucal pode ser uma causa de SOP? Inflamação que vaza das gengivas para a corrente sanguínea, um veneno lento, deixando seus hormônios atordoados e ineficazes?

Se ela *tem* SOP, talvez Gin Percival possa lhe dar outra poção – para reduzir os níveis de testosterona e corrigir o sangue. Suas células vão voltar à ativa, tornando-se mais gordas e fofinhas e densas, seus níveis de hormônio foliculoestimulante vão cair para dígitos únicos, a enfermeira Ranzinza vai ligar para ela com os resultados dos exames e dizer "Uau! Minha nossa!" e até o doutor dos dedos mágicos vai lhe dar um aceno de surpresa. Então, eles vão mandar para dentro o esperma do alpinista ou do *personal trainer* ou do estudante de Biologia ou do próprio Kalbfleisch e a biógrafa vai, enfim, conceber.

Deve ser só enganação, é claro. Casca de árvore e cuspe de sapo e feitiços. Ela tritura umas frutinhas silvestres e sementes e chama de solução.

Mas e se funcionar? Preparado há milhares de anos, aprimorado por mulheres nas dobras escuras da história, ajudando umas às outras.

E, a essa altura, o que mais ela pode fazer?

Você pode parar de tentar tanto.

Pode amar sua vida como ela é.

A casa dos Korsmos, com a beleza misteriosa de uma casa na colina de filme de terror, deixaria a biógrafa com inveja se ela fosse uma dessas pessoas que querem uma casa, o que ela não é, já que casas a fazem pensar num mar de dívidas; mas ela admira suas vidraças com molduras pesadas e o acabamento detalhado ao redor da varanda. Foi construída pelo bisavô de

Susan como uma casa de veraneio. No inverno, eles colam fita adesiva nas janelas e enfiam suéteres embaixo das portas.

Didier está fumando nos degraus da varanda, o cabelo loiro espetado como feno sob o gorro. Ele tem olhos afundados e dentes tortos, mas de alguma forma consegue – a biógrafa não sabe como – ser atraente. *Beau-laid.* Ele ergue uma palma bonita-feia em cumprimento.

— ROOOOO! — grita Bex, correndo até a biógrafa pelo jardim.

— Cala a boca, caralho — diz o pai dela. Ele esmaga o cigarro sob a bota, joga-o num grande arbusto marrom e se levanta para erguer a garota no ar. — Bexy, lembre-se de que "caralho" vai na caixa especial. Está com fome, Robitussin? Aliás, convidamos Pete.

— Estou exultante. O que é a caixa especial?

— A caixa de palavras que nunca dizemos para a mamãe — diz Bex.

— E nem perto da mamãe. — Didier põe a menina no chão e ela corre de volta para a casa. — Vejo que você não trouxe nada, o que é ótimo.

— Por quê?

— Minha mulher adere à crença do século XX de que pessoas civilizadas levam presentinhos ou contribuições a uma refeição para a qual foram convidadas. E novamente provamos que ela está errada porque você é civilizada, mas, como sempre, não trouxe nada.

A biógrafa prevê a careta, a censura arquivada. Susan guarda rancor até a morte.

Plínio, o Jovem bate os pés atrás delas enquanto Bex conduz a biógrafa a mais um tour do seu quarto. Ela tem muito orgulho do quarto. As paredes roxas estão encorpadas com fadas, leopardos, alfabetos e narizes de Pinóquio. Quando o irmão ousa mover um coelho da cama, Bex bate na mão dele; ele dá um grito; a biógrafa diz:

— Acho que você não devia fazer isso.

— Foi só um tapa de *leve* — diz a menina. — Olha, eu tenho uma estante para o monstro e uma estante para o peixe. Essa aqui é uma múmia de esquilo.

A biógrafa observa de perto.

— Isso é um esquilo de verdade?

— É, mas morreu. Que é, tipo, quando... — Bex suspira, torce as mãos, e ergue os olhos para a biógrafa. — O que é a morte?

— Ah, você sabe — diz a biógrafa.

Loiros-morenos, amáveis, exigentes, às vezes um tanto irritantes – quão absurdamente eles se parecem com Susan e Didier. É muito mais que a coloração: eles têm a *forma* dos pais; Bex com as órbitas sombreadas de Didier, John com o queixo élfico de Susan – rostinhos gravados por duas linhagens que podem ser rastreadas. Eles são os produtos do desejo: sexual, sim, mas mais importante (na era da contracepção, pelo menos), eles vêm do desejo de retorno. Dê-me a chance de me repetir. Dê-me uma vida vivida de novo, e maior. Dê-me um eu de quem cuidar, e melhor. De novo, por favor, de novo! Dizem que somos programados para querer repetir. Para querer semente e solo, ovo e casca; pelo menos é o que dizem. Dê-me um balde e dê-me um sino. Dê-me uma vaca com suas tetas inchadas. Dê-me o bezerro – olhos longos, língua longa – que agarra na teta e suga.

No andar de baixo, ela tropeça num caminhão de plástico e enfia o cotovelo numa mesa lateral. O chão está coberto de brinquedos. Ela chuta um trem azul contra a parede.

— Eles vivem na imundície — diz Pete Xiao.
— Acho que torci meu cotovelo.
— Fora isso, tudo bem? — Pete chegou à Escola da Costa Central dois anos atrás, para ensinar Matemática, e anunciou que só ficaria um ano porque não tinha nascido para viver no interior. Este ano ainda é o último dele; e ano que vem sem dúvida também será.
— Incrível — ela responde. Na verdade, inchada. O Ovutran causa isso.

Eles se reúnem na sala de jantar, que os antepassados de Susan decoraram com estilo: vigas grossas de carvalho no teto, painéis de parede entalhados à mão, aparadores embutidos. A carne assada é cortada e servida. Há mordidas e sorvidas barulhentas.

— Os pais deste ano — diz Pete — são ainda mais racistas que os do ano passado. Um cara disse: "Fico feliz que meu filho esteja finalmente estudando Matemática com alguém da sua constituição".
— Acalme a passarinha, Pete — diz Didier.
— Eu tenho uma passarinha?
— Nas suas calças, aninhada como um ratinho.
— Que branco da sua parte mudar de assunto quando estamos discutindo estereótipos de minorias.
— Ei, Roosevelt, você só está usando doadores de esperma brancos por discriminação?

— Didier, *por Deus* — diz Susan.
— Branco é a cor do estado do Oregon — fala Pete.
— A criança já vai se sentir estranha com essa situação da paternidade — diz a biógrafa — e eu não quero piorar a confusão.
— Quando tiver esse filho, você não vai conseguir nem cagar em paz. E vai se tornar ainda menos descolada do que já é. Como diz o ditado: "Heroína nunca prejudicou minha coleção de discos, mas a paternidade, sim!"
— Ninguém diz isso — contraria Susan, pegando outro pão.
— Eu fiz um trabalho uma vez — conta Didier — sobre a história das palavras para pênis, e "passarinha" era um termo comum até uns dois séculos atrás.
— Isso era considerado um tópico de pesquisa na sua faculdade de fundo de quintal? — pergunta Pete.
— Não era um fundo de quintal — diz Susan —, era mais uma casinha de pau a pique com uma janela de *drive-through*.
— O que é pau a pique? — pergunta Bex.
Didier coça o pescoço.
— Mesmo se *tivesse* sido uma faculdade comunitária, o que não era, e daí? Quer dizer, literalmente, *meuf*, por que importaria?
Pete grita:
— Por que todo mundo diz "literalmente" o tempo todo hoje em dia?
— "Porque é que tendo tudo" — recita Didier — "há de ficar o passarinho mudo, arrepiado e triste, sem cantar? É que, crença, os pássaros não falam. Só gorjeando a sua dor exalam". O Olavo Bilac não era muito chegado a uma passarinha, aliás.
— Ele não sabe o nome do pediatra das crianças, mas isso ele lembra — diz Susan.
Didier dá um longo e demorado olhar para a esposa, se levanta da mesa e vai até a cozinha.
Ele volta com um pratinho de manteiga.
— Não precisamos de manteiga — diz Susan. — Por que você pegou a manteiga?
— Porque — ele explica — eu quero passar um pouco de manteiga nas minhas batatas. Elas estão um pouco *secas*.
— Papai — fala Bex —, seu rosto ficou igual a um bumbum agora. — Risadinhas. — Não seja um bundudo, seu bundudo!
— Use sua voz de bibliotecária, *chouchou* — diz Didier.

— Eu odeio a biblioteca!

— O que o papai quer dizer é que você precisa falar mais baixo ou vai ter que sair da mesa.

Bex sussurra algo para o irmão e conta até três.

— AAAAAHHHHH! — eles explodem.

— É isso — dispara Susan. — Chega. Podem sair da mesa.

— Mas o John não acabou de comer! Se você não alimentar a gente é, humm, é *abuso infantil*.

— Onde você ouviu esse termo?

— Jesus — diz Didier —, provavelmente ela ouviu na TV. Relaxa.

Susan fecha os olhos. Por alguns segundos, nada se move. Então, os olhos dela se abrem e a voz sai plácida:

— Vamos lá, elfinhos, é hora do banho. Deem boa-noite.

Pete e Didier abrem uma cerveja atrás da outra e ignoram a biógrafa. Seus tópicos de conversa incluem futebol europeu, uísque artesanal, overdoses famosas e um videogame para múltiplos jogadores cujo nome soa como "They Mask Us". Então Didier, lembrando dela de repente, diz:

— Em vez de dirigir um milhão de quilômetros até Salem, por que você não visita a bruxa? Eu a vi outro dia, esperando fora da escola. Pelo menos acho que era ela, embora ela pareça bem menos bruxa do que a maioria das alunas da Costa Central.

— Ela não é uma *bruxa*. Ela é... — Alta, pálida, sobrancelhas grossas. Olhos arregalados e verdes como uma lagoa. Tecido preto amarrado ao redor do pescoço. — Peculiar.

— Mesmo assim — diz Didier —, não vale uma tentativa?

— Não. Ela me daria uma tigela de casca de árvore. E eu já estou endividada até o último fio de cabelo. — A biógrafa não sabe ao certo por que está mentindo. Ela não tem vergonha de sua visita a Gin Percival.

— Mais motivo para evitar ser mãe solteira — fala Didier.

Será que ela está envergonhada?

— Então só casais endividados até o último fio de cabelo — ela ergue a voz — devem ter filhos?

— Não, eu quis dizer que você não faz ideia de como vai ser difícil.

— Na verdade, eu faço — ela diz.

— Não faz coisa nenhuma. Olha, eu sou o *produto* de uma mãe solteira.

— Exatamente.

— O quê?

— Deu tudo certo com você — diz a biógrafa.

— Você é evidência humana — acrescenta Pete.

— Espere até serem quatro da manhã — continua Didier — e a criança estar vomitando e cagando e berrando, e você não conseguir decidir se deve levá-la ou não ao pronto-socorro, e não ter ninguém para ajudar você a decidir.

— Por que eu precisaria de alguém para me ajudar a decidir?

— Ok, e quando a criança chorar porque teve uma apresentação de violão na escola à qual você não pôde ir por causa do trabalho e todo mundo rir dela?

A biógrafa levanta os braços e dá de ombros como quem diz "acontece".

Didier bate no bolso da camisa.

— Onde diabos estão meus cigarros? Pete, você...?

— Aqui, irmão. — Eles vão para fora juntos.

Ela pensa em tirar a mesa – seria a coisa certa a se fazer, a coisa cortês e prestativa –, mas fica na cadeira.

Susan, da porta:

— Eles finalmente dormiram.

O rosto estreito dela, emoldurado por ondas loiras, pulsa de raiva. Das crianças, por não se acalmarem mais rápido? Do marido, por não fazer nada? Ela fica de pé atrás de uma cadeira, examinando a bagunça da mesa. Mesmo brava, ela está brilhando, cada raio de luz da sala de jantar refletindo e manchando suas bochechas.

Os machos voltam batendo os pés, cheirando a fumaça e frio, Didier rindo.

— É o que eu disse para o nono ano!

— Clássico — diz Pete.

Susan começa a tirar os pratos. A biógrafa se levanta e pega a caçarola da carne.

— Obrigada — diz Susan, à panela.

— Eu lavo.

— Não, tudo bem. Pode tirar os morangos da geladeira? E o creme.

A biógrafa lava, seca e corta o topo dos morangos.

— Comprei esses especialmente para você — diz Susan.

— Caso eu precise de ácido fólico?

— Você está...?

— Tenho outra inseminação semana que vem.
— Bem, tente se distrair se puder. Vá ao cinema.
— Ao cinema — repete a biógrafa.

Susan tem um talento para compadecer-se de dores que não sofreu. O que não parece compaixão nem empatia, mas por que não? Aqui está uma amiga tentando estabelecer uma conexão devido a um problema. Mas o esforço em si é ofensivo, a biógrafa decide. A primeira vez que Susan engravidou, não foi planejado. A segunda vez (ela contou à biógrafa) eles tinham acabado de começar a tentar; ela devia ser uma daquelas mulheres extremamente férteis; tinha achado que levaria mais tempo, mas veja só. Se ela contasse a Susan que tinha visitado a bruxa, Susan seria compreensiva e séria, depois riria disso pelas costas da biógrafa. Com Didier. Ah, pobre Ro – primeiro comprando esperma on-line, agora se enfiando na floresta para consultar uma mulher sem teto. Ah, pobre Ro – por que ela continua tentando? Ela não faz ideia de como vai ser difícil.

Com o salário de professora, ela vai morrer segurando notificações de empresas de cobrança, enquanto Susan e Didier, que também subsistem com um salário de professor, não têm dívidas, até onde ela sabe, e não pagam aluguel. Bex e John sem dúvida têm poupanças abertas pelos pais de Susan, engordando a quantia cada vez mais.

"A mente que compara é uma mente que se desespera", diz a professora de Meditação.

Bem, a biógrafa vai dar um jeito de mandar seu bebê que ainda não existe para a faculdade. Se o bebê quiser ir para a faculdade, é claro. Ela não vai forçar o bebê. A biógrafa gostava da faculdade, mas vai saber do que o bebê vai gostar? Ele pode decidir virar pescador e ficar aqui mesmo no litoral, e jantar com a biógrafa toda noite, não por obrigação, mas porque quer. Eles vão se demorar à mesa e contar um ao outro como foi o dia. A biógrafa não vai mais estar dando aulas a essa altura, só escrevendo, tendo publicado *Mínervudottír: uma vida* e recebido aclamação pública, e agora trabalhando numa história detalhada sobre as exploradoras árticas; e o bebê, cansado depois de horas num barco de pesca, mas ainda prestando atenção, vai fazer perguntas inteligentes à biógrafa sobre a menstruação a vinte e seis graus abaixo de zero.

Quando garota, eu amava (mas por quê?) assistir ao *grindadráp*. Era uma dança mortal. Eu não conseguia parar de olhar. Cheirar as fogueiras acesas nos penhascos, chamando os homens à caçada. Ver os barcos arrebanharem o cardume na baía, as baleias se debatendo mais rápido conforme entravam em pânico. Homens e meninos chafurdando na água com facas para cortar suas medulas espinais. Eles tocam o olho da baleia para certificar-se de que ela está morta. E a água espuma de vermelho.

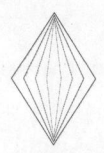

A REPARADORA

Malky está sumido há três dias. É tempo demais – ela não gosta disso. O sol está se pondo. Há matadores no bosque. Malky é um matador também, mas não é páreo para coiotes e raposas e aves de rapina. Toda criatura é presa de alguém. A garota se afasta da escola no carro de um garoto usando um chapéu antiquado. (Ele acha mesmo que aquele chapéu fica *bem*?) O garoto do chapéu anda com os quadris, desfilando e gingando, como um pirata.

Não que a reparadora possa avisá-la. Ela tem ficado longe da cidade por medo de que a garota a veja observando.

Ela limpa a pia, o balcão de carvalho. Arruma a gaveta de sementes. Dispõe jarros limpos ao lado de um cesto de cebolas.

Desfilando e gingando.

Um pirata descansava de seus feitos medonhos numa taverna em Cape Cod. Ele conheceu a belezura local, dezesseis anos incompletos. Maria Hallett se apaixonou perdidamente por esse bandido. Então, Black Sam Bellamy zarpou. Ela estava esperando uma criança. A criança morreu na mesma noite que nasceu – escondida num celeiro, asfixiada num fardo de palha.

Pelo menos era o que se dizia. Mal sabiam eles. A esposa do fazendeiro que criou a criança não contou a ninguém, exceto ao seu diário.

Goody Hallett foi presa. Ou banida do vilarejo. Tornou-se uma reclusa. Vivia numa choça num solo pobre. Esperava nos penhascos por Black Sam Bellamy usando seus melhores sapatos vermelhos. Cavalgava no dorso de baleias, amarrava lanternas em suas caudas, atraía navios para encalhar nos baixios. Ganhou uma reputação: bruxa.

* * *

Black Sam era o Robin Hood dos piratas. Eles roubam os pobres sob o disfarce da lei, ele dizia, e nós pilhamos os ricos sob a proteção da nossa própria coragem. Em 1717, depois de uma pilhagem caribenha, o capitão Bellamy voltou ao Atlântico com sua gangue de bucaneiros. O navio roubado em que navegavam, *Whydah*, entrou na pior tempestade do noroeste da história de Cape Cod. O navio foi destroçado. Piratas mortos pontilhavam toda a praia. O corpo de Black Sam nunca foi recuperado.

Em 1984, os restos do *Whydah* foram encontrados no litoral de Wellfleet, Massachusetts. Naquele mesmo ano, Temple Percival comprou uma loja falida de equipamento de pesca em Newville, Oregon, dispôs nas prateleiras algumas bugigangas assustadoras e a chamou de Goody Hallett's.

Agora, as unhas de Temple vivem numa jarra na prateleira da cabana. Os cílios num envelope de papel-manteiga. Cabelos e pelos pubianos em pacotes separados – ambos quase desintegrados. O resto do corpo dela está no freezer, atrás do cocho, no galpão das cabras.

Arranhões na porta. Malky se esgueira para dentro sem cumprimentos nem desculpas. Ela tenta soar severa:
— Nunca mais fique longe por tanto tempo, cuzão.
Ele ronrona mal-humorado, exigindo a janta. Ela pega um prato de salmão do frigobar. É uma alegria ver sua linguinha rosa comer. O mais contente rei das florestas.

Duas batidas curtas. Silêncio. Mais duas. Silêncio. Uma. Malky, que conhece essas batidas, continua comendo.
— É você?
— Sou eu.

Ela abre a porta, mas fica no patamar. Cotter é seu único amigo humano, a pessoa mais gentil que ela conhece; isso não significa que ela o queira na cabana.

— Nova cliente — diz ele, erguendo um envelope. Suas pobres bochechas com espinhas estão piores que de costume. Toxinas tentando sair. Deviam estar saindo através do fígado, mas estão saindo através da pele.

A reparadora enfia o envelope no bolso.

— Você falou com essa?

— Ela trabalha na fábrica de celulose em Wenport. Está com dez semanas.

— Ok, obrigada. — Ela precisa reabastecer língua-de-vaca e erva-lanceta. Verificar o suprimento de poejo. — Boa noite.

Cotter esfrega o gorro de lã preta.

— Você está bem? Precisa de alguma coisa?

— Estou bem. Boa noite!

— Só mais uma coisa, Ginny. — Ele tira o gorro, coloca a palma na testa. — As pessoas estão dizendo que você trouxe os dedos-do-morto de volta.

A reparadora assente.

— Só estou avisando — diz Cotter.

Ela quer se sentar perto do fogão com Malky no colo e nada na cabeça. Sem vigilância, sem medo.

— Estou cansada.

Cotter suspira.

— Então, vá dormir cedo. — Ele vira e é engolido pelo bosque.

Cotter trabalha no Correio. O que quer que as pessoas estejam dizendo, ele escuta. Mas ela sabia antes mesmo que ele lhe contasse. Ela vem recebendo bilhetes em sua caixa do correio. De pescadores, ou mulheres de pescadores, assustados pela praga nas algas.

De fato, ela tem dedos-do-morto secos pendurados na janela de sua cabana. Será que Clementine relatou isso a seus irmãos pescadores? Pescadores odeiam dedos-do-morto por estragarem cascos de barcos no porto, prenderem-se a ostras e levá-las para longe.

Você acha engraçado? A gente VIVE disso.

Ela joga galhos de pinheiro no fogão. Onde Malky foi parar?

— Venha aqui, seu bostinha.

Ele não pode ser persuadido a subir no colo dela, mesmo sabendo quanto ela sentiu a sua falta.

Sua puta, pare de enfeitiçar a água.

Seu próprio gato não a obedece; por que as algas obedeceriam?

Por que eu suportava ver as baleias sendo mortas, mas não os cordeiros?

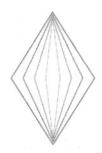

A FILHA

Ela achou que seria diferente. Achou que não envolveria descer a escadaria leste para o almoço e ver a mão de Ephraim sob a camiseta de Nouri Withers, cujos olhos estavam fechados, as pálpebras estremecendo.

A filha não faz nenhum som. Ela sobe as escadas de volta na ponta dos pés.

Mas não consegue respirar.

Respire, burrinha.

Ela se senta no patamar, alongando a caixa torácica para abrir espaço para o ar.

Respire, sua branquela ignorante.

Ela tem que sobreviver ao dia. Sobreviver a Latim e Matemática. Pegar o novo aparelho ortodôntico.

Nouri Withers? Talvez, se a pessoa gosta de cabelo emaranhado e sombra preta e esmalte feito de esterco de lontra.

Ela nunca sentiu tanta saudade de Yasmine quanto neste exato momento.

Yasmine, amante de morangos, rainha do chantilly.

Cantora de hinos e fumante de maconha.

Que diria: *Esqueça aquela vadia da Transilvânia.*

Que diria: *Você ao menos vai se lembrar desse sujeito em cinco anos?*

Yasmine, que era mais inteligente que a filha, mas tirava notas mais baixas por causa de sua "atitude".

Yasmine saiu do banheiro e ergueu o teste com urina.
Um mês antes, a proibição federal de aborto tinha entrado em vigor.
A filha pensou: precisamos ir para o Canadá. Eles ainda não tinham fechado a fronteira para mulheres procurando aborto. O Muro Rosa era só uma ideia.

Um ano e meio depois, a patrulha de fronteira canadense prende mulheres americanas em busca de aborto e as manda de volta para os Estados Unidos, onde serão processadas.
— Vamos gastar o dinheiro dos contribuintes para criminalizar mulheres vulneráveis, que tal? — disse Ro/Senhora em sala.
E alguém respondeu:
— Mas se estão violando a lei elas *são* criminosas.
E Ro/Senhora rebateu:
— Leis não são fenômenos naturais. Elas têm históricos particulares e muitas vezes horríveis. Já ouviram falar das Leis de Nuremberg? Já ouviram falar de Jim Crow?
Yasmine teria gostado de Ro/Senhora, que fala sobre história de um jeito que a torna memorável, e que se veste como uma criança: calça marrom de veludo cotelê, agasalho verde de moletom e tênis.

Um bolo de células dentro dela, se multiplicando. Metade Ephraim, metade ela.
Você não tem certeza.
Ela carrega o teste fechado na bolsa.
Se ela estiver...
Pode não estar. O corpo parece o mesmo de sempre.
Mas se estiver, o que diabos vai fazer?
Não sofra por antecipação. — Mãe
Fique na sua. — Pai.
Afinal, ela pode não estar.

Na aula de Matemática, Nouri Withers bate a bota com ponta de aço contra a perna da cadeira, por empolgação, provavelmente; ela está pensando no seu próximo encontro com Ephraim. Aonde eles irão? O que vão fazer? *O que já fizeram?* Ash não está aqui para confortá-la; a filha não tem amigos nesta sala; é cálculo, todos são do segundo e do terceiro anos, exceto ela. O pessoal do primeiro ano acha que ela é esnobe porque veio de Salem e faz aulas para alunos avançados e o pai dela não é pescador e uma vez ela disse que era idiota chamar as professoras de "senhora". Para provar sua falta de esnobismo, agora ela diz "senhora" também.

Depois da aula, o sr. Xiao a chama à parte para "uma palavrinha". Ela já está trêmula devido à combinação de oito semanas de atraso com a mão de Ephraim embaixo da saia de Nouri; a perspectiva de uma reprimenda do seu segundo professor preferido faz os olhos dela marejarem.

— Eita, eita! Você não fez nada de errado. Jesus, Quarles, está *tudo bem*.

Ela enxuga os olhos.

— Desculpe.

— Está tudo bem?

— É a menstruação. — Professores homens não questionam essa desculpa.

— Ok, bem, eu tenho boas notícias para você. Você conhece a Academia de Matemática do Oregon?

A filha assente.

Como se ela tivesse balançado a cabeça em negativa, o sr. Xiao explica:

— É um programa de uma semana em Eugene. O acampamento acadêmico mais competitivo e prestigioso do estado. Ninguém da Costa Central foi escolhido até hoje. E eu vou indicar você.

Ela ouve as palavras, mas elas não geram nenhum sentimento.

— Muito obrigada, mesmo.

— Acho que suas chances são boas. Você é inteligente, é mulher e, como um bônus, eu fiz faculdade com um dos caras da banca de admissão. — Ele espera que ela pareça impressionada.

A Matilda Quarles do ano passado – do *mês* passado – estaria eufórica agora. Estaria louca para chegar em casa e contar aos pais.

— O prazo é quinze de janeiro — acrescenta o sr. Xiao, que não consegue reparar em como as pessoas estão se sentindo a não ser que elas estejam chorando ou gritando, então acredita que a filha está tão contente quanto deveria estar.

— Estou ansiosa para me inscrever — ela diz.

Ela sabe muita coisa, na verdade, sobre a Academia de Matemática do Oregon. Quer ir para lá desde o sétimo ano. Ela e Yasmine planejaram se inscrever juntas. No oitavo ano, Yasmine tirou a nota mais alta da escola na seção de Matemática da prova estadual; a filha ficou dois pontos abaixo dela.

Ir à academia lhe ajudaria a entrar em faculdades com departamentos de biologia marinha de alto nível.

Seus pais ficariam extasiados.

A academia acontece em abril, durante o recesso de primavera.

Se ela está com três meses de gravidez agora, estará com oito então.

Como fazer *skerpikjøt* ("carne afiada")

1. Pendure as pernas posteriores e o lombo do cordeiro em um galpão de secagem (outubro).

2. Corte o lombo e coma como *ræst kjøt* ("carne semisseca") (Natal).

3. Corte as pernas e fatie para servir (abril).

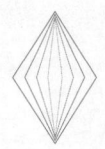

A ESPOSA

Juntar migalhas na palma.
Borrifar a mesa.
Enxugar a mesa.
Enxaguar xícaras e tigelas.
Colocar xícaras e tigelas na lava-louça.
Abrir conta do dentista de Didier.
Abrir conta do encanador, que sequer consertou o vazamento da pia.
Abrir cobrança vencida da ida de John ao pronto-socorro, onde não fizeram nada além de dar a ele um comprimido antináusea que de alguma forma custou seiscentos dólares.
Preencher o cheque para o dentista, porque são só quarenta e nove dólares e oitenta e quatro centavos.
Arquivar encanador e hospital na pasta etiquetada PAGAR MÊS QUE VEM.
Começar uma lista atrás de um envelope: *Por que deveríamos ir à terapia.*
Pensar no que colocar primeiro – não o motivo mais forte, nem o mais fraco.
Na faculdade de Direito, eles ensinam a terminar sempre com o argumento mais convincente e enterrar no meio os mais fracos.

Na primavera passada, a resposta de Didier foram cinco variações de "Porque eu não quero".

Às onze da manhã, o sedã violeta para em frente à casa.
A sra. Costello é menos incômoda para John do que para Bex, e o doce John nunca reclama, nas terças e quintas-feiras, quando o sedan deposita a

sra. Costello e sua bolsa de tricô. A esposa está sempre pronta com a bolsa no ombro, chaves na mão. Quatro horas, duas vezes por semana, que pertencem apenas a ela.

— Tem palitos de peixe no freezer, e minicenouras, e eu comprei mais chá para a senhora...

— Será esplêndido — a sra. Costello diz, num tom pesaroso.

E John a deixa acariciar sua cabeça loira – John, que é mais gentil do que o resto dos moradores da colina, que se aconchega com a sra. Costello mesmo que ela cheire a dentadura de velho. Bex foi um acidente, mas eles tentaram conceber John por dez meses; a esposa tinha começado a se desesperar; chorava toda manhã depois que Didier saía para a escola; então, finalmente, funcionou. E John veio ao mundo murmurando, vazando o que parecia leite. Gotinhas brancas se formavam em seus mamilos. Leite de bruxas.

A esposa tem até as duas e quarenta e cinco, que é a hora de pegar Bex. O que ela deve fazer até lá?

Ela não está impressionada com a professora do primeiro ano. A tarefa de casa é uma folha com atividades de preencher as lacunas ou alguma pergunta boba que eles têm que responder usando uma enciclopédia no computador.

Não quer fazer compras ou ir ao mercado; pode muito bem levar as crianças junto se for para isso.

Mas o que se pode esperar de um distrito escolar rural que nem consegue arcar com aulas de Música?

Não gosta de ficar em casa, escondida de John, porque ela fica em casa a droga do tempo inteiro.

A escola particular mais próxima fica a uma hora de distância e é católica, e, embora menos cara que a maioria das particulares, ainda é cara demais para os Korsmo. Os pais da esposa não têm mais nada a dar para eles. A mãe de Didier trabalha meio período como bartender, e o pai ele não vê desde que tinha catorze anos.

Ela escolhe a biblioteca. Ela costumava ser uma boa pesquisadora; ficava à vontade em meio a pilhas de livros, buscando, empilhando, folheando, escolhendo.

A chuva está diminuindo.

A esposa tinha sua própria mesa na biblioteca de Direito, com suas janelas de nove metros, espelhos negros à noite.

Em um banquinho baixo ao lado do suporte de jornais está a sobrinha de Temple Percival, fedendo a cebola, com galhos no cabelo. Esse banquinho é o preferido dela.

A esposa sorri, como sempre sorri.
Culpada por achá-la repulsiva.
Mas ela é repulsiva.
Temple Percival uma vez fez para a esposa uma leitura de tarô em sua loja: "O castelo vai cair".
Em uma das duas mesas de madeira clara, ela espalha o jornal à sua frente.
— Desculpe, mas a senhora já leu a seção de esportes?
Axilas e loção pós-barba. Ela se vira. Ele dá aulas na escola. Qual é o...
— Ah, oi — ele diz. — Você é a esposa do Didier, né?
— Susan. Acho que nos conhecemos no piquenique de verão. Como vai? — Seu pescoço dói de olhar para ele, de tão longo que o homem é.
— *Suado*. Sinto muito. — Ele puxa a cadeira ao lado dela. — As crianças estão fazendo prova, então, estou livre até o treino de futebol, e tomei a decisão infeliz de dar uma corrida.
— O que você ensina?
— Inglês. Para pagar meus pecados. — Ele é grande, tudo nele é grande: pescoço, antebraços, ombros, cabeça, tufos brilhantes de cabelo úmido. Uma covinha quando sorri.
— Desculpe, eu esqueci seu...
— Bryan Zakile.
— É claro! Meu marido diz que você é, humm, um ótimo professor.
— O Didier é um cara legal. As crianças o adoram.
— É o que ele sempre me diz — ela comenta.
Ele toca o canto do jornal.
— Imagino que você não esteja lendo o caderno de esportes.
— Não posso dizer que sou fã.
— É uma merda frívola, concordo. Mas mantém ocupados os córtices de lagarto dos homens. — A esposa observa que Bryan Zakile não tira os olhos dela. Em uma voz mais baixa: — Então, do que você *é* fã?
— Hã — ela diz. — Várias coisas.

Duas portas ao lado, fica o Cone Wolf. Enquanto cada um toma uma bola de sorvete de chocolate, ela aprende alguns fatos sobre Bryan.
Ele jogou futebol na primeira divisão na faculdade e foi convidado a fazer o teste para o time olímpico dos Estados Unidos, mas um ferimento no joelho pôs fim a isso.

Ele viajou pela América do Sul.

Ele está começando seu terceiro ano na escola, e conseguiu o emprego porque o diretor é casado com sua prima de segundo grau.

— A sra. Fivey é sua prima? Como ela está...?

— Falando e se movendo. Ainda no hospital, mas vai para casa em breve.

— Ah, que bom. Didier disse que eles tiveram que induzir um coma?

— Ela bateu a cabeça com tudo naquelas escadas. Teve inchaço no cérebro. Não puderam acordá-la até o inchaço diminuir.

— Como ela caiu, você sabe?

Bryan dá de ombros. Ele lambe a colher, a joga no balcão e cruza os braços.

— *Isso* foi satisfatório.

A esposa não achou sua minúscula bola de sorvete satisfatória.

— Deleitável — ela diz, e cora. O relógio da loja aponta duas e trinta e oito. — Tenho que ir buscar minha filha.

— Quantos anos? — A primeira pergunta que ele faz para ela desde a biblioteca.

— Seis. Também tenho um filho de três.

— Uau, você é uma mulher ocupada.

A esposa vê como ele deve enxergá-la. Cabelo loiro preso desde o banho. Cachecol longo para esconder a barriga. Calças de ioga pretas. Tamancos de mãe.

No curso da evolução humana, será que os homens aprenderam a ser atraídos por mulheres magras porque elas não estavam visivelmente grávidas? Será que a voluptuosidade sinalizava que aquele corpo já estava garantindo a sobrevivência do material genético de outro homem?

Quando Bex sobe na cadeirinha, está à beira de um acesso. A esposa aprendeu a temer essa expressão específica de depois da escola: vermelha, retorcida.

— Shell é tão idiota.

— O que aconteceu?

— Eu odeio ela.

— Cinto, por favor. Você e Shell brigaram?

— Eu não *brigo*, mamãezinha. É contra as regras.

— Eu quis dizer discutir. — A esposa desliga a ignição. Os carros atrás na linha de espera vão ter que dar a volta.

A garota inspira lentamente, estremecendo.

— Ela disse que eu roubei uma bolsinha de moedas dela e eu não roubei.

— Que bolsinha de moedas?

— Ela tinha moedas numa bolsinha que não era para ela ter porque a gente não pode levar dinheiro para a escola mas ela levou e daí não conseguia encontrar ela e disse que eu roubei. E eu *não roubei!*

— É claro que não.

Ela pode ter roubado.

É filha do pai dela.

A esposa e Didier riem dos doadores de esperma de Ro, mas e os genes de Didier, que podem ter depositado em Bex um interesse pueril em drogas e uma disposição para desviar dinheiro de uma loja de *donuts*?

Dois conjuntos de instruções lutam por dominância na garota: olhos castanhos bonitos vs. olhos azuis-cinzentos afundados, dentes ordenados vs. enormes e tortos, notas altas no teste de aptidão escolar vs. nunca fez o teste de aptidão escolar.

Quando ela engravidou de Bex, aos trinta anos, a esposa sentiu que eles estavam deslizando sob uma porta de garagem se fechando.

Por que "trinta" espreitava como um prazo de validade?

Ela e Didier não tinham planejado engravidar; não eram casados; estavam namorando havia sete meses. Mas a esposa se sentia velha. Era agosto, seu último ano da faculdade de Direito estava prestes a começar, o teste de gravidez caseiro formou uma cruzinha. *É isto que eu quero, isto!* A faculdade de Direito não chegava aos pés.

— Ela disse que eu roubei sim — continua Bex — e que não é mais minha amiga.

— Dê um tempo para a Shell se acalmar.

— E se ela *nunca* se acalmar?

— Acho que ela vai, sim — diz a esposa. — Também precisamos falar do seu projeto de pesquisa. Já escolheu um tema?

Um sorrisinho.

— Eu reduzi em dois.

— Ah, você reduziu a duas opções? — A esposa liga a ignição, dá a seta. Uma pontada na garganta: ela esqueceu de pegar livros para Bex na biblioteca.

— Elfos do bosque ou pimenta-fantasma, a pimenta mais picante que existe.

— São boas escolhas, docinho.

— A mãe de Shell tem pimenta-fantasma da Índia na casa deles. Eles têm setenta e três temperos diferentes no armário de temperos.

— Ah, não têm tantos assim.

— Têm, sim! A gente contou. Quantos temperos *a gente* tem, mamãezinha?

— Não faço ideia.

No retrovisor, uma vaca está acenando para ela ir logo.

A esposa faz questão de ir bem devagar.

Se ela construir um argumento sólido, ele vai ficar convencido.

Mas aí você teria que efetivamente ir para a terapia com ele.

O que pode funcionar!

O que seria o motivo disso tudo.

Sentir-se ok de novo. Até bem.

Parar a pontada na garganta quando Bex pergunta "Você e o papai se amam?".

Parar de ler artigos on-line sobre estratégias deficitárias de enfrentamento psicológico em crianças de lares desfeitos.

Impedir que *lardesfeitolardesfeitolardesfeito* fique se repetindo na sua cabeça.

Parar de olhar fixamente para as amuradas.

Eu trouxe a bordo comigo um saco de *skerpikjøt*, que os marinheiros canadenses quiseram experimentar. Eles disseram que o sabor era "penoso". Eu expliquei que, se o cordeiro é posto para secar durante uma estação excepcionalmente úmida ou quente, pode fermentar até apodrecer.

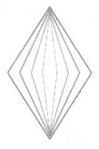

A BIÓGRAFA

A biógrafa ama Penny na escola, compartilhando salgadinhos na sala dos professores, mas a ama mais que tudo no domingo à noite, quando elas assistem a mistérios *Masterpiece*[5] em sua casinha com papel de parede florido e lareira de pedra e tapetes de lã, enquanto a chuva tamborila nas janelas.

Penny lhe passa um guardanapo, um garfo e um prato de torta de carne.

— Água ou limonada?

— Limonada. Mas não está na hora?

— Ah, diabos! — Penny corre até a televisão. (Ela sempre perde o controle remoto.) Acomoda-se com o próprio prato ao lado da biógrafa, enfiando um guardanapo no colarinho do suéter turquesa. — Vamos ver que habilidades você vai nos mostrar hoje, sargento Hathaway. — Os créditos de abertura começam, a música tema cresce sobre imagens dos pináculos sonhadores de Oxford, um fraco sol inglês deixando o calcário de Cotswold alaranjado. Penny entoa num tom lúgubre: — Quem vai morrer hoje?

— Você devia escrever livros policiais em vez de romances eróticos — diz a biógrafa.

— Mas eu prefiro os corações batendo. Contei a você que vou para uma convenção de escritores? Vamos poder apresentar propostas a agentes.

— Quanto eles cobram por esse privilégio?

— Bem, eles cobram bastante. E por que não cobrariam? Os agentes vêm lá de Nova York.

— Posso ler sua proposta?

---

[5]. *Masterpiece Theatre* é uma série de antologia do canal americano PBS que estreou em 1971. Seu spin-off *Masterpiece Mystery* está no ar desde 1980 e apresenta diversas produções britânicas e de época. (N.T.)

— Querida, eu decorei. "*Êxtase na areia negra* começa no fim da Primeira Guerra Mundial. Euphrosyne Farrell é uma jovem enfermeira irlandesa tão destruída pela morte do seu amado no Somme que emigra para Nova York. Depois do noivado com um viúvo de meia-idade, ela se descobre atraída por Renzo, o sobrinho do viúvo, cujos magnéticos olhos napolitanos se provam irresistíveis."

— Onde entra a areia negra? — pergunta a biógrafa.

— Euphrosyne e Renzo fazem amor pela primeira vez numa pequena enseada em Long Island.

— Mas não seria mais interessante e, hã, menos clichê se ela fosse noiva do sobrinho, e depois achasse o *tio* irresistível?

— Deus, não! Isso não é *Mulherzinhas*.[6] Renzo é um garanhão do Brooklin e suas bombachas estão quase estourando.

Penny é professora de Inglês e inventora, segundo ela, de entretenimentos. "Eles são uma pândega", ela respondeu quando a biógrafa se arriscou a perguntar por que ela queria escrever melodramas que valorizavam o amor romântico como o único propósito da vida de uma mulher. Penny escreveu nove deles, todos à espera de uma capa mostrando homens com virilhas salientes libertando mulheres de peitos salientes de seus corpetes. Ela pretende ser uma autora publicada até o seu septuagésimo aniversário. Tem três anos para fazer isso acontecer.

— Ok — ela diz —, lá vem o detetive-sargento Hathaway. Não dá para *comprar* maçãs do rosto como essas.

O inspetor Lewis e o detetive-sargento Hathaway fazem piadas ao lado de um cadáver coberto por um lençol; desfrutam de cervejas no The Lamb & Flag; e perseguem um titereiro assassino por uma festa do corpo docente, deixando em seu encalço um rastro de professores de Oxford boquiabertos.

Então, um enorme pedaço de carne rosada irrompe na tela.

— Nunca é cedo demais para encomendar alegria! Ligue hoje para garantir seu presunto de Natal!

Depois de perder todo o financiamento governamental porque a administração atual não sanciona o viés liberal de programas de culinária e documentários de montanhismo, a PBS agora transmite longos blocos de comerciais. Um anúncio de meia-calça modeladora ("Mãe, você está

---

6. Romance de Louisa May Alcott, publicado em 1868, que acompanha o amadurecimento de quatro irmãs durante a Guerra Civil Americana. (N.E.)

extralinda hoje – é seu cabelo?" "Não, são minhas Tummy Tamers!") faz o nariz da biógrafa arder.

— Ei, você está chorando! — diz Penny, voltando da cozinha com copos de limonada.

— Não estou.

Penny encosta um guardanapo no rosto da biógrafa.

— É o novo remédio para ovários geriátricos — soluça a biógrafa.

— Assoe o nariz — sugere Penny. — Use o guardanapo; eu lavo depois. Os comerciais com crianças fazem você...

— Não. — A biógrafa assoa e enxuga, então enfia o guardanapo entre os joelhos. — Eles me fazem lembrar da minha mãe.

Inspiração.

Que sentiria pena da filha por esses esforços solitários, por essa vida sem um homem.

Expiração.

Mas sua mãe, que foi da casa do pai para o dormitório da faculdade para a casa do marido sem viver um único dia sozinha na vida, nunca conheceu os prazeres da solidão.

— O que seu terapeuta diz? — pergunta Penny.

— Eu parei de ir.

— Será que foi uma boa ideia?

— Veneno é a arma feminina — uma mulher sinistra diz a Lewis e Hathaway. — "Eu prefiro o jeito antigo, o jeito simples do veneno, com o qual somos tão fortes quanto os homens."

— Medeia! — exclama a biógrafa.

— A gente devia colocar você num programa de perguntas e respostas — diz Penny.

Cinco e meia da manhã, o ar frio e áspero de sal. Ela não é capaz de enfrentar o trajeto até a consulta de verificação de ovários do nono dia sem café, embora cafeína esteja no panfleto *O que evitar* da Clínica Hawthorne de Medicina Reprodutiva. Com os dentes na caneca, ela sobe a colina, sob abetos balsâmicos e abetos Sitka, para longe da sua cidade. Newville tem dois mil e quinhentos milímetros de chuva por ano. Os campos do interior são pantanosos e difíceis de cultivar. As estradas do penhasco são perigosas no inverno. Há tempestades tão fortes que afundam barcos e arrancam tetos de casas. A biógrafa gosta desses problemas porque eles mantêm as pessoas a distância – isto é, as pessoas que, caso contrário, poderiam se mudar para cá, não os turistas, que chegam deslizando no asfalto seco do verão e não dão a mínima para a agricultura.

Um outdoor na Rodovia 22 tem um boneco palito de uma pessoa usando saia com um balão no lugar do estômago, onde estava escrito:

NÃO VAMOS INTERROMPER UMA,
NÃO VAMOS COMEÇAR UMA.
O CANADÁ RESPEITA A LEI DOS ESTADOS UNIDOS!

As agências de inteligência estadunidenses devem ter algum podre muito bom sobre o primeiro-ministro canadense. Do contrário, por que ele concordaria com o Muro Rosa? O controle da fronteira tem permissão de deter qualquer mulher ou garota "razoavelmente" suspeita de estar indo para o Canadá com o propósito de interromper uma gravidez. As mulheres são devolvidas (com uma escolta policial) ao seu estado de residência, onde o promotor público pode processá-las pela tentativa de aborto. Os serviços de saúde no Canadá também estão proibidos de fornecer fertilização *in vitro* a cidadãs estadunidenses.

Revelando esses termos numa coletiva de imprensa no ano passado, o primeiro-ministro canadense disse:

— A geografia nos tornou vizinhos. A história nos tornou amigos. A economia nos tornou parceiros. E a necessidade nos tornou aliados. Aqueles a quem a natureza uniu, que homem nenhum separe.

Kalbfleisch chama o ultrassom dela de "promissor". A biógrafa tem cinco folículos medindo entre trinta e trinta e três milímetros, e um bando de outros menores.

— Você estará pronta para a inseminação no dia certo, suspeito. Décimo quarto dia. Que é... — Ele se inclina para trás e espera a enfermeira abrir o calendário e contar os quadrados com o dedo. — Quarta-feira. Temos pelo menos uns dois frascos aqui? — Como de costume, ele não olha para ela, mesmo quando faz uma pergunta direta.

Quatro, na verdade, estão esperando no depósito congelado da clínica; ampolas com ejaculação do saco escrotal de um estudante de Biologia (3811) e de um entusiasta de escalada em rocha que descreveu a irmã como "extremamente bonita" (9072). Ela também possui um pouco de sêmen do 5546, o *personal trainer* que assou um bolo para a equipe do banco de esperma; mas os frascos remanescentes dele ainda estão no banco de Los Angeles.

— Comece os kits de previsão de ovulação amanhã ou no dia seguinte — diz Kalbfleisch. — Vamos torcer. — Ele esfrega antisséptico espumoso nas mãos.

— A propósito. — Ela senta na mesa de exame, cobrindo a virilha com uma folha de papel. — Você acha que eu posso ter síndrome do ovário policístico?

Kalbfleisch para no meio da esfregação. Franze a testa dourada.

— Por que a pergunta?

— Uma amiga me contou sobre isso. Eu não tenho *todos* os sintomas, mas...

— Roberta, você está pesquisando on-line? — Ele suspira. — É possível se autodiagnosticar com absolutamente qualquer coisa on-line. Em primeiro lugar, a maioria das mulheres com SOP está acima do peso, e você não está.

— Ok, então você não...

— Porém. — Ele está olhando para ela, mas não nos olhos. Mais na direção da boca. — Você tem pelos faciais excessivos. E, pensando bem, pelos corporais excessivos. O que é um sintoma.

Pensando bem?

— Mas, humm, isso não leva em conta a genética? Certos grupos étnicos naturalmente têm mais pelos. As avós da minha mãe ambas tinham bigode.

— Não posso afirmar — diz Kalbfleisch. — Não sou antropólogo. Mas sei que hirsutismo é um sintoma de SOP.

Isso não seria biologia humana, na qual todos os médicos são treinados, em vez de antropologia?

— Quando você vier na... — Ele olha de relance para a enfermeira.

— Quarta — ela diz.

— ... eu vou dar uma olhada mais detalhada nos seus ovários e incluiremos um teste de testosterona no seu exame de sangue.

— Se eu tiver SOP, o que isso significa?

— Que suas chances de conceber via inseminação intrauterina são extremamente baixas.

O trato dele com pacientes realmente precisava de um trato.

Para justificar o atraso no trabalho, às vezes até duas vezes por semana, ela espalha pistas de uma doença fatal. O diretor Fivey fica irritado

– levantou a questão de licença não remunerada. Mas ele não tem estado muito presente desde que a esposa foi internada.

Pegando cadernos de provas novos do armário de suprimentos, a biógrafa pergunta à secretária do escritório sobre a condição da sra. Fivey.

— A coitadinha ainda está em condição muito crítica.

"Crítica" é um adjetivo que pode levar um advérbio de intensidade?

— O que aconteceu, exatamente?

— Levou um tombo feio na escada.

— Qual escada? — Ela imagina os degraus de *O exorcista*, os dez minutos preferidos da biógrafa de uma viagem familiar a Washington, DC.[7]

— Em casa, eu acho. Vamos mandar um cartão coletivo.

A sra. Fivey sempre fica bem em suas roupas de Natal. Berrante, é verdade, mas bem. Além disso: por que berrante? Provavelmente, só porque a biógrafa cresceu nos subúrbios do Minnesota. Um ditado de sua mãe era: "Não tire as roupas antes que eles". A gramática turva sempre incomodou a biógrafa. Ela não devia tirar as roupas antes que os homens removessem suas *próprias* roupas? Ou devia manter as roupas no corpo até que os homens as tirassem para ela?

— Aqui está o cartão — diz a secretária. — E você poderia escrever alguma coisa pessoal? A maioria das pessoas só assinou o nome.

— Eu não...

— Shhh, eu digo o que escrever: "Esperanças sinceras de uma recuperação rápida". É tão difícil?

— Difícil? Não. Mas minhas esperanças não são tão sinceras.

As duas longas papadas no rosto da secretária balançam um pouco, como se houvesse uma brisa.

— Você não quer que ela melhore?

— Na minha cabeça, sim. Não no meu coração.

Na cabeça, ela quer que a sra. Fivey saia do hospital. No coração, ela quer que seu irmão esteja vivo de novo. Em um lugar que não é nem a cabeça, nem o coração, ou ambos de uma só vez, ela quer uma linha cinzenta no centro de uma barriga redonda; ela quer náusea. As marcas de maternidade de Susan: veias estouradas atrás dos joelhos, pele do estômago flácida, seios caídos. Afrontas à vaidade exibidas como medalhas da realização máxima.

---

7. A escadaria onde foi gravada a cena final do filme *O exorcista* fica localizada em Washington, DC, e é um ponto turístico para amantes do cinema. (N.E.)

Mas por que ela as quer, de verdade? Porque Susan as têm? Porque a gerente da livraria de Salem as tem? Porque ela sempre teve uma vaga certeza de que as teria? Ou o desejo vem de algum lugar animalesco, pré-civilizado, alguma pulsação biológica que inunda suas veias com a mensagem *Faça mais de si mesma*? Para repetir, não para melhorar. Não importa à pulsação primordial se ela fizer coisas boas nesta curta vida – se ela publicar, por exemplo, um livro excepcional sobre Eivør Mínervudottír que daria às pessoas prazer e conhecimento. A pulsação simplesmente quer outra máquina humana que possa, por sua vez, criar mais uma.

Esperma, em língua faroesa: *sáð*.

Três doadores entram num bar.
— O que vocês querem beber? — pergunta o barman.
O doador 5546, burro e convencido e gostoso, diz:
— Uísque.
O doador 3811, verificando a previsão do tempo no celular, diz:
— Espere.
O doador 9072, ao notar que o barman tem um copo também, diz:
— O mesmo que você.
O barman aponta para o 5546 e diz:
— Você é quente demais.
E para o 3811:
— Você é frio demais.
E para o 9072:
— Você está bem no ponto.
Como é apropriado à natureza modesta do 9072, ele cora, o que só aumenta a sensação do barman de que este homem seria um provedor de material genético de primeira classe. Ao longo da noite, 9072 é sociável e sereno, confortável consigo mesmo e com os outros. Enquanto isso, 5546 dá em cima de quatro mulheres antes da última chamada, e 3811 fica num banco, mexendo no celular, desinteressado e sozinho.

A menos confiante das quatro mulheres leva o 5546 para casa, onde eles fazem sexo sem proteção, e por acaso ela está ovulando, mas como o esperma dele é fraco demais para perfurar o óvulo, ela não engravida.

O doador 3811 vai embora depois de duas cervejas, sem ter falado com ser humano algum.

O doador 9072 começa uma conversa com a mais confiante das quatro mulheres que 5546 paquerou. Ela é atraída pela boa saúde e pelo bom cérebro de 9072. Eles discutem suas habilidades de montanhismo e sua bela irmã. Ele acompanha a mulher até o carro dela, onde ela lhe diz que quer transar, mas ele balança a cabeça educadamente.

— Eu sou um doador de esperma — ele explica — e meu esperma é excepcionalmente vigoroso, o que significa que há altíssimas chances de engravidar qualquer corpo que o receba, por relação sexual ou inseminação intrauterina. Então, não posso sair por aí transando demais. Se muitas crianças forem concebidas da manteiga das minhas entranhas, especialmente na mesma área geográfica, algumas delas podem se conhecer e se apaixonar. O que seria ruim.

A mulher entende e eles se despedem como amigos.

Mas como alguém pode criar um filho sozinha quando não consegue resistir a trezentos e cinquenta mililitros de café?

Quando come manteiga de amendoim na colher como jantar?

Quando frequentemente vai dormir sem escovar os dentes?

Ab ovo. Os ovos gêmeos de Leda, engravidada por Zeus em forma de cisne: um eclodiu e deu origem a Helena, que iria lançar navios. Comece do começo. Exceto que não há começo. Será que a biógrafa consegue se lembrar da primeira vez que pensou, sentiu ou decidiu que queria ser mãe de alguém? Do momento original em que desejou que um bulbo de líquen crescesse nela até se tornar humano? O desejo é amplamente apoiado. Legisladores, tias e publicitários o aprovam. O que torna o desejo, ela pensa, um pouco suspeito.

Bebês já foram abstrações. Já foram *talvez eu queira, mas não agora*. A biógrafa costumava escarnecer quando as pessoas falavam de prazos biológicos, acreditando que a loucura por bebês era uma baboseira de revistas femininas. Mulheres que se preocupavam com o andar do relógio eram as mesmas mulheres que trocavam receitas de bolo de salmão e pediam ao marido que limpasse as calhas. Ela não era e nunca seria uma delas.

Então, de repente, ela era uma delas. Não as calhas, mas o relógio.

O lombo manchado do narval já foi comparado à pele de um marinheiro afogado. Seu estômago tem cinco cavidades. Ele pode segurar a respiração sob o gelo por períodos chocantes. E o chifre do macho, é claro – muito poderia ser dito sobre ele.

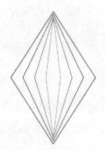

A REPARADORA

Mataria para nunca ter de ir outra vez ao Acme, mas suas necessidades não são inteiramente atendidas pela floresta, pelos pomares, campos ou clientes que lhe pagam com peixe e baterias. Para alguns itens essenciais, ela precisa usar dinheiro vivo. Mas as luzes da loja machucam os olhos da reparadora. E os pisos são tão duros. E ela repara – porque, embora os professores na Escola da Costa Central a chamassem de burra, ela não é burra – que as pessoas a encaram na Acme. Elas tomam as mãos dos filhos.

Ela veio pegar gengibre, óleo de gergelim, band-aids, linha e uma caixa de balas de alcaçuz negro. Passando pelo balcão do açougueiro, fica nauseada ao ver as fatias prensadas por máquinas, os pedaços de carne. Os óleos dos tecidos de porco e vaca e cordeiro reluzem. Ela tem uma longa caminhada pela frente, na chuva, e a noite está caindo. Ela se apressa em direção ao corredor de doces, onde suas balas...
— Eu sei o que você fez. — Um rosnado baixo, quase inaudível.
A reparadora continua andando.
Mais alto:
— Dolores Fivey quase *morreu*.
Ela continua andando, encarando o fim do corredor, onde vai virar à direita.
Mais alto ainda:
— Ela estava na UTI! Você se importa? Se importa pelo menos um *pouco*? — A voz se ergue para as vastas camas fluorescentes, mas a reparadora não olha, não vai lhe agraciar com um olhar.
— Encontrou tudo certinho hoje? — pergunta o caixa.

A reparadora assente, olhando para baixo.
— Colar maneiro, aliás.
Ela sempre usa as lanternas de Aristóteles quando vai à cidade.

Lola não ficou à beira da morte. Teria aparecido no jornal na biblioteca.

Ignore-os, diz Temple do freezer. *As pessoas acreditam em qualquer idiotice.*

* * *

A capa dela está encharcada quando chega em casa. As meias de lã chapinham nas sandálias. No galpão das cabras, servindo os grãos, acariciada pelos focinhos de suas belezinhas, ela diz a Temple:
— Eu odeio todos eles.
Passa a mão sobre a tampa do freezer, escutando, embora saiba que Temple não vai voltar.

Salem, Massachusetts, 1692: um "bolo de bruxa" foi assado com farinha de centeio e a urina de garotas supostamente acometidas por feitiços. Esse fragrante bolo foi dado a um cachorro. Quando o cachorro o comesse, a bruxa iria sofrer – assim dizia a sabedoria popular – e seus berros de agonia a incriminariam.
— Como eles conseguiram a urina das meninas? — a jovem reparadora quis saber.
— Não é importante — disse Temple. — O que é importante é que as pessoas acreditam em qualquer idiotice. Nunca esqueça isso, ok? Qualquer. Idiotice.

A reparadora sente falta da tia todos os dias.

Não é verdade que ela odeia todos eles, mas ela se sente melhor dizendo isso.

Ela não odeia a garota por quem fica esperando.

E não odeia Lola. Ela sente falta dos elogios – "Você tem os olhos mais legais que eu já vi". Dos pacotes de açúcar e saleiros que Lola roubava de restaurantes para a reparadora. Sente falta do dedo de Lola em sua boceta, das tetas cheias de Lola em sua boca.

Nenhuma visita ou bilhete em mais de um mês. A reparadora considerou voltar à grande casa de arenito, quando o marido estivesse no trabalho, para levar a ela um ramo de lírios. Mas Lola podia ficar confusa de novo.

Ela tinha vindo à cabana buscando ajuda com uma queimadura. A reparadora sabia que ela estava mentindo sobre como tinha sido queimada.

* * *

Ela joga mais lenha no fogão. Come um caule branco e frio de planta-fantasma. Tira as roupas molhadas, fica nua em frente ao fogão até secar.

Quem estava gritando no Acme? O que Lola anda dizendo às pessoas?

Da última vez, Lola usava um vestido verde, com os ombros nus. A cicatriz estava fechando bem, menos franzida, mas ficaria no antebraço dela pelo resto da vida. Na pele marcada, a reparadora esfregou óleo de flor de sabugueiro infundido em limão, lavanda e feno-grego.

— Isso é tão gostoso — disse Lola.

— Ok — disse a reparadora, enxugando as mãos numa toalha velha. Guardou a garrafa e o pano em sua sacola. — Até logo.

— Mas você acabou de chegar!

A reparadora piscou para o sofá com estampa florida, o saco de tacos de golfe, as fotos de família acompanhando a longa escadaria. Através das solas de cortiça das sandálias, ela sentia as paredes fervilhando com larvas de besouros.

— Ele só volta às cinco. A gente podia...? — Uma sobrancelha pequena e depilada estremeceu, sedutora. — Não vejo você há duas semanas inteiras — acrescentou Lola, se aproximando. — Senti *saudade*. Tenho uma amiga em Santa Fé — empurrando o dedão da reparadora com a bota preta brilhante — que vende *kokopellis*[8] feitos à mão. A gente podia ficar lá um tempo. Ele nunca ia desco...

---

8. Estatueta da fertilidade venerada por algumas culturas nativo-americanas. (N.T.)

— Eu não vou deixar meus animais sozinhos.
Desajeitadamente esfregando os bíceps da reparadora:
— Talvez eu possa ficar com você, então?
Uma pontada de calor na garganta.
— Você não pode ficar.
— Por que não? — Lola deu um passo para trás, franzindo a testa. — Achei que você gostasse de mim, Gin.
Humanos sempre querem mais.
— Eu gosto de você — disse a reparadora.
— Mas... — Um sorriso alarmado. — Espere, você está...?
— É só que — começou a reparadora.
Flores-morcego dançavam no sofá, pulando, borrando.
— O quê? *O quê?*
Mas alguns sentimentos não estão presos a palavras.
— É... não é... eu não... — A língua da reparadora era um dedão oleoso.
— Você não consegue falar? Não consegue nem *falar uma frase?* — Lola passou as mãos para cima e para baixo das coxas, amassando o vestido verde, alisando-o, amassando-o de novo. — Sabe que todo mundo diz que você é louca, né?
— Eu não sou louca.
— Você é doida *de pedra* — sibilou Lola.
A reparadora tirou o óleo para cicatriz da sacola e apoiou-o na mesa de centro.
— Pode ficar com a garrafa toda. De graça.
Lola disse:
— Saia da porra da minha casa.

Ela não conseguia entender – e a reparadora não era boa em ajudá-la a entender – como a reparadora gostava de ficar sozinha. Sozinha em termos humanos.

Farol banhado pelo mar construído com:

    granito de Aberdeen
    álamo tolerante ao sal
    cal hidráulica

Sinos e marreta = sinal de neblina

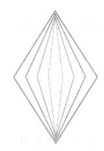

A FILHA

Esteja ensanguentada, por favor. Seja um jato de muco escuro, vermelho entremeado de preto.

Abaixa a calcinha.

Branca como leite.

— Cadê a maldita extensão da mesa? — grita o pai, descendo as escadas ruidosamente.

As primas de Salem chegam para o jantar em uma hora.

Ela fuça embaixo da pia em busca da caixa de absorventes internos e puxa o que está escondido embaixo dos Regulares e Extragrandes.

— Cala a boca — ela diz ao lindo bebê loiro na caixa.

Com as coxas plantadas na privada, ela arranca o revestimento plástico da vareta de urina.

Há um lar amoroso para todo bebê que vier ao mundo.

Ela não chora nem hiperventila nem manda uma foto para Ash do sinal de mais fulgurante na vareta. Ela embrulha a caixa do teste e seus conteúdos numa sacola de papel marrom, que enfia numa galocha no fundo do armário. Ela se veste.

A bruxa tem um tratamento, se for cedo o bastante. E ela não cobra. A amiga da irmã de Ash, que fez um aborto com a bruxa no ano passado, diz que só funciona antes de certa semana de gravidez. A bruxa usa ervas silvestres que não incriminam se a pessoa for pega com elas, porque a polícia não sabe o que são. E a filha não planeja ser pega.

Yasmine podia ter ido ao Canadá para abortar, porque o Muro Rosa ainda não existia. Ou ela podia ter dado o bebê a outra pessoa.

Yasmine perguntou como era ser adotada.
A filha disse:
— Normal.
O que era verdade e não era.

*   *   *

Yasmine sabia que a filha tinha curiosidade sobre sua mãe biológica.

Talvez ela

> Fosse jovem demais.
> Fosse velha demais – não tivesse a energia.
> Já tivesse seis filhos.
> Soubesse que estava morrendo de câncer.
> Fosse uma drogada.
> Só não estivesse a fim de lidar com isso.

Foi uma adoção fechada. Não há como encontrá-la, exceto contratando um detetive particular que a filha ainda não pode pagar.
Então, ela sonha.
Com a mãe biológica ficando famosa por desenvolver uma cura para a paralisia e aparecendo na capa de uma revista na fila do caixa, onde a filha instantaneamente vai reconhecer seu rosto.
Com a mãe biológica encontrando *ela*. A filha desce a escada da escola enquanto o sinal das três horas toca, e a uma mulher de óculos de sol corre ao seu encontro, gritando:
— Você é minha?
Com a avó biológica, que talvez amasse cozinhar. Ela vê as tigelinhas que a avó biológica usava para fazer creme de ovos. Um conjunto de seis, azuis com bordas brancas, uma delas lascada. A mãe biológica talvez sempre escolhesse comer da lascada.
As tigelinhas estão todas quebradas no fundo de um poço no jardim da casa onde todos eles morreram, avó e avô e primos, e a mãe biológica, que

ainda estava fraca do parto, dominada pela tristeza, resolveu ir à agência no dia seguinte e pegar de volta o bebê – ela tinha uma janela de quarenta e oito horas; só tinham se passado trinta horas; ela iria no dia seguinte; agora ela só precisava descansar um pouquinho, mas o que era aquele cheiro? Era fumaça, por causa do fogo, por causa do aquecedor defeituoso, mas ninguém estava prestando atenção, porque todos estavam bêbados, e a mãe biológica, embora não estivesse bêbada, estava exausta demais da dor do parto para gritar um alerta; então eles morreram.

Uma tia, chegando mais tarde para revirar os destroços, jogou todos os itens não valiosos no poço. Se esse poço existisse – se a filha pudesse encontrá-lo – ela desceria com uma corda e salvaria as lascas de cerâmica branca, as colheres e facas, as latinhas com bilhetes de amor, os medalhões de aço contendo fios de cabelo. Esse cabelo teria o DNA da mãe biológica, selado a salvo do fogo e da umidade.

Dezesseis anos atrás, o aborto era legal em todos os estados.

Por que ela passou nove meses com a filha crescendo dentro de si se ia abrir mão dela?

As primas de Salem tagarelam no corredor. Ao ver a filha, tia Bernadette exclama:

— Qual é a desses adolescentes que se vestem tão *desempregadamente*?
— E o pai ri.

A mãe, que não está rindo, diz à tia Bernadette:

— Mattie pode usar o que quiser. Até onde sei, estamos nos Estados Unidos.

Mãe e filha fogem para a cozinha.

— Pode lavar as batatas?

A filha as joga num escorredor e começa a esfregá-las sob a torneira.

— Aliás... — Há um tom de animação forçada na voz dela. — Recebi uma ligação de Susan Korsmo.

— É? — pergunta a filha, esfregando mais forte.

— Foi uma conversa estranha, na verdade.

— É mesmo?

— Ela expressou certa preocupação.

— Sobre o quê? — Graças a Deus por você, sujeira da batata, que requer toda essa esfregação.

— Bem, eu disse a ela que era ridículo, mas ela parecia... não sei, convicta. Embora ela tenda a parecer convicta a maior parte do tempo.

De jeito nenhum a sra. K. sabe. De jeito nenhum.

— Matilda, olhe para mim.

Ela fecha a torneira, enxuga as mãos nos jeans.

— Então, sobre o que ela estava convicta?

O rosto da mãe está franzido e tenso.

— Ela diz que você estava vomitando na casa dela, quando foi cuidar das crianças na semana passada. Ela ouviu você no banheiro.

Não.

— E ela acha que você tem um distúrbio alimentar.

Sim!

— Isso é engraçado para você? — pergunta a mãe.

— É que... Não, é só que ela está totalmente errada.

— Está?

A filha joga um braço ao redor do pescoço da mãe e encosta uma bochecha no ombro dela.

— Eu comi um burrito estragado na escola e vomitei. A sra. K. tem tanto tempo livre que...

— Que ela inventou uma crise onde não há nenhuma — sussurra a mãe. Então, ela se afasta e aperta o queixo da filha. — Tem certeza, pombinha? Você me diria se algo estivesse errado?

— Juro para você que não tenho um distúrbio alimentar.

— Graças aos céus. — Lágrimas nos olhos.

A filha tem sorte de ter esta mãe, mesmo que ela já tenha sessenta anos, mesmo que faça piadas sobre sacudir o esqueleto em festas no cemitério. Uma mãe jovem como a de Ephraim poderia ter dito:

— Bulimia? Eu ensinei bem!

Por motivos que ela não entende, a filha quase nunca sonha com o pai biológico.

Ela pega uma colherada extracheia de purê de batata. Olha para a mãe, aponta para o prato, dá uma piscadinha, odeia o quanto a mãe está sorrindo. Respira pela boca quando lhe passam uma tigela de couve-de-

-bruxelas, a verdura cujo odor, quando cozida, é o que mais se assemelha a um peido humano.

As primas de Salem matraqueiam sem parar.

— Bem, o que os ilegais esperam, um tapete vermelho? — Blá-blá-blá. — E eles ainda se recusam a aprender inglês... — Blá-blá-blá. — Então, por que eu tenho que estudar três anos de espanhol? — Blá-blá-blá. As invasoras parecem cópias umas das outras, suas formas robustas se repetindo, se requentando. Já a filha é alta e o pai é baixo. A filha é pálida e a mãe é amarelada.

Este bolo de células teria se tornado alto, embora talvez não pálido. Ephraim fica bem bronzeado no verão.

Tem molho seco na manga da filha. Ela odeia essa camisa mesmo. Talvez a dê para tia Bernadette, que a odeia ainda mais.

A mãe e o pai nunca podem saber.

E se a sua mãe biológica tivesse escolhido abortar?

Matilda, é sua vez.

— Passo — a filha responde.

Pense em todas as famílias adotadas felizes que não existiriam!

Nunca, nunca podem saber.

— Ah, você...

— Não seja uma estraga-prazeres.

— Não consigo pensar em nenhuma piada — ela diz.

— Muito engraçado!

— Qual é a dessas crianças fingindo estar tão infelizes?

Yasmine disse que preferia morrer a contar aos pais.

pula do céu (raio)

ovelhas gemendo (o som de narvals)

um cheiro cresceu

o mar atingiu, o gelo prendeu

criando arrependimento onde não existia antes

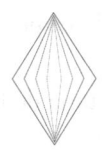

A ESPOSA

Didier cantarola "You Are My Sunshine" e limpa a gordura de peitos de frango. Ele trabalhou em cozinhas por anos, despreza receitas e é bom com a faca. Um emprego decente num restaurante pagaria mais que dar aulas na Escola da Costa Central, mas ele desistiu de trabalhar com comes e bebes porque perderia a infância das crianças. A esposa imagina um calendário de noites desocupadas, Didier cozinhando longe, as crianças na cama e ela própria sozinha e sem ter que dar satisfações a ninguém.

— ... o papel-alumínio?

— Quê?

— Papel-alumínio, mulher! — Didier vem pegá-lo a passos largos. Seu humor está ótimo; ele é mais feliz quando cozinha, um pano de prato jogado sobre o ombro. Mais feliz; no entanto, ele raramente cozinha.

— O que mais? — ela pergunta.

— Está tudo sob controle. Vá relaxar.

— Sério? Ok. — Ela esfrega uma mancha de iogurte velho do fogão. — Eu faço uma salada?

— Vá se sentar.

Ela o observa fatiar, uma mão agrupando as azeitonas e a outra abaixando a faca, rápido, preciso. Os olhos não desviam das azeitonas. Os ombros não caem. Feliz e confiante, entretanto a maioria das refeições fica a cargo dela, aquela que "tem tempo".

— Aliás, por que Mattie ainda está aqui?

— Ela está colocando as crianças para dormir.

Didier apoia a faca no balcão e olha para ela.

— Estamos pagando doze dólares por hora para manter as crianças em casa enquanto nós estamos em casa?

— Bem, eu pessoalmente gostaria de jantar com você a sós uma vez na vida. Sem as crianças atrapalhando.

— Só estou dizendo que é um luxo, enquanto um serviço de limpeza...

— Um luxo do mesmo jeito que viver sem pagar aluguel é um luxo?

Ele raspa as azeitonas da tábua de cortar, joga-as numa tigela e levanta a garrafa de cerveja.

— Isso vai ser usado contra mim por *mais* seis anos?

— Que tal pensar que, de toda forma, estamos economizando muito dinheiro?

— Isso é como dizer: "Fique feliz por viver no purgatório, porque é mais barato que...".

— Newville está longe de ser um purgatório — diz a esposa. O iogurte é teimoso: ela lambe o dedo e esfrega de novo. — Eu vi uma coisa na estrada. Um animalzinho queimado. Achei que alguma criança tivesse ateado fogo nele. Estava tentando cruzar para o outro lado.

— O outro lado da vida?

— Da estrada. Estava entre a vida e a morte, mas continuava se movendo, o que pareceu, não sei, corajoso? E eu queria ajudar, mas ele já estava morto.

O marido joga os peitos de frango numa folha de papel-alumínio.

— Nunca entendi essa expressão, "entre a vida e a morte". Como se tivesse um jeito de estar *no meio* dos dois, mas nem vivo nem morto?

— Aquele animalzinho... É estranho. Não consigo parar de pensar nele.

— Cadê o sal?

— Acho que era um gambá. Era como se não estivesse aceitando a morte, ou nem percebesse que a morte estava próxima. Ele *continuava andando*.

— Aí está você, sr. Saleirinho. — Ele espana o frango, desliza a fôrma para dentro do forno. — Sabe o que é mais absurdo sobre os doadores de esperma de Ro?

A esposa fecha os olhos.

— O quê?

— Eles podem facilmente mentir na ficha de inscrição. Todos os quatro avós morreram de cirrose, mas o cara diz que eles estão vivos e saudáveis. Ninguém verifica. Me surpreende que uma pessoa tão neurótica quanto Ro não se preocupe com isso.

— Ela não é neurótica. — Mas lhe agrada ouvi-lo dizer isso.

— Você não trabalha com ela. — Ele liga o *timer*. — Ela está em modo de negação total. Não percebe o pesadelo que vai ser. Sozinha? É um pesadelo mesmo quando há dois de vocês.

— Didier, eu quero fazer terapia.

Ele enxuga as mãos, com força, num pano de prato.

— Então, vá.

— Terapia *de casal*.

— Já disse para você — pegando a cerveja — que não sou um cara de terapia. Sinto muito.

— O que isso quer dizer?

— Quer dizer que não respondo bem a ser culpado por coisas que não são culpa minha.

Ah, Deus, não o pai dele de novo.

— Encontrei uma pessoa em Salem — ela diz — que vem altamente recomendada e atende de noite...

— Você não me ouviu, Susan?

— Só porque você teve um terapeuta incompetente em Montreal trinta anos atrás? É um motivo ótimo para não tentar salvar... — Ela para. Lambe o dedo de novo e esfrega o iogurte no fogão.

— O quê? Salvar o quê?

— Você não pode pelo menos *considerar*? Uma sessão?

— Por que os americanos são tão obcecados com terapia? Há outros jeitos de resolver problemas.

— Tais como?

— Tais como contratar um serviço de limpeza.

—Ah, ok.

— Já que você mesma não quer limpar. O que — ele ergue uma mão, assentindo com a cabeça — eu *entendo*. Eu não tenho vontade de limpar também, especialmente depois de passar o dia todo no trabalho.

— Eu preferiria passar o dia todo no trabalho — diz ela, então se pergunta, enquanto as palavras pairam no ar, se é verdade.

— Então, arranje um emprego. Ninguém está impedindo. Ou volte para o curso de Direito.

— Eu queria que fosse tão fácil assim.

— Parece fácil para mim. — Ele passa papel-toalha na tábua de cortar para juntar pedaços rosados e translúcidos de frango cru. — Sinceramente,

Susan, as coisas não vão tão mal. Quer dizer, sim, algumas coisas podiam estar melhor. Mas eu não vou viajar cento e cinquenta quilômetros para falar sobre como eu devia ter comprado um presente melhor para o seu aniversário.
Ou qualquer presente.
— Mas e as crianças? — pergunta ela. — Elas percebem coisas... Bex diz que...
— As crianças estão bem.
Ela respira fundo.
— Você está dizendo que elas não se beneficiariam se nosso relacionamento melhorasse?
— Eu acho interessante que você está pouco se fodendo se *eu* vou me beneficiar disso. Aquele filho da puta fez lavagem cerebral na minha mãe e ela nunca parou de me culpar. Eu, que era basicamente uma criança.
— Eu sei que não foi culpa sua ele ter abandonado vocês, mas...
— O terapeuta nem se importou com o motivo de eu ter batido nele. Disse que era "imaterial". Sério, cara?
— Você quebrou o nariz do seu pai.
— Bem, ele fez coisa muito pior comigo. O que é exatamente a questão. A meta da terapia é fazer você se sentir uma merda para ganhar uma percepção maior sobre si mesmo. Eu vou pagar duzentos contos por hora para me sentir uma merda?
— Sra. Korsmo? — Uma vozinha do corredor.
— Sim?
— Desculpe incomodá-los — chama Mattie —, mas John arranhou o braço de Bex e ela está muito chateada.
— Está sangrando? — grita a esposa.
— Não, mas...
— Então, faça o favor de lidar com isso.
Mattie aparece na porta, ansiosa.
— Bex diz que precisa de você.
— Bem, ela não precisa. Diga a ela que eu subo para vê-la depois.
— Eu vou — diz Didier. — Tire o frango quando soar o alarme.
— Mas nós não terminamos a conversa — diz a esposa.
Ele segue Mattie até as escadas.
A esposa enfia a tábua de cortar manchada de frango na lava-louça. Tira azeitonas do balcão. Esfrega um pouco de sal que escapou nas palmas.

Ela lava as mãos.

Desliga o *timer*, mas mantém o forno ligado.

Acende um bocal de gás em fogo alto.

Enfia a mão no forno com um pegador de panela e pega um peito de frango, que joga na chama alta do bocal. Ele se incendeia e cospe e chia, o peito inteiro queimando azul.

Escurecendo, borbulhando.

Chamuscado e borrachudo.

Animalzinho queimado até ficar preto.

A mão da mãe sobre a dela na faca.

O rosto do cordeiro sendo removido.

Ao experimentar uma porção fresca de *skerpikjøt*, a mãe alegou ser capaz de nomear a encosta exata na qual o cordeiro tinha pastado. Ninguém acreditou nela, mas era mais sábio, com esta mãe, aplaudir a sensibilidade de sua língua.

A mãe informou a exploradora apenas dois dias antes do casamento que ela iria casar-se com um homem que nunca vira, um pescador de salmão viúvo de cinquenta e dois anos. Eivør era velha demais para estar solteira – dezenove anos.

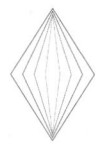

A BIÓGRAFA

A Good Ship Chinese está cheia de professores, graças a um decreto federal que dobrou o número de provas padronizadas nas escolas públicas. Só metade dos docentes são necessários para acompanhar os exames desta tarde.

A garçonete de cabelo loiro oxigenado serve a água deles e diz:

— Vou dar um minuto para vocês escolherem. — Uma pinta peluda se agarra à bochecha dela.

Didier estende a mão para tirar algo do colarinho da biógrafa.

— Você comeu mingau de aveia no café da manhã.

Ela dá um tapa na mão dele. Ele a chuta por debaixo da mesa. Na frente de Susan, ela não toca em Didier. Não quer que ela pense *Ela quer meu marido?*, porque a biógrafa não quer e, se quisesse, teria ainda mais motivo para não despertar suspeita. Susan contou à biógrafa uma vez como a professora de Música estava flertando com Didier no piquenique de verão cheia de fogo no rabo, e Bex, desenhando na mesa da cozinha, tinha perguntado: "E ela conseguiu apagar?" e Susan tinha respondido "Só uma vez na vida eu queria que você fosse vista e não ouvida". A biógrafa ficou satisfeita em saber que Susan podia ser uma mãe inábil.

— Como vai sua saga — pergunta Pete — da dama aventureira?

— Quase terminada.

— Não tenho dúvida. — Ele abana seu jogo americano vigorosamente, se refrescando. — Todo mundo precisa de um bom hobby.

— Não é um hobby — ela diz.

— O pelo saindo daquela pinta — diz Didier — deve ter uns sete centímetros.

— É claro que é um hobby — concorda Pete. — É algo que você faz nos fins de semana ou nas férias. O ato a mantém entretida, mas não traz nenhum lucro ou vantagem.

— Vocês querem pedir? Eu posso fazer sinal para o táxi de pelo.

— Então, se alguma coisa não dá dinheiro — pergunta a biógrafa — é automaticamente relegada ao status de hobby?

A garçonete retorna. Seu pelo espetado – bem longo, bem preto – por um momento hipnotiza todos eles. A biógrafa, que clareia o buço a intervalos de poucas semanas, sente um calor no peito de solidariedade. Ela e Pete pedem Lírios Dourados, e Didier pede um Consolo do Imperador.

Didier se inclina para a frente e diz, em voz baixa:

— Por que ela não arranca aquela coisa de uma vez, hein?

Há um óvulo preparado para explodir do seu saco no úmido calor falopiano. Hoje, o kit de previsão da ovulação não mostrou nenhuma carinha feliz; ela tentará de novo amanhã. De volta a Kalbfleisch para esperma, depois que ela vir a carinha.

— Me serve um pouco mais de chá, Roanoke?

Ela move o bule quinze centímetros na direção dele.

— Eu disse para *servir*, mulher! Pode me dar uma carona para casa, aliás? Deixei o carro com Susan hoje.

— Como você estava planejando voltar para casa se eu não o levasse?

Didier sorri, *beau-laid*.

— Eu sabia que você me levaria.

Bryan Zakile vem gingando até a mesa deles e berra:

— Esses três claramente estão aprontando alguma! Querem ouvir minha sorte? "Você vai deixar um rastro de gratidão."

— "Na cama" — acrescenta Didier.

— Não fui eu que falou.

— Não fui eu que falei — murmura a biógrafa.

Bryan estremece.

— Obrigado, Schutzstaffel da gramática.

Ela raspa o garfo através dos Lírios Dourados.

— Não sou eu quem dá aula de Inglês.

— Ele não dá aula de Inglês também — diz Didier. — Sua especialidade é o belo jogo.

— Se apenas aquele joelho tivesse aguentado — diz Pete —, estaríamos vendo Bryan na TV. Para quem você teria jogado? Barcelona? Man United?

— Hilário, Peter, mas eu fiquei três anos entre os melhores jogadores universitários de Maryland.
— Isso é tre*men*damente impressionante.
A biógrafa sorri para Pete. Surpreso, ele sorri de volta.
Às vezes, ele a lembra do irmão.

* * *

Ela não pode usar o teste de previsão da ovulação quando acorda, porque a primeira urina da manhã não é ideal para detectar o pico de hormônio luteinizante que precede a liberação do óvulo. Ela tem que esperar quatro horas para deixar urina suficiente acumular na bexiga, e nessas quatro horas não pode ingerir muitos fluidos, para não diluir a urina e distorcer os resultados. Em vez de café, ela tosta um waffle congelado e o mordisca sem manteiga na mesa da cozinha. Ela encara a fotografia da livraria. A estante onde seu livro vai ficar.

Entre o primeiro e o segundo período, numa baia do banheiro dos professores, a biógrafa insere uma nova aba coletora de xixi na vareta plástica do kit de previsão de ovulação e urina sobre a privada. As instruções dizem que não é preciso absorver o jato inteiro, só cinco segundos, o que é bom porque o primeiro borrifo passa longe da vareta. Ela tem que movê-la sob si para acertar. Contar até cinco. Apoiar a vareta num bolinho de papel higiênico sobre a tampa da pequena lixeira de metal, num ângulo exato, para permitir que o xixi percorra o caminho através da vareta até qualquer que seja o mecanismo que testa o hormônio luteinizante. O que leva mais um minuto.

Ela enxuga as mãos, ergue o jeans, senta de novo na privada. Durante esse minuto, ou mais, enquanto o display digital pisca – ele vai se transformar num círculo vazio ou num círculo com carinha sorridente –, a biógrafa canta a música de atrair os óvulos.

— Eu posso estar sozinha, eu posso ser uma coroa, mas foda-se, ainda consigo ovular!

Ela verifica: ainda piscando.

Coroa. Mulher que é magra e feia. Mulher velha e murcha. Mulher velha, cruel e feia. Mulher parecida com uma bruxa. Personagem clássico de contos de fada. Mulher com mais de quarenta anos. Do normando antigo *caroigne* ("carniça" ou "mulher intratável") e do holandês medieval *croonje* ("ovelha velha").

Ainda piscando.

Através da parede do banheiro chegam gritinhos de garotas cujos ovários são jovens e suculentos, abarrotados de óvulos.

Ainda piscando.

Qual é o número total de óvulos humanos neste prédio neste exato momento?

Ainda piscando.

Quantos dos óvulos humanos que estão agora neste prédio vão ser perfurados por espermatozoides e abertos para produzir outro ser humano?

Ela olha: carinha feliz!

Alegria desabrocha em suas costelas.

Eu posso ter quarenta e dois anos, mas ainda consigo ovular, porra.

— Alô, sim, estou ligando porque tive o pico de HL hoje. Sim, ok... — Esperando, esperando. — Sim, oi, aqui é Roberta Stephens... Sim, isso... e tive o pico hoje... sim... e estou usando esperma de doadores, então, queria... ok, claro... — Esperando, esperando, o sinal berrando; foi o segundo sinal; ela está atrasada para a própria aula. — Ok... sim, tenho mais de um doador no depósito, mas queria usar o número 9072.

O sêmen de doadores é congelado pouco tempo depois da coleta e descongelado pouco tempo antes da inseminação. No meio-tempo, milhões de espermatozoides ficam imóveis, suspensos, seu material genético pausado. Amanhã de manhã, antes de ela chegar, a equipe da clínica vai descongelar um frasco de 9072 (Montanhista Linda Irmã) e girar seus conteúdos numa centrífuga para separar o esperma do fluido seminal, lavando os nadadores de prostaglandinas e resíduos.

— Nos vemos às sete! — diz à enfermeira, tão empolgada que a garganta dói.

Amanhã, às sete. Às sete, amanhã. Amanhã, em Salem, numa ruazinha luxuosa e arborizada, pelas mãos de um ex-jogador de futebol, a biógrafa será inseminada.

Se é possível você vir até mim, pequenino, que venha até mim.

Se não é possível, não venha, e que eu não fique desolada.

Ela mal consegue dormir. Está segurando um pote de algum tipo de creme facial que contém narcóticos e vai cozinhá-lo e injetá-lo, e está caçando algodão no banheiro da mãe. Ela precisa esconder da mãe o equipamento. Mas ela também é a mãe, e a pessoa com o pote é Archie.
— O que aconteceu com os chumaços de algodão? — ele pergunta.
— Acabaram todos. Use um filtro.
— Mas eu não tenho mais cigarros! — diz Archie.
— Talvez eu tenha alguns — diz a biógrafa.

Ela acorda antes do alarme. Copo de água, a velha parca verde do irmão, a chave da tranca de bicicleta da mãe numa corrente ao redor do pescoço. A biógrafa é ateísta, mas não dispensa a ajuda dos fantasmas.

— Archie é o charmoso — disse a mãe deles. — Você é a sábia.

Ela sai do prédio na escuridão salgada, as ondas batendo, o carro congelado. Não há nenhum outro carro na estrada do penhasco. Seus faróis varrem a parede rochosa, o topo dos pinheiros, o oceano negro pontilhado de prata, a mesma estrada e água que o bebê verá um dia.

Sete horas e doze minutos: apresenta-se na recepção. Assume seu lugar entre as mulheres silenciosas com pedras nos dedos.

Sete horas e cinquenta e oito minutos: a enfermeira Risonha a leva para a sala de exames, onde ela se despe da cintura para baixo e deita sobre a folha de papel. O coração está batendo no dobro da velocidade normal. Será que um pulso acelerado influencia a fertilização? No sonho da noite passada, ela – como Archie – planejava injetar direto no peito, do lado esquerdo, porque haviam lhe dito que um "tiro no coração" tornava o prazer imenso.

Oito horas e quarenta e nove minutos: Kalbfleisch está em pé ao lado das pernas abertas e dos pés nos estribos da biógrafa, e lhe mostra um frasco.
— Este é o doador correto?
Ela estreita os olhos: 9072 do Criobanco Athena. Sim.
— A contagem neste frasco era bem boa — ele diz. — Mais de treze milhões de espermatozoides.
— Qual é a média mesmo?

— Queremos que a contagem seja de pelo menos cinco milhões.

Ele enfia um espéculo na vagina da biógrafa. Não dói exatamente – é mais como uma pressão forte. Então, abre o cérvix dela e a pressão se transforma num ranger de dentes. Um catéter plástico é guiado através do espéculo até o útero da biógrafa. A enfermeira entrega a Kalbfleisch a seringa de sêmen lavado, dois centímetros e meio de amarelo pálido. Ele a injeta no catéter, depositando o sêmen no topo do útero dela, perto das tubas uterinas.

O procedimento todo leva menos de um minuto.

Ele tira as luvas com um barulho alto, deseja boa sorte e vai embora.

— Descanse um pouco, querida — diz a enfermeira Risonha. — Quer um pouco de água?

— Não, obrigada, mas agradeço.

Inspiração.

Ela está com tanto, tanto medo.

Expiração.

Ou isso vai funcionar, ou ela vai ter que ser pareada com uma mãe biológica nos próximos dois meses. Após quinze de janeiro, quando o Toda Criança Precisa de Dois entrar em vigor, nenhuma criança adotada terá que sofrer com a falta de tempo, baixa autoestima e renda inferior de uma mulher solteira. Toda criança adotada vai colher as recompensas de crescer num lar com dois pais. Menos mães solteiras, dizem os homens do Congresso, vai significar menos criminosos e viciados e recipientes de auxílio governamental. Menos agricultores. Menos apresentadores de *talk show*. Menos inventores de curas. Menos presidentes dos Estados Unidos.

Inspiração.

Mantenha as pernas, Stephens.

Expiração.

Ela fica perfeitamente imóvel.

No ensino médio, ela corria por horas todo dia na temporada de corrida – tinha músculos naquela época, tinha resistência. Competiu nos quatrocentos e oitocentos metros e, embora não fosse uma estrela, era decente, até ganhou algumas competições em seu último ano. Archie, que estava no primeiro ano do ensino médio, pressionava o corpo contra a cerca de arame enquanto torcia. Os pais sentavam nas arquibancadas e torciam. A mãe fazia jantares de comemoração com as comidas preferidas da biógrafa: ovos mexidos apimentados, torta de manteiga de amendoim. Como ela amava a mesa cheia, as lâmpadas, os grilos das noites de primavera, a mãe antes de adoecer, Archie com sua camiseta de caveira, equilibrando uma colherada de torta na cabeça. Sob o foco da atenção deles, ela se sentia cansada e orgulhosa, uma guerreira que tinha acertado sua flecha em todo calcanhar mirado.

*   *   *

Se é possível você vir até mim, que venha até mim, e eu o chamarei de Archie.

No carro, ela abre o saquinho com pedaços de abacaxi, cuja bromelaína supostamente encoraja um óvulo fertilizado a se implantar na parede uterina. Serão cinco dias até que o óvulo esteja pronto para ser implantado, mas comer abacaxis reconforta a biógrafa. Sua doçura é forte e boa contra o medo amargo na boca.
Cinco dias. Dois meses. Quarenta e dois anos. Ela odeia o calendário.
Por favor, tem que funcionar desta vez.
Ela não move a pélvis no trajeto inteiro até a casa. Ergue os dedos dos pés cuidadosamente no freio e no acelerador, sem forçar os músculos da coxa.
— Diabos, você poderia ir para a academia hoje se quisesse — disse Kalbfleisch depois da primeira inseminação, para enfatizar o quanto não importava o que o corpo da biógrafa fizesse depois de alguns minutos imóvel na mesa de exame; mas o corpo da biógrafa vai ficar tão imóvel quanto possível.
Tem que funcionar desta vez.
Ela vai se sentar atrás da mesa na sala de aula sem qualquer movimento das coxas ou comoção pélvica de qualquer tipo; e os óvulos vão flutuar para as águas das tubas uterinas imperturbados, abertos, receptivos; e um óvulo atingido por um espermatozoide vai recebê-lo de braços abertos, pronto para se fundir e se dividir. De uma célula, duas. De duas, quatro. De quatro, oito. E um blastocisto de oito células tem uma chance.

Passei dezoito meses na casa do meu marido antes que uma tempestade afundasse o barco dele, levando-o junto.

Que em dezoito meses eu não tivesse gerado uma criança trazia vergonha à minha mãe.

Na manhã vermelha em que parti para Aberdeen, ela disse: "Vá, leve essa *fisa* quebrada para longe daqui".

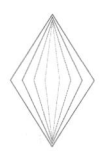

A FILHA

Os pais não são religiosos. As razões deles são pragmáticas, eles dizem. Lógicas. Tanta gente *quer* adotar. Por que as pessoas deveriam ser privadas de bebês que querem alimentar, estimar e cobrir de amor só porque outras não estão a fim de ficar grávidas por alguns meses? Quando a Emenda da Pessoalidade passou, o pai disse que já era hora de o país tomar juízo. Ele não concordava com os doidos que bombardeavam clínicas, e achava um pouco demais obrigar as mulheres a pagar funerais para os fetos que tinham abortado espontaneamente; mas, ele disse, havia um lar amoroso para todo bebê que vinha ao mundo.

A matéria de Estudos Sociais do oitavo ano promoveu um debate sobre aborto. A filha preparou vários argumentos para a equipe pró-escolha. O pai corrigiu o trabalho dela, como de costume; mas em vez do "Excelente trabalho!" usual, ele sentou ao lado dela, apoiou uma mão no seu ombro e disse que estava preocupado com as implicações do seu argumento.

— E se sua mãe tivesse escolhido abortar?

— Bem, *ela* não escolheu, mas outras pessoas deveriam poder.

— Pense em todas as famílias adotadas felizes que não existiriam.

— Mas, pai, muitas mulheres ainda dariam os filhos para adoção.

— E aquelas que não dariam?

— Por que cada um não pode tomar sua decisão?

— Quando alguém decide assassinar um ser humano com uma arma, colocamos a pessoa na cadeia, não é?

— Não se for um policial.

— Pense em todas as famílias esperando por uma criança. Pense em mim e na sua mãe, quanto tempo esperamos.

— Mas...
— Um embrião é um ser vivo.
— Um dente-de-leão também.
— Bem, eu não consigo imaginar o mundo sem você, pombinha, e sua mãe também não.

Ela não quer que eles imaginem o mundo sem ela.

Ash lhe oferece uma carona para casa, mas a filha recusa, porque o pai está chegando; a aposentadoria significa que ele está tão entediado que pode ir pegá-la a qualquer hora. Faz frio e o céu está nublado, a grama no campo de futebol está rígida e prateada. O time está jogando em outro lugar hoje. Ela não contou para Ephraim. E se ele disser "É meu mesmo?" ou "Você quis, agora se vira". Eles se cruzaram na cantina semana passada, e Ephraim, usando aquele chapéu antiquado que ela costumava adorar, disse "Ei", e ela disse "Oi, tudo bem?" mas ele continuou andando, e sua pergunta não retórica se tornou retórica. Ele provavelmente estava a caminho de enfiar a mão sob a blusa de Nouri Withers.

Sua mãe biológica podia ter sido jovem também. Podia estar destinada a uma faculdade de Medicina, e depois a um programa de doutorado de Neuroquímica, e depois a seu próprio laboratório de pesquisa na Califórnia. (E se ela estiver perto, neste exato momento, de encontrar uma cura para a paralisia?) Ficar com a filha significaria abrir mão de sua bolsa para a faculdade de Medicina.

Ela não quer que a criança se pergunte por que não ficaram com ela.

E ela não quer ficar se perguntando o que aconteceu com o bebê. Foi dado a pais como os dela ou a pais que gritam e são preconceituosos e não o levam ao médico com frequência?

Ela pula com a sirene de tsunami – nunca vai se acostumar com aquele grito de arranhar os nervos.
— É só um teste, amor — diz o pai.
Ela aumenta o som do rádio do carro.
— Como foi na escola?

— Bem.
— Já acabou a inscrição para a Academia?
— Quase.
— A mamãe está fazendo tacos de peixe.
Ela engole um princípio de vômito.
— Maravilha.
— *Hoje, mais cedo* — diz o rádio —, *doze cachalotes ficaram encalhados um quilômetro ao sul de Gunakadeit Point. A causa ainda não foi determinada.*
— Ah, meu Deus. — Ela aumenta o volume.
— *Onze das baleias estão mortas, informa o escritório do xerife, embora não esteja claro por que...*
— Você se lembra do encalhamento de 1979? — pergunta o pai. — Quarenta e um cachalotes na praia perto de Florence. Meu pai foi até lá para fotografar de pertinho. Ele disse que eles faziam...
— Sons de cliques enquanto morriam. — Ela conhece os detalhes medonhos, porque o pai gosta de repeti-los. Ele já contou a ela muitas vezes que uma baleia pode ser morta pela pressão exercida por sua própria carne. Fora da água, o corpo do animal é pesado demais para sua caixa torácica – as costelas quebram; os órgãos internos são esmagados. E o calor machuca as baleias. O pessoal do Greenpeace trouxe lençóis ensopados com água do mar e os jogou sobre elas; não ajudou.
Mas isso foi em 1979. Ninguém descobriu um jeito de levá-las de volta para a água até agora?
— Podemos ir até lá, pai?
— Eles não precisam do público se metendo em...
— Mas uma ainda está viva.
— E você vai empurrá-la de volta para o mar sozinha? Não transforme isso numa preocupação mórbida.
— O coração de um cachalote pesa quase cento e quarenta quilos.
— Como você...?
— Yasmine e eu, a gente fez uma lista uma vez com o peso do coração de diferentes animais.
— Yasmine e eu fizemos. — O pai fica tenso à menção dela. — Não se preocupe demais com as baleias, ok, pombinha? Senão essas sobrancelhas bonitas vão se enrolar uma na outra e nunca se desenrolar.
— Elas não são bonitas, são grossas.
— É por isso que são bonitas!

— Você não é objetivo. — Ela quer um cigarro, mas vai se contentar com uma bala de alcaçuz por enquanto.

Ash não gostou da ideia. Tão cansada etc. Mas não era difícil convencê-la. A filha sai rastejando pela janela do quarto e sobe no telhado, depois desce pelas treliças e fica um minuto inteiro parada na sombra da varanda caso algum som tenha sido ouvido. A uma quadra dali, fica a caixa de correio azul, o ponto de encontro, onde ela fuma e espera.

Yasmine lhe perguntou uma vez por que os brancos são tão obcecados por salvar baleias.

A praia está lotada de pessoas gritando, cachorros latindo, câmeras fotografando, chuva chovendo. Uma equipe de TV apontou luzes cegantes para as baleias, uma fileira de doze, seu couro cinza-chumbo com listras de giz branco. Elas parecem ônibus de pedra. Aquela no fim da fileira está lentamente erguendo e baixando suas nadadeiras. Cada vez que uma nadadeira atinge a areia, as coxas da filha tremem.

Humanos posam para fotos em frente às mortas.

Um cara subiu numa cauda cinza enorme.

— Tira uma minha! — ele grita. — Tira uma minha!

— Saia já daí!

— Afastem-se, pessoal!

— Os dedos-do-morto tiveram algo a ver com isso?

— Como eu posso deixar reservados alguns dos dentes? Para entalhar?

— Senhor, desça daí imediatamente.

— Elas foram envenenadas pelas algas?

— Abram caminho, abram caminho.

Uma mulher com luvas e uma longa faca – uma cientista? – se agacha ao lado da primeira baleia na fileira. Será que ela vai cortar um pedaço de banha para testar doenças? Uma loucura, talvez, que infectou suas medulas e levou-as para a terra, todas as doze febris com um desejo de morte. Talvez a infecção possa ser transmitida para os humanos. Newville vai ficar em quarentena.

— Vocês precisam ir, garotas — diz um policial não muito mais velho que elas. — Estamos evacuando a praia. E apague esse cigarro.

— Por que ninguém está colocando as baleias de volta na água? — pergunta a filha.

O policial a examina.

— Um, elas estão mortas. Dois, você tem ideia de quanto uma dessas malditas coisas pesa?

— Mas uma delas *não está* morta!

— Vá para casa, ok?

Ela e Ash passam pelos corpos enormes – um deles pichado com uma interrogação laranja, outro com as palavras NOSSA CULPA! – até a última baleia respirando. Suas nadadeiras jazem imóveis. Sangue se acumula na areia ao lado da cabeça. A boca está aberta e encharcada de vermelho. A mandíbula inferior, parecida com um bico, ilogicamente pequena para um crânio tão grande, é repleta de dentes. A filha toca em um: um osso do tamanho de uma banana.

Moveu-se pelas fundações deste mundo.

— Agora sua mão está infectada — diz Ash.

Ela a esfrega na calça jeans.

O olho da baleia, enfiado entre dobras enrugadas de pele, está aberto e preto e estremecendo. *Viste o suficiente para apartar os planetas.* Ela se ajoelha. Encosta a bochecha no corpo cinza. Couro seco e coberto de cicatrizes.

— Vai ficar tudo bem — ela diz.

Não consegue ouvir nenhum som de clique.

Onde estão as máquinas? Os cabos, as alavancas?

Uma baleia é uma casa no oceano.

Um útero para uma pessoa.

A canção das baleias é ouvida do leito do mar até as estrelas, de Icy Strait Point até a Península Valdés.

— Ash, me dá seu moletom.

— Estou com frio.

— *Me dá.* — A filha corre até as ondas e molha o moletom de Ash e o dela própria. Corre de volta em os joga, pingando, na cabeça da baleia. A única música em que consegue pensar é "I've Been Working on the Railroad". Ela está no meio do verso "*Someone's in the kitchen with Dinah*" quando ouve um tiro.

E então ouve gritos.

Todos se aglomeram ao redor de algo na praia.

Não foi uma arma; foi uma baleia. Explodindo. A barriga cinza, estourada, vaza punhados pegajosos e rosados de intestino e pedaços roxos de órgãos. Faixas gordas de carne balançam ao vento.

— Tira isso de mim! Tira isso de mim! — grita um garoto, se debatendo com entranhas grudadas no peito.

E o fedor – Deus! – é como uma rajada rançosa de peidos, peixe podre e esgoto. A filha puxa a camiseta para cobrir a boca.

Líquido preto-avermelhado borbulha a seus pés.

A cientista está explicando ao policial que estava tentando coletar amostras de tecido adiposo subcutâneo e tecido adiposo visceral. Quando enfiou a faca na baleia, ela explodiu.

— Gás metano se acumula na carcaça — ela diz. — Esta deve ter sido a primeira a morrer, possivelmente há alguns dias. Se fosse o líder e tivesse morrido no mar, e seu corpo tivesse sido levado até o litoral, as outras baleias o teriam seguido. Elas são extremamente leais.

— A senhora não pode sair por aí cortando cadáveres — diz o policial.

— Esta criatura magnífica não é propriedade de ninguém — diz a cientista. — Eu pretendo analisar o tecido e descobrir como elas acabaram aqui.

— Em que laboratório a senhora trabalha? Meu capitão disse que os caras do Instituto de Biologia Marinha do Oregon não iam chegar até...

— Eu sou uma pesquisadora independente. Mas — ela ergue duas sacolas plásticas transparentes com carne vermelha — sei o que fazer com *isto*.

A filha volta à sua baleia.

O olho não está mais se mexendo.

Viste o oficial assassinado, quando lançado do convés pelos piratas à meia-noite.

Ela pressiona o olho com a ponta do dedo.

É grudento e elástico, como um ovo cozido.

Como fazer *tvøst og spik*

1. Prepare a carne de baleia-piloto de um dos seguintes modos: ferva-a fresca, frite-a fresca, armazene-a em sal seco, armazene-a em salmoura ou corte-a em longas faixas (*grindalikkja*) e pendure-as para secar.

2. Prepare a banha da baleia-piloto fervendo, salgando ou secando. (Não frite.)

3. Sirva a carne e a banha juntas com batatas fervidas e salgadas. Em alguns lares faroeses, peixe seco também é incluindo no *tvøst og spik*.

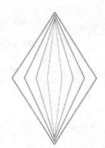

A REPARADORA

Cotter relata que Lola caiu das escadas. Estava num pequeno coma. Melhor agora.

Novas clientes deviam deixar um bilhete na caixa do correio, mas Lola simplesmente apareceu um dia, encharcada.
— Uma amiga me contou sobre você.
A reparadora a levou para dentro, deu-lhe uma toalha, inspecionou a mancha vermelha no seu antebraço.
— Vai ficar uma cicatriz?
— Sim — respondeu a reparadora. Ela apertou folhas frescas de sempre-viva na pele machucada, esperou, piscou para os seios de Lola, aqueles pudins gordos, então envolveu o braço dela com um cataplasma de suco de alho-poró e lardo. — O que aconteceu?
— Foi um acidente idiota — disse Lola. — Eu estava preparando o jantar e bati o braço numa panela quente.

O marido também quebrou um dedo da mão dela. Deixou um hematoma de seis cores em sua mandíbula.

Mais duas verrugas no figo de Clementine.
Clementine diz:
— Isso é meio que extremamente humilhante.
— Só um corpo fazendo o que faz.
— Mas elas são tão *nojentas*.

— Muitas mulheres têm — diz a reparadora, e segura uma compressa de sementes de tremoceiro molhadas e trituradas contra a vulva. Tremoceiro branco também é bom para fazer descer o sangue – uma menstruação pulada, um útero desconfortavelmente cheio – e para atrair vermes para a superfície da pele. No verão, a reparadora queima as sementes em xícaras de pedra para afastar mosquitos.

— Mostre a língua.

Rachada nas bordas, como de costume.

— Ainda comendo pizza?

Clementine faz um biquinho fofo com a boca.

— Não *tanto*.

— Largue todos os laticínios. Tem umidade demais em você.

— Ei, você consideraria depilar suas sobrancelhas?

— Por quê?

— Quer dizer, não é que você *precisa*, porque sobrancelhas cheias estão voltando à moda, mas uma amiga minha em Snippity Doo Dah faz ótimas depilações com açúcar, se você...

— Não — diz a reparadora. Se ela tem essa amiga, por que não dá um jeito no pelo de cinco centímetros pendurado daquela pinta? É um pelo rebelde, destoante dos cachos oxigenados e das unhas falsas.

A reparadora põe uma colher de papa de artemísia e gengibre no umbigo de Clementine; apoia uma fatia fresca de gengibre sobre a papa; segura um bastão de moxa[9] sobre o gengibre até ela reclamar do calor; e cola dois band-aids sobre o umbigo para manter a papa no lugar por pelo menos um dia, melhor se dois.

Clementine abaixa a camisa.

— Obrigada por toda a ajuda, Gin. — Tira caixinhas brancas da mochila. — Espero que você goste de arroz frito e camarão com alho. Não se preocupe, não são restos dos clientes...

— Não estou preocupada — diz a reparadora.

Nem faminta o bastante para comer comida chinesa. Depois que Clementine vai embora, ela pinga óleo de gergelim sobre meia fatia de pão integral. Toda quinta, Cotter deixa um pão que ele assou pessoalmente, embrulhado numa toalha, nos degraus da cabana.

---

9. Bastão de artemísia incandescente usado na medicina tradicional chinesa para aplicação de calor em determinados pontos do corpo, de modo a tratar ou prevenir doenças. (N.E.)

Alguns pães de supermercado são feitos com cabelo humano dissolvido em ácido, parte de um condicionador de massa que acelera o processamento industrial. A reparadora não come pão de supermercado, e tem seu próprio suprimento de cabelo que, em vez de dissolver em ácido, tritura em seus preparados. Ela guarda o cabelo da cabeça numa caixa separada do pelos pubianos, já que servem para coisas diferentes – os pubianos têm mais ferro, os da cabeça, mais magnésio e selênio. O suprimento da reparadora vem de uma única pessoa, e está diminuindo.

* * *

Cabelos longos e ruivos podem ser usados em preparados. Pelos pubianos castanhos podem ser usados também. Mas há alguns pelos que não podem. Os fios rebeldes embaixo dos braços; o pequeno trecho de pelos castanhos no lábio superior. Aqueles estão colados à pele do corpo no freezer.

Como será o gosto do cabelo da garota, do seu cabelo brilhante e liso? A garota não o alisa nem laqueia. É longo o bastante para ficar preso na alça da bolsa; a reparadora reparou quando a viu sair pelas portas azuis da escola, a garota teve que puxá-lo e rearranjá-lo, ficou irritada por um segundo, uma pontada de calor nas bochechas, depois se esqueceu do cabelo, a reparadora viu, porque estava procurando alguém, mas o alguém não estava entre o grupo de crianças que saíam. A garota continuou andando, sozinha, e a reparadora quase a seguiu.

O pão integral está seco, porque hoje é terça.

Tia Temple morreu numa terça, oito invernos atrás.

Antes de Temple, quando a mãe esquecia de comprar comida, a reparadora cozinhava ketchup, mostarda e maionese até formar uma crosta quente.

Antes de Temple, ela mesma se punha para dormir.
Antes de Temple, ela tomava muita aspirina, porque médicos normais eram caros e a equipe do pronto-socorro conhecia a mãe da reparadora bem demais.

Antes de Temple, ela nunca tinha ido ao cinema.

Ela tinha tranças ruivas selvagens e usava calças roxas esvoaçantes e não era casada. Ria de um jeito estridente. Sua loja recebeu o nome de uma bruxa que viveu em Massachusetts três séculos antes. As pessoas de Newville chamavam Temple de bruxa também, mas não usavam a palavra no mesmo sentido com que usavam para a reparadora.

*   *   *

Quando era jovem, Goody Hallett amava um pirata que a abandonou. Diz a lenda que ela matou o bebê deles na noite em que nasceu, sufocou a coisa num celeiro, então foi presa e perdeu a cabeça, e passou a atrair navios para que batessem nas rochas de Cape Cod. Na verdade, disse Temple, ela deu a criança em segredo para a esposa de um fazendeiro. A esposa manteve um diário, que preservou o fato.

O bebê é o ta-ta-ta-ta-ta-ta-taravô da reparadora.

A câmara mais interna do seu ouvido esquerdo repara em besouros de madeira arranhando as traves do telhado e pondo seus ovos nos veios.

— Nunca esqueça — disse Temple — que você descende de Black Sam Bellamy e de Maria Hallett.

Mas a reparadora nunca amarraria uma lanterna a uma baleia. Assim como marinheiros e pescadores, ela odeia nadar.

A manhã vermelha pressagiou naufrágio aos marujos
e sofrimento aos pastores, dor aos pássaros, rajadas e
perdas sórdidas aos rebanhos e seus cuidadores.

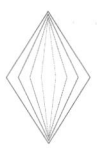

A ESPOSA

Gritos gritos gritos. Sem parar sem parar sem parar.

— TOCA!

John quer que ela toque o disco de novo; ela não vai tocar. A manhã inteira foi de discos: grito berro grito berro, jogando-se no chão, braços e pernas esparramados, "TOCA!" sem parar.

— Mamãe toca mamãe toca mamãe toca mamãe...

Ela argumentou, implorou, ignorou, preocupou-se com danos sérios que seus tímpanos pudessem sofrer; e agora ela diz:

— Cala a boca, *caralho*! — o que não faz diferença alguma para John, ainda gritando e abrindo os braços, mas Didier grita da sala de jantar:

— Não diga isso a ele!

— Venha lidar com ele — grita a esposa — ou vá se foder.

O marido entra batendo os pés, tira a capa de cobertura, coloca a agulha no disco e liberta uma guitarra animada.

John fica quieto, o peito subindo e descendo com soluços molhados.

— *Nós somos os dinossauros, marchando, marchando. Nós somos os dinossauros. O que você acha disso?*

— A lição que ele acabou de aprender — diz a esposa — é que se gritar por tempo suficiente, vai ganhar tudo que quiser.

— Bom. É um mundo difícil.

— *Nós somos os dinossauros, marchando, marchando. Nós somos os dinossauros. Tornamos a terra plana!*

— Pode levá-lo para dar uma volta? — pergunta a esposa.

— Está chovendo — diz Didier.

— A capa de chuva está no corrimão.

— Ele não parece a fim de dar uma volta.
— Por favor, faça essa mínima coisa por mim — ela pede.
— Eu realmente não estou a fim.
— Eu nunca fico sozinha.
— Bem, eu também não. Fico com aqueles *trous du cul* o dia todo, cinco dias por semanas.
— Didier — lenta e cuidadosamente —, você pode fazer o favor de levá-lo para dar uma volta? Bex estará de volta em uma hora e eu vou fazer o almoço, mas, até lá, eu gostaria de ficar sozinha.
— Eu gostaria de ficar sozinho também — ele diz, mas vai até o corrimão. — Vamos, *Jean-voyage*.

Juntar migalhas na palma.
Borrifar a mesa.
Enxugar a mesa.
Enxaguar xícaras e tigelas.
Colocar xícaras e tigelas na lava-louça.
Deixar quinoa de molho na tigela de água.
Lavar e fatiar pimentões vermelhos.
Colocar as fatias na geladeira.
Enxaguar a quinoa na peneira.
Colocar quinoa limpa e crua na geladeira.
Jogar a água do molho da quinoa no vaso do fícus.
Borrifar água nos galhos da planta, serpenteantes como a cabeça de Medusa.
Tirar roupas da máquina de lavar no porão.
Dobrar roupas.
Empilhar roupas no cesto.
Deixar o cesto ao pé das escadas para o segundo andar.
Escrever *sabão em pó* na lista da carteira.
Plip, plip, plip, diz a torneira da cozinha.
Ninguém nesta colina sequer gosta de quinoa.

Ela puxa as abóboras de plástico das crianças da estante alta.
Passou mais de um mês desde o Halloween. Ela disse a eles que os doces acabaram.
Na cozinha vazia ou na sala de costura, ela come bombons que ninguém sabe que existem.

Ela se permite, agora, três bombons crocantes de coco. E um macio de amêndoas. E um pacote de balas.

É isso que você está perdendo, Ro! *Devorar bombons velhos roubados dos seus próprios filhos!*

Como a esposa pode torcer para que Ro não engravide? Para que não publique seu livro sobre a cientista do gelo?

Plip, plip, plip.

Como se Ro não ter um filho ou um livro fosse tornar a vida da esposa melhor.

Como se a esposa ter um emprego fosse tornar a vida de Ro pior.

A rivalidade é tão vergonhosa que ela não consegue pensar nisso.

Ela vem e paira.

Aguarda.

Tão frio nesta casa.

Ela tira o suéter e o enfia entre a porta dos fundos e o chão da cozinha, o qual, ela repara, está repleto de migalhas.

Ela vai pegar a vassoura, mas acaba no telefone.

Sábado de manhã: a mãe dela deve estar vagando, limpando, folheando revistas.

Elas se veem, é claro, se visitam – a Ação de Graças é semana que vem –, mas não é o mesmo que tê-la aqui, num aperto, em momentos imprevistos. Cento e sessenta quilômetros é distância demais para uma visitinha não planejada.

Ela tem trinta e sete anos e anseia pela mãe.

Mas não vai ficar emocionada, daqui a trinta anos, em saber que Bex e John anseiam por ela?

Ela pode imaginar o rostinho de John maior, mas ainda com suas emoções translúcidas, sentimentos nítidos indo e vindo, seu garoto mutável como a maré. Ele sempre vai querê-la.

Bex tem um instinto forte demais para a independência; ela vai ficar bem sozinha.

— Oi, mãe — diz a esposa. — Como está o tempo aí?

— Chuviscando. E aí?

— Ah, humm... só cinza.

— Docinho...?

— Os elfinhos estão bem — diz a esposa.

— Susan, o que está acontecendo?

— A sala de Bex vai apresentar o *Mayflower*, e John está obcecado por músicas de dinossauros.

— Com você, eu quis dizer.

— Nada — ela diz.

— Que horas você quer que a gente chegue na quinta? — pergunta a mãe. — Eu vou levar batatas-doces. Acho que vão fazer sucesso.

Todo mundo na colina odeia batata-doce.

— Venha a hora que quiser. Te amo, mãe.

Plip, plip, plip.

A mãe perfeita de Shell vai deixar Bex aqui em quinze minutos, e a menina vai estar cheia dos elogios pelo tanto que se divertiu com aquela família, colhendo frutos da floresta, assando torta caseira de mirtilo adocicada apenas com xarope de bordo porque açúcar refinado é tóxico.

Então, ela vai querer ajuda com a lição de casa. *Escreva como estava o tempo cada dia da semana. Estava ensolarado? Estava nublado? O oceano estava alegre ou bravo?*

Quase adormecendo, ela imagina como Bryan iria fodê-la, aquele mergulho longo e grosso, as estocadas musculosas, ele é um leopardo empurrando, senhor, ele não se cansa, todo aquele futebol, aqueles músculos extra-alongados para bombear o sangue direção ao coração...

— *Meuf.* — Um beliscão nas costelas.

— Nnnnnhhh.

O hálito de Didier no pescoço dela.

— Me incomodou o que você disse hoje. Para John.

— Nnnnnnhhhh.

— Me incomodou demais.

— Está falando sério? — ela sussurra. — Você diz "caralho" na frente deles o tempo todo; se eu digo uma vez é um problema?

— Mas eu nunca mando eles calarem a boca. Não quero que você fale com eles desse jeito.

— Pena que a decisão não é sua — diz a esposa.

* * *

Na manhã seguinte, ela sai pelos fundos, os pés descalços na grama gelada e úmida, passa pelos arbustos de lavanda e pela garagem e pelo balanço de pneus. Abre o telefone e disca.

— Alô?

— Oi, Bryan, é Susan. — Ar, silêncio. — A esposa do Didier.

— Ah, sim, sim, claro. Como vai?

— Bem! Eu, hã, peguei seu número do diretório da escola e estava ligando para... falar oi. — *Quê?*

— Ah, bem, oi — diz Bryan.

— Eu também queria convidar você para o jantar de Ação de Graças aqui em casa. Se você não tiver planos. Ro vai estar aqui. Ela é tipo uma órfã. Quer dizer, não tecnicamente, mas... e meus pais, o que não é... quer dizer... — *Pare de falar. Você precisa parar de falar.*

— Ah, que gentil — ele diz —, mas eu já tenho planos.

— Ah! Bem, não custava perguntar.

— Mmm.

— Enfim. — Ela pigarreia.

— É — ele diz.

— Mas a gente devia tomar um café uma hora dessas — ela diz.

Ar, silêncio.

Por fim, ele diz:

— Eu gostaria disso.

âncora

vela

deriva

veloz

gelo

gordura

banquisa

velho

bloco

panqueca

balsa

jovem

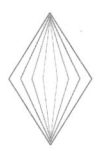

A BIÓGRAFA

Ela conta ao pai rapidamente, no trajeto para a escola. Ele não se dá ao trabalho de disfarçar seu desagrado.

— Outro Natal sozinho?

— Sinto muito, pai. Eu tenho tão poucos dias de férias, e leva um dia inteiro para chegar até aí...

— Eu nunca devia ter me mudado.

— Você odiava Minnesota.

— Prefiro uma nevasca a este submundo úmido.

A dobra acima de seu osso púbico parece vagamente inchada – ou dolorida –, diferente de uma cólica menstrual, mas na mesma família de sensações. Já se passou quase uma semana desde a inseminação; ela vai fazer um teste de gravidez em oito dias. Será que esses são sinais de implantação? Será que um blastocisto se agarrou à parede vermelha? Será que está se segurando e crescendo com toda a potência? Seus cromossomos são XX ou XY?

— Verei você de novo algum dia? — pergunta o pai.

Ele não viaja de avião, devido às costas. Enviaria dinheiro para uma passagem se ela pedisse, mas ele não pode se dar a esse luxo mais do que a biógrafa. Sua renda é fixa e pequena. "Eu posso não ter dinheiro para deixar", ele gosta de dizer, "mas você pode vender minha coleção de moedas! Vale milhares de dólares!".

— Claro que vai, pai.

— Eu me *preocupo*, garota.

— Não precisa! Estou bem.

— Mas vai saber — ele diz — quantas voltas ao redor do sol *eu* ainda tenho?

Os meninos na aula de História do nono ano fazem bolinhas de papel e perguntam:

— Senhora, antigamente, quando você era jovem, os meninos faziam bolinhas de papel?

Os alunos do segundo ano do ensino médio estão gozando os frutos da pesquisa de alguém por termos arcaicos para pênis. Quando Ephraim grita "Vergalho!" a biógrafa o encara, mas ele a encara de volta. Geralmente, ela não tem problemas com disciplina; toda essa agitação a faz se sentir um fracasso.

Bem, ela é um fracasso. Ela e seu útero fracassam, fracassam, fracassam.

Ephraim:

— Prepúcio!

A biógrafa:

— Isso é só a pele que cobre a glande, meu amigo.

Risadinhas. Gargalhadas. *Você disse glande.*

A biógrafa e seus ovários fracassam, fracassam, fracassam.

— Chalupa careca!

Mas ela sentiu pontadas – uma dorzinha aguda. Algo parece estar acontecendo lá embaixo. Talvez *não seja* um fracasso, finalmente? Milhares de corpos são bem-sucedidos todos os dias; por que não o corpo de uma biógrafa do Minnesota cuja peça de roupa preferida é a calça de moletom?

— Nouri — ela diz —, você pode passar o batom depois da aula.

— Não estou passando, estou retocando.

Nouri Withers ama livros sobre assassinatos famosos e escreve as melhores frases dentre todas as crianças que a biógrafa já ensinou. Suas frases precisam ser colocadas em sites de busca para verificar que não são plagiadas.

— Você pode retocar depois.

— Mas meus lábios parecem tortos *agora*.

— Concordo! — grita Ephraim, um garoto de pernas longas e inquieto, que se acha charmoso no seu chapéu-panamá vintage. Um garoto que se move sem medo pelo mundo. Se ele não fosse tão destemido e bonito e bom no futebol, talvez fosse obrigado a crescer em direções mais interessantes. A única coisa interessante sobre Ephraim, até onde a biógrafa sabe, é seu nome.

A biógrafa decide que ela vai gritar também.

— Vocês já consideraram, pessoal, quanto tempo foi roubado da vida de garotas e mulheres enquanto elas agonizavam sobre sua aparência?

Alguns rostos sorriem, desconfortáveis.

Mais alto ainda:

— Quantos minutos, horas, meses, até *anos* de vida as garotas e mulheres gastam com isso? E quantos bilhões de dólares as empresas lucram como resultado?

Nouri, boquiaberta, abaixa o batom, que fica de pé na carteira como um dedo rubro.

— *Muitos* bilhões, senhora?

As crianças devem achar que ela é uma piada.

— A instituição começou — ela conta ao primeiro ano — como um acordo fiscal no qual a família do pai transferia terras, dinheiro e gado à família do marido, associados ao corpo da filha-noiva. Suas fundações econômicas foram, em séculos recentes, encobertas, alguns até diriam abafadas, pelo véu do amor romântico.

— Você é casada, senhora? — pergunta Ash.

— Cala a boca — alguém diz.

— Não — responde a biógrafa.

— Por que não? — pergunta Ash.

— Cala a boca! — grita Mattie.

O silêncio estala. Até as crianças meio sonolentas ficam subitamente alertas. Mattie pergunta, mais baixo:

— Por que elas *morreram*?

Da carteira ao lado, Ash esfrega os ombros dela.

— Você está falando das baleias?

— A pesquisadora independente disse que o sonar delas pode ter quebrado. Sinais de submarino com decibéis muito altos podem deixar as baleias surdas. — Mattie apoia suas bochechas lunares nas mãos.

— Meu pai disse que foi culpa da bruxa — diz o filho do herói naval local —, porque ela atraiu os dedos-do-morto de volta a Newville e eles estragaram a água.

Gritos e exclamações:

— É, as algas envenenaram as baleias!

— Isso é tão idiota.

— Mas apareceram peixes mortos nas redes também...

— Calma lá, pessoal! — diz a biógrafa. — Talvez seu pai estivesse brincando.

— Minha avó Costello disse a mesma coisa — informa Ash —, e a última vez que ela contou uma piada foi em 1973.

— E meu pai não é idiota — diz o filho do herói.

A biógrafa considera fazer uma digressão sobre biologia marinha e a história da caça às bruxas nos Estados Unidos, mas precisa acabar a aula cinco minutos mais cedo para chegar à sua consulta na clínica. Kalbfleisch insistiu para que ela fosse discutir os resultados do teste de SOP pessoalmente. Uma viagem de duas horas para receber, provavelmente – quase certamente – más notícias.

— Existe um templo budista — ela diz — numa pequena ilha no Japão que costumava fazer réquiens por baleias mortas pelos baleeiros. Eles rezavam pela alma das baleias. Também tinham um túmulo para fetos retirados do corpo das mães durante a extração da gordura. Eles davam um nome póstumo a cada feto que enterravam e mantinham uma necrologia que listava a data de captura das mães. — Ela pausa, examinando a sala. — Estão entendendo aonde quero chegar?

— Viagem da turma para o Japão!

— Aquelas na praia tinham fetos dentro delas?

— Você sabia que um *"to"* é um feto macho?

— Nós fazemos um réquiem — diz Mattie. — Mas primeiro precisamos dar um nome para elas.

Boa menina. Mesmo aflita, ela presta atenção.

— Ok — diz a biógrafa —, há vinte e quatro de vocês. Formem pares. Cada par dará nome a uma baleia. Vocês têm três minutos. Então, vamos nos reunir para uma recitação e um momento de silêncio.

— Mas os caras do templo deram nome aos *fetos*, não às baleias adultas. Você mudou o ritual.

— Mudei mesmo, Ash. Agora, comece.

Ela abre seu caderno.

Coisas para fazer com o bebê:
1. Pegar um trem para o Alasca
2. Enterrar-se em cobertores
3. Devorar mangas secas
4. Contar histórias sobre o Grande Encalhamento dos Cachalotes
5. Molhar os pés no mar no dia mais curto do ano

Os alunos batizam um Moby Dick, dois Mikes e um Cachalotinho, pelo amor de Deus. Mas, é claro, baleias não são exóticas para essas crianças. O litoral de Newville é conhecido como a capital de observação de baleias do Oeste Americano. Há décadas, as economias locais dependem do dinheiro de turistas ávidos para ver um colosso saltando, mergulhando, batendo, borrifando e emergindo. Pagam para observar dos conveses de barcos e através de lunetas de alta potência do Farol de Gunakadeit; ou para nadar com guias, em trajes de mergulho, pelos locais de alimentação das baleias.

A biógrafa está fechando a mochila, já pensando no trânsito na vinte e dois – ela pode evitar o engarrafamento se conseguir se apressar – quando Mattie se aproxima da mesa.

— Posso falar com você sobre uma coisa?

— Claro. Quer dizer, não *agora*, porque tenho uma consulta, mas amanhã? — Se ela estiver no estacionamento em três minutos, pode chegar à estrada do penhasco em sete.

— Amanhã é Ação de Graças.

— Segunda, então.

A garota assente, encarando as mãos.

— Sei que é triste o que aconteceu com as baleias — diz a biógrafa —, mas...

— Não é sobre isso.

— Tenha um bom fim de semana, Mattie. — Casaco fechado, mochila no ombro, ela sai correndo.

Ela leu sobre o encalhamento no jornal, mas mal pensou sobre isso desde então. Bestas enormes cobertas de gordura e cracas – elas só parecem reais em seu livro, no qual a jovem Eivør as vê morrer no *grindadráp*.

— Quão atrasado está o dr. Kalbfleisch? — ela pergunta à enfermeira na recepção. — Estou aqui há quase uma hora.

— Ele é um cara popular — diz a enfermeira.

— Você pode me dar uma ideia geral?

— É véspera de feriado — ela afirma.

— E?

— Perdão?

— Por que isso faria qualquer diferença?

A enfermeira finge ler algo na tela do seu computador.

— Eu não tenho como saber quanto o doutor vai demorar. Se precisar remarcar, fico à disposição para ajudá-la com isso.

— Nossa, obrigada — diz a biógrafa, e retorna para sua poltrona castanha-clara. Ela toca a chave da tranca de bicicleta no pescoço. A mãe andava com sua bicicleta toda manhã, debaixo de chuva ou de sol, até que foi ao médico para tratar de uma dor no ombro e descobriu que tinha câncer de pulmão.

Acusações do mundo:
13. Preferir ficar sozinha é patológico.
14. Seres humanos foram feitos para buscar companhia.
15. Por que você não se esforçou mais para encontrar um parceiro?
16. Pessoas casadas têm vidas mais longas e saudáveis.
17. Você acha que alguém realmente acredita que você está feliz sozinha?
18. É macabro que você se identifique tanto com guardiões de farol.

Kalbfleisch está usando uma gravata com esquilos sorridentes.
— Sente-se, Roberta.
— Essa é sua melhor gravata até agora — ela diz.
— Como você sabe, eu estava preocupado com a possibilidade de você ter síndrome do ovário policístico. Depois de encontrar algumas evidências de ovário aumentado e cistos, checamos seus níveis de testosterona e infelizmente os resultados confirmam que você, de fato, sofre de SOP.

É claro.

Mas ela ficará calma e resiliente. Ela será uma solucionadora de problemas.

— Ok, e isso significa o quê?

— Significa que alguns ou muitos dos seus folículos não estão amadurecendo adequadamente, e que portanto a ovulação está significativamente comprometida. Mesmo quando o kit de previsão de ovulação detecta um aumento de hormônio luteinizante, por exemplo, é bem possível que nenhum óvulo apareça. Vamos torcer para o seu ciclo atual. Quando você volta para o exame de sangue de gravidez?

— Quarta-feira — ela diz, ordenando os músculos faciais a formar um sorriso. *Solucionadora de problemas.* — E, se der negativo, vou usar um doador diferente para o próximo ciclo. Alguém com uma taxa de sucesso maior que...

— Roberta. — Kalbfleisch se inclina para a frente e a olha, pela primeira vez, nos olhos. — Não vai haver um próximo ciclo.
— O quê?
— Dada a sua idade, seus níveis de hormônio luteinizante, e agora esse diagnóstico, a chance de concepção via inseminação intrauterina é quase nula.
— Mas se há qualquer chance...
— Por quase nula, eu quero dizer nula.
Uma dor tensa no fundo da boca.
— Ah.
— Sinto muito. Não seria ético continuar as inseminações quando as estatísticas não sugerem qualquer perspectiva de sucesso.
Não chore na frente deste homem. Não chore na frente deste homem.
Ele acrescenta:
— Mas vamos, bem, vamos manter as esperanças para este ciclo, ok? Nunca se sabe. Eu já vi milagres.

Ela não chora até chegar ao estacionamento.

Na estrada escura, ela considera o calendário.
Vai fazer o teste de gravidez, seu último teste, no primeiro dia de dezembro.
Se der positivo...!
Se der negativo, ela terá seis semanas e meia até quinze de janeiro.
Até quinze de janeiro, ela ainda pode ser selecionada do catálogo, escolhida por uma mãe biológica, receber um telefonema da assistente social: *Srta. Stephens, tenho boas notícias!*
No dia quinze de janeiro, o Toda Criança Precisa de Dois vai restituir a dignidade, força e prosperidade às famílias americanas.

No lobby do prédio, ela verifica a caixa de correio. Um lembrete do dentista; um catálogo de saias longas e blusas largas para mulheres de certa idade; e um envelope da Clínica Hawthorne de Medicina Reprodutiva, que ela abre com um rasgo. ESTA É UMA CONTA, diz a carta, no valor de novecentos e trinta e seis dólares e oitenta e cinco centavos.
Muito possível que nenhum óvulo apareça.
Na cozinha, sobre uma folha antiaderente, ela ateia fogo na conta e observa as chamas até o alarme de incêndio soar. *WAH! WAH! WAH! WAH!*

— Cala a boca, cala a bo...
WAH! WAH! WAH!
Arrasta uma cadeira na direção dos gritos agudos
WAH! WAH!
e sobe nela
WAH! WAH!
e soca o alarme com o punho ("Cala a boca, *caralho*") até que a capa plástica se quebre no meio.

Eu levei minha *fisa* quebrada para Aberdeen. Trabalhei
na lavanderia de um estaleiro, torcendo água das peças.

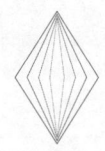

A FILHA

O sinal das três horas ainda está tocando quando ela se dirige para a Lupatia Street em direção ao caminho do penhasco. No bolso estão as orientações para a casa da bruxa, que Ash conseguiu extrair da irmã.

O coração de um porquinho-da-índia pesa oitenta e cinco gramas.

De uma girafa, onze quilos.

Yasmine, continuei aumentando nossa lista.

Onde estará Yasmine neste momento?

A filha consegue ouvir as batidas da própria aorta enquanto pisoteia espinhos e pedras e folhas, seguindo o que ela espera ser o caminho certo. Ela saiu da estrada ao lado da placa azul informando CAMPING 6 KM, seguiu a trilha até a placa marrom FLORESTA ESTATAL DE GUNAKADEIT, depois virou numa trilha menor – mas e se houver mais do que uma placa de floresta estatal?

— Você só vai beber umas ervas silvestres — explicou a irmã de Ash.

O corpo dela ficará limpo de novo.

Mas será um crime.

Metade Ephraim, metade ela.

Um crime menor do que cruzar a fonteira do Canadá para fazer isso.

Mas eles ainda poderiam prendê-la na Instalação Correcional Juvenil Bolt River.

E pode ser que doa.

Menos do que doeria numa clínica clandestina, onde eles usam equipamentos enferruja…

A filha caminha mais rápido. Seu pescoço está suando, as coxas ardem, há pontadas fortes nas costelas.

Ash se recusou a vir com ela. Se fossem pegas, a polícia podia achar que ela estava tentando abortar também, e ela seria acusada de conspiração para praticar homicídio, e ela já tem dezesseis anos, e com dezesseis anos você pode ser julgado como adulto.

A filha entende. Mas Yasmine teria vindo.

* * *

Uma cabana aparece, um quadrado de troncos simples, as janelas iluminadas, fumaça se erguendo da chaminé. A irmã de Ash disse para procurar galinhas e cabras como prova de que era a casa da bruxa e não de um estuprador. Embora estupradores possam ter cabras e galinhas. A filha vê o que pode ser um galinheiro, mas nenhuma galinha por perto – será que estão dormindo? – e um galpão, no qual (ela se aproxima para ver) há duas cabrinhas, uma preta e uma cinza. Elas a observam com olhos de robô.

— Shhh — ela diz, embora elas não tenham feito nenhum som.

A chaminé está soltando fumaça, as luzes estão acesas, a bruxa está em casa; então, por que a filha está enrolando perto das cabras? Mas e se a bruxa odiar visitantes não anunciados, e se ela tiver armas? Não é ilegal atirar em alguém se a pessoa alegar que estavam invadindo sua propriedade.

Subindo os degraus até a cabana, a filha inspira fundo como a mãe a ensinou a fazer nos treinos de ginástica olímpica, quando ela ainda era baixa o bastante para fazer ginástica olímpica.

A mãe entenderia toda essa situação melhor que o pai.

Não que a filha vá contar a ela.

Toc, toc.

A pessoa que abre a porta não é velha. É quase bonita. Grandes olhos verdes, cabelo negro em cachos ao redor de bochechas pálidas. Sua roupa – uma gargantilha de veludo e vestido de saco rústico – é uma mistura de prostituta vitoriana e Cro-Magnon.[10] Essa é mesmo a bruxa?

A pessoa franze o cenho e a encara.

— Oi — diz a filha.

Será que essa é a criada da bruxa, a irmã mais nova dela?

— *Você*. — A pessoa cruza os braços e começa a coçar os ombros cobertos pelo saco. As unhas fazem um som sussurrante.

---

10. Os restos mortais de *Homo sapiens* mais antigos da Europa. (N.E.)

— Sinto muito em perturbá-la, mas estou procurando por... não sei se você é... Gin Percival?
— Por quê? — Ela dá um olhar desconfiado para a filha. Mais animal que humano.
— Preciso de ajuda ginecológica.
— Como você chegou aqui?
— Clementine me falou de você.
— Clementine. — Ainda franzindo o cenho, mas agora sorrindo também: um rosto puxado em duas direções.
— Ela disse para eu dizer a você que a... hã... verruga sumiu?
— Ok. — A pessoa recua. A filha entra na cabana. A sala é aquecida e cheira a madeira; há luzinhas brancas penduradas nas vigas do teto e estantes cheias de jarras e garrafas e livros. Um fogão antiquado. Nenhum caldeirão.
— Eu sou Mattie. Matilda.
— Meu nome é Gin Percival.
— Prazer em conhecê-la.
A garganta da bruxa faz um gorgolejo longo e baixo. Suas grandes sobrancelhas estão estremecendo. Talvez seja verdade que ela é louca.
— Sente-se.
— Obrigada. — A filha senta numa cadeira.
— Que tipo de ajuda?
— Eu preciso das ervas abortivas.
— Você está grávida e não quer estar?
Ela assente.
Gin Percival passa uma mão sobre a testa, como se cobrisse os olhos. Dá uma risada dura e curta.
— Eu não estou aqui para denunciar — acrescenta Mattie. — E ninguém me seguiu. — Que ela saiba.
— Quantos anos você tem?
— Quase dezesseis.
— Quando é seu aniversário?
— Fevereiro.
— Quando em fevereiro?
— Dia quinze. Eu sou de aquário.
Gin anda de um lado para o outro da salinha, os dedos entrelaçados sobre a cabeça.
— Um cinco zero dois. Você vai fazer dezesseis anos.

— Você não...? — A filha tosse para disfarçar o nervosismo. — A sentença é pior se a pessoa abortando for menor de idade?

Ela para de andar. Abaixa as mãos ao lado do corpo vestido de saco.

— Isso não tem nada a ver com nada. Quer um copo d'água?

— Não, obrigada. Desculpe por não marcar um horário.

— De quantas semanas você está?

— Eu não tenho certeza *absoluta*, mas acho que onze ou doze. Eu devia ter ficado menstruada no meio de setembro. Mais ou menos.

— Então, você está lá para a décima quarta semana. Fim do primeiro trimestre. Tem que incluir as duas semanas antes da concepção.

— Mas eu ainda tenho tempo, certo?

Aquelas *sobrancelhas*. Lagartas marrons frenéticas. Talvez porque ela viva sozinha, não faça ideia de como suas sobrancelhas se movem? Não há espelhos na casa, até onde a filha pode ver.

— Pelo tipo de tratamento que ofereço? Está estourando. Mas sim. Tem certeza de que quer isso?

E se sua mãe biológica tivesse escolhido abortar?

— Vai... — A filha encara as tábuas lisas sob os pés. — Doer muito?

— Não muito. Você vai beber um chá com um gosto ruim, e depois vai sangrar. Vai precisar ficar em casa por um dia, pelo menos. Melhor se dois. Os seus pais, hã, sabem?

Pense em mim e na sua mãe, quanto tempo esperamos.

A filha balança a cabeça.

— Mas eu posso ir para a casa da minha amiga... ei! Olá! — Uma coisa cinza pulou no colo dela, um acordeão ronronante.

— Esse é Malky.

— Oi, Malky. — Ela meio que odeia gatos, mas quer que esse gato goste dela e que a bruxa repare que ele gosta dela. — Ele é amigável — acrescenta.

— Ele não é amigável — diz Gin. — Deite na cama. Preciso examinar você. Tire os jeans e a calcinha. — Ela vai à pia lavar as mãos.

A filha se despe. Gin não colocou nada sobre a cama onde provavelmente dorme, nenhuma toalha ou lençol limpo. Há pelos de gato cobrindo o cobertor marrom.

— Deite de costas — ordena Gin, se ajoelhando. Ela cheira um pouco como leite azedo. Coloca as duas mãos na barriga da filha e começa uma pressão gentil. As mãos se movem metodicamente, esfregando, empurrando. Acima do osso púbico elas pausam por um momento. Como se estivesse escutando.

Então, ela abre um jarro e tira um pouco de uma geleia transparente.

— Eu vou colocar dois dedos na sua vagina. Tudo bem?

— Sim. — A filha fecha os olhos e se concentra no objetivo da visita.

Os dedos não ficam dentro dela por mais que alguns segundos, e não dói. Mesmo assim...

Gin lava as mãos de novo e volta a sentar na beirada da cama. Encara a filha.

— Seus dentes são muito retos — ela diz.

— Aparelho — explica a filha, sem entender ao certo por que Gin sentiu a necessidade de apontar isso. — Ainda uso uma contenção.

— Você cresceu em Newville?

— Salem.

— E se mudou para cá quando?

— No ano passado.

Gin toca a pele acima do quadril direito da filha.

— Como essa cicatriz aconteceu?

— Eu caí da bicicleta.

— E essa pinta? — Apertando a pinta no formato de maçã na coxa esquerda dela. — Quando apareceu?

— Tenho desde que nasci, acho.

O dedo de Gin circula a pinta. As sobrancelhas pararam de se mover, mas os olhos em si, voltados para a pinta, estão brilhando com lágrimas.

É estranho que ela fique apalpando a pinta por tanto tempo.

A filha diz, bem alto:

— Parece cancerígena ou algo assim?

— Não — diz Gin, se erguendo. — Você pode se vestir. — Ela tira algo de uma estante. As ervas abortivas?

Oferecendo a jarra:

— Doce de marroio.

— Hã, obrigada. — A bala marrom, com gosto de menta e alcaçuz, gruda nos molares da filha. — Aliás, minhas gengivas têm sangrado quando escovo os dentes. Será que eu tenho escorbuto?

— Escorbuto só aparece em barcos. Seu corpo está produzindo mais sangue agora, é por isso. — Gin franze o cenho, tamborilando um dedo no rosto. — Eu posso interromper a gravidez, mas não hoje. Preciso renovar o estoque de alguns suprimentos.

— Então, tipo, amanhã?

— Um pouco depois. Eu deixo um bilhete no correio.
Depois? Um espasmo de medo nas costelas.
— Mas eu não tenho uma caixa no correio.
— Cotter vai saber. Pergunte a ele em dois ou três dias.
— O cara com acne?
— Isso. E o chá vai ter um gosto horrível.
O maldito gato volta para o colo dela. Ela o acaricia.
— Tipo kombucha?
— Um horrível diferente. Mais forte. — Gin Percival sorri. Seus dentes são amarelos e não muito retos. Ela não é bonita, a filha decide, mas tem uma aparência ousada. É uma pessoa desinteressada em agradar às outras pessoas. Nesse sentido, ela faz a filha se lembrar de Ro/Senhora. — É melhor ir agora, está anoitecendo. Você sabe por onde ir?

Seguir até a trilha, daí pegar o caminho do penhasco, daí descer para a Lupatia, de onde vai ligar para o pai buscá-la dos estudos na biblioteca. Voltar para casa com o mesmo bolo de células. Ela não é idiota, mas tem agido como idiota. Por que pensou que tudo seria resolvido hoje?

— É melhor eu lhe mostrar. — Gin está enfiando um suéter cor de terra. O gato pula do colo da filha.
— Não precisa.
— É fácil se perder. Eu levo você até a trilha.
— Tem certeza?
— Tenho certeza, Mattie Matilda.

Dentre os nomes diferentes para o gelo polar, o que eu gosto mais é *"banquisa"*. Me lembra "bando".

Como cachorros e lobos. Coisas que caçam.

Ser perseguido por gelo – e destroçado.

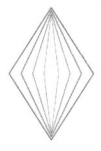

A REPARADORA

A reparadora mentiu. Ela tem um bom estoque de erva-lanceta e poejo, tem muita língua-de-vaca. Mas queria tempo para pensar. Tempo, pelo menos, para se acostumar com a ideia de tocar um corpo que ela fez para desfazer um futuro corpo.

Quando ela viu a garota na frente da biblioteca, meses atrás, foi como olhar num espelho, não para si mesma, mas para toda sua família unida num único rosto. A agência tinha lhe garantido que o bebê seria estabelecido a pelo menos cento e vinte quilômetros de distância, mas aqui estava ela, saindo da biblioteca de Newville com passos de dançarina, o rosto cheio como o da mãe e da tia da reparadora.

A garota é um espelho, repetindo, dobrando o tempo no meio. Quando a reparadora teve o mesmo problema, ela não resolveu como Temple lhe disse para resolver. O aborto era legalizado na época, mas a reparadora queria saber como era criar um ser humano com seu próprio sangue e minerais, em seu próprio relógio vermelho.

Criar, mas não manter.

Os pais da garota cuidaram bem dela. Seu hálito é doce e seu cabelo lustroso, a língua rosa-salmão, os olhos úmidos. A pele cor de lua é inata, assim, claro, como a altura.

Na trilha, elas se despedem. Ela espera até que Mattie Matilda desapareça no caminho, um minuto, no ar que se torna arroxeado, dois minutos, abaixo dos guinchos das corujas, três minutos, sobre o chão coberto de veios de geada – então segue: ela vai se certificar de que nenhum demônio toque nesta garota. Ela pisa como um gato, sem ser ouvida, no solo vivo com hexápodes cegos, que ingerem fungos e raízes. Malky reconheceu a garota por seus óleos; pulou direto no colo dela porque abaixo do brilho labial e do desodorante cheirou os óleos de uma Percival.

* * *

Das sombras de um pinheiro, a reparadora a vê chegar ao caminho do penhasco e virar à esquerda, na direção da cidade e das pessoas. A reparadora vai para a direita, em direção ao mar, a noite atravessando os buracos do seu suéter. Cada vez mais perto da beirada do penhasco. O campo de tubarões está descansando. Faixa de luar na água parada. No horizonte, uma barbatana negra. E o farol. A torre com luz para que os navios não batam. A luz com raios para que o mar não os engula. O navio tem observadores, homens que estreitam os olhos cautelosos, homens usando capas de chuva e com medo da morte. A luz lhes dirá *Não venham para cá*; a luz vai conduzi-los para outros caminhos na água negra e cheia de ossos que esses homens não querem que seus ossos encontrem. Dá azar em navios mencionar advogados, coelhos, porcos e igrejas. Não dizem "afogar" em navios; dizem "estragar".

No dia do encontro de pais e mestres, a professora perguntou:
— Mas onde está sua mãe?
E a reparadora respondeu:
— Ela partiu num navio.

Mas, na verdade, ela partiu num táxi, que pagou com dinheiro roubado do caixa da Goody Hallett's. E a reparadora, aos oito anos, esperou hora após hora. Dia após dia. todo o inverno. Então, Temple a levou de carro até Salem e conseguiu sua guarda legal.

Oito invernos atrás ela encontrou o corpo de Temple caído na base de um pinheiro prateado, e nunca saberá o motivo com certeza. Infarto? Derrame? Ela saiu para coletar beldroega-do-inverno e ficou fora por tanto tempo que a reparadora começou a se preocupar. Foi procurar. Lá estava ela. A pele estava azulada, mas, fora isso, ela parecia dormir.

A Goody Hallett's já tinha fechado naquela época, porque não havia turistas suficientes comprando velas e baralhos de tarô. Temple tinha vendido o prédio. Elas haviam se mudado do apartamento acima da loja para uma cabana na floresta, e Temple tinha dito à reparadora, que desde que abandonara a escola passava seu tempo na biblioteca e nos penhascos, "É hora de você trabalhar".

A reparadora não queria que ninguém levasse o corpo. Ela não podia dar a tia a uma funerária para ser estripada e depilada; e a terra era dura; e Temple nunca tinha gostado de fogo. Então, a reparadora aparou suas unhas e o cabelo e os cílios, raspou a pele de cada dedo e colocou o corpo dela no freezer, embaixo de salmão e gelo.

No último inverno, a reparadora completou trinta e dois anos: duas vezes dezesseis (a idade que a garota terá em fevereiro) e metade de sessenta e quatro. Sessenta e quatro é o número dos demônios no *Dictionnaire Infernal*. De casas num tabuleiro de xadrez. Sessenta e quatro é o quadrado de oito, que é o número da regeneração e ressurreição: começando de novo, de novo.

Como ela pode dormir se não para de ver o rosto da garota?

Ela costumava passar meses, anos, sem pensar nisso. Então, alguma coisa (o cheiro de cerejas, a palavra "logo") a fazia lembrar. Então, ela esquecia de novo, deixava os peixinhos escaparem. Mas, depois de ver aquele rosto na frente da biblioteca, ela não conseguiu parar de pensar. Perguntando-se se ela realmente era. *Você é?*

Ela é.

— Malky, venha cá.

Ela corta um pedaço do pão de Cotter e oferece a primeira mordida ao gato. Pressiona uma gota de óleo de abeto negro no canto da planta do pé direito.

E dorme.

A madeira está batendo, Malky está sibilando, e cada galinha da família está se esgoelando. Ela se levanta, sonolenta. Pigarreia. Peida.

Estão batendo na porta. Os sibilos de Malky viram uivos.

— Quieto, cuzão. — E empurra-o com o pé para longe da porta.
Homens de uniforme azul. Um de cabelo negro, outro loiro.
— Que foi? — ela diz.
O de cabelo preto diz:
— Eu sou o oficial Withers e este é o oficial Smith. Você é Gin Percival?

Será que a viram observando? Ela vai ser acusada de perseguição? Será que a garota, ao conhecê-la, se lembrou de vê-la nas árvores perto da escola e contou aos pais?

Ela só queria olhar seu rosto. Ouvir sua voz. Ver como ela tinha crescido.

— Gin Percival — diz o de cabelo preto —, você está presa por imperícia médica.
A reparadora encara, boquiaberta.
— Ela não fala inglês? — pergunta o loiro.
O moreno pigarreia.
— Você tem o direito de permanecer em silêncio. Tudo o que disser pode e será usado contra você em tribunal. Você tem o direito de falar com um advogado e de ter um advogado presente durante qualquer interrogatório. Se não puder pagar por um advogado, um lhe será indicado. Você entende os seus direitos?

Ela espera num banco perto da mesa do policial loiro. Eles lhe deram um copo descartável com água e um pacote de bolachas de sal.

Quem vai servir o grão para Pinka e Hans? Carregar a galinha manca até o abrigo? Colocar peixe para Malky? E se eles abrirem...
— Eu quero ligar para alguém — diz a reparadora.
— Você já fez sua ligação — retruca o policial loiro.

— Não fiz, não.

Ele grita sobre o ombro:

— Jack, essa aqui já fez a ligação?

— Não faço ideia — alguém que a reparadora não consegue ver grita de volta.

— Vá em frente, então — diz o loiro.

Ela fica em pé diante da mesa com os dedos no gancho de plástico.

— Vá em frente, senhora.

Ela não usa um telefone desde que Temple era viva.

— Eu esqueci o número — ela diz.

Quantos salmões ela descongelou recentemente? Quantos ainda estão no freezer? Quantos sacos de gelo?

— Todos os seus contatos estão no celular, né? — pergunta o policial. — É um problema comum.

— Eu preciso do número do correio.

— Do correio de Newville?

Ela sorri, porque, se acenasse com a cabeça, as lágrimas se soltariam dos olhos e escorreriam pelo rosto.

O gelo que me perseguiria é chamado pelos *inupiat* de *ivu*, e pelos europeus de "onda de gelo", e nunca dá qualquer aviso. Segue a galope até o litoral a partir do oceano, um jorro de água preso e afunilado até virar uma onda de ferro. Mas eu seria mais rápida que o *ivu*. Eu me transformaria em uma rena e o despistaria.

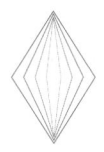

A ESPOSA

Caminha com as crianças pela Lupatia Street, matando o tempo. O vento é veloz e azul e ríspido no clima do final de novembro.

Na frente do Cone Wolf, ela pensa nas covinhas de Bryan.

Nas coxas de Bryan.

No modo como ele olhou para ela.

— Bom dia, Susan! — cumprimenta a bibliotecária, de passagem.

— Bom dia.

A Goody Hallett's fechou e a Snippity Doo Dah é nova, mas fora isso as lojas e o pub e a biblioteca e a igreja estão aqui, no vento salgado, há décadas.

Será que a esposa vai morrer em Newville?

Quando eles atravessam a Lupatia, uma bicicleta passa correndo tão perto que os seus pelos do braço se arrepiam.

— Olha por onde anda, caralho! — grita o ciclista, reduzindo a velocidade e virando para olhar a esposa. — Já é ruim o suficiente você procriar num planeta que está morrendo.

— Cuzão! — ela grita para ele.

É verdade que ela não estava na faixa de pedestres.

É verdade que ela introduziu mais gente a essa pilha de merda.

O cheirinho quente e sedoso do pescoço de Bex recém-nascida.

A boca entusiástica dela no mamilo da esposa para puxar o leite que formigava nos dutos.

Como John dormia no peito dela com uma confiança imensurável.

Este planeta pode estar se engasgando até a morte, sangrando de cada buraco, mas ela ainda os escolheria, toda vez.

— Mamãezinha, tem aula amanhã?
— Sim, docinho. — Ela dá seta, freia, faz a curva na estrada pavimentada.
— Por quê?
— Porque amanhã é segunda.

Sobe a colina sob um teto de amieiros vermelhos e madronas balançando ao vento.

A gente devia tomar um café uma hora dessas.

Eles podiam se encontrar em Wenport. Para o café.

Ela costumava passar por Wenport naqueles passeios intermináveis para fazer Bex ficar com sono – a bebê Bex que nunca queria fechar os olhos – quando Didier estava dando aula e a esposa não sabia como fazer a filha dormir.

O ar em Wenport fede a ovos, graças à fábrica de celulose.

Ela e Bryan podiam transar no banco traseiro deste carro.

Talvez não no banco traseiro; Bryan é grande demais.

Um motel. Pagar em dinheiro.

As árvores dão lugar a uma ladeira revestida por gramíneas e lavanda. A entrada de terra. A casa.

— Chegamos em casa, bebezão! — Bex diz a John, que ficará traumatizado para sempre porque a esposa o mandou calar a boca. John, por quem ela daria a vida para não traumatizar.

Desafivelar, desvencilhar, erguer, abaixar.

Ela joga as chaves do carro na mesa da entrada. O marido está prostrado no sofá da sala.

— Seu turno agora — ela diz. — Eu vou dar uma volta.
— E o almoço?
— Eu comi com as crianças na cidade.
— Mas eu não comi.
— Então... coma.
— Eu estava esperando você — ele diz. — Não tem nada em casa.
— Isso não é verdade.
— O que eu devo comer, então?

A esposa começa a andar em direção à cozinha, depois para.

— Na verdade, não é trabalho meu descobrir o que você vai comer no almoço.

— Não pode pelo menos fazer uma sugestão? Não há absolutamente *rien* na geladeira.

— Eu sugiro que você coloque as crianças de volta no carro, vá para algum lugar e compre algo.

— Estou exausto — ele diz.

A esposa chuta as sapatilhas para longe, coloca os tênis de caminhada, amarra os cadarços. Seu tempo a sós começou a se esvair.

— Papai, eu cozinho um bolo se você quiser!

— Eu adoraria um bolo *espacial*.

— Quais são os ingredientes? — pergunta Bex.

Didier lança um olhar à esposa, aprimorado após anos de uso, que a pinta como uma megera pudica e a ele como um adolescente de catorze anos, culpado mas impenitente.

— Pensando bem, Bex, por que não me faz um sanduba? Com manteiga e açúcar mascavo?

— Um sanduba chegando! — A garota se afasta aos pulinhos.

— Vejo você em uma hora e cinquenta e sete minutos — diz a esposa.

Desce a colina na escuridão verde e silenciosa.

Está mais quente no bosque do que na casa. Se Didier ganhasse mais, eles teriam dinheiro para reformar aquela casa cheia de correntes de ar, mas ele nunca vai, então, eles não vão.

Por que você não ganha dinheiro, então?, grita Ro.

Por que você não volta para a faculdade de Direito?, grita o eu mais jovem da esposa.

Ela não devia ter abandonado a faculdade.

É claro que devia.

E se não tivesse abandonado?

Seu curso não estava entre os melhores, mas era respeitável. No segundo ano, ela saiu para beber com uma amiga da sua turma. Na saideira, a amiga disse que conhecia uma loja de *donuts* vinte e quatro horas.

Se a amiga não conhecesse a loja de *donuts*, ou se a amiga estivesse cansada, ou se a amiga nunca tivesse existido, a esposa teria terminado seu curso e feito o exame para a ordem de advogados e teria sido contratada por uma firma e talvez, sim, talvez ainda tivesse tempo de ter filhos.

Mas talvez não. E, de toda forma, aquelas crianças, se ela tivesse tempo de tê-las, não seriam Bex e John.

Esse fato ganha de todos os outros fatos.

* * *

A esposa pisa numa mão, macia e borrachuda.
Uma mão morta no chão da floresta.
Uma mão arrancada do seu dono, abandonada.
Uma mão morta é também um cogumelo.
Uma sacola plástica preta é também um animal.
Não se pode crer nos próprios olhos.
Ela se convenceu na hora de que era uma sacola porque não queria que fosse um animal agonizante.
Eu queria ajudar, mas ele já estava morto.
Como é possível ajudar um punhado de cinzas meio morto?
Atropelando-o depressa para interromper o fogo.

Ela podia parar de ser casada com Didier.
Colocar John na creche e tirar o diploma de Direito.
Com que dinheiro?
Colocar John na creche e trabalhar no Cone Wolf.
Na Escola da Costa Central, onde alguém com um diploma de bacharel e nenhuma experiência pode dar aulas de História, e alguém com um diploma de uma faculdade comunitária pretensiosa e nenhuma experiência pode dar aulas de Francês.
Ela podia parar de ser esposa de Didier.
Na terapia, as crianças vão culpá-la por suas infâncias destruídas e pelas estratégias de enfrentamento psicológico deficitárias que arruinaram suas vidas adultas.
Seus terapeutas vão perguntar: "Você acha que poderá perdoá-la um dia?".

Primeiro trabalhou na lavanderia do estaleiro, depois como criada na casa do diretor do estaleiro. Preparou chá para o mordomo e o cozinheiro, aprendeu inglês, espiou as aulas do filho mais velho do diretor. Jarras de criaturas para espetar e dissecar. Um vulcão construído com papel machê. Navegação marítima demonstrada com um astrolábio.

A exploradora polar pediu para sentar na sala de aula com eles.

~~O jovem tutor concordou e não quis nada em troca.~~

~~O jovem tutor concordou, mas queria metade do salário dela em troca.~~

~~O jovem tutor concordou, mas queria sexo em troca.~~

O jovem tutor, Harry Rattray, concordou, desde que ela prometesse caminhar com ele aos domingos pelos açafrões roxos no recém-inaugurado Victoria Park em Alberdeen.

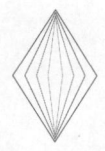

A BIÓGRAFA

Dirige duas horas para dar sangue à clínica. Vão medir seus níveis de HCG e telefonar com os resultados. Ela não fez o teste em casa antes, como geralmente faz. Quer fazer tudo diferente neste último teste de gravidez, para que seu resultado seja diferente também.

Se este ciclo falhar, ela não vai ter um filho biológico.

Para adotar da China, o índice de massa corporal da pessoa deve ser abaixo de trinta e cinco, sua renda anual, acima de oitenta mil. Dólares.

Para adotar da Rússia, a renda anual da pessoa deve ser de pelo menos cem mil. Dólares.

Para adotar dos Estados Unidos – a partir de quinze de janeiro –, a pessoa precisa ser casada.

Você é casada, senhora?

Quando a primeira assistente social da agência de adoção disse "Você está ciente, espero, de que uma criança não é um substituto para um parceiro romântico?", a biógrafa quase abandonou a reunião. Ela não fez isso porque queria entrar na lista de espera. Naquela noite, ela jogou um cacto contra a geladeira.

A última vez que ela transou foi quase dois anos atrás, com Júpiter, do grupo de meditação.

— Sua boceta tem um cheiro delicioso — ele disse, estendendo a primeira sílaba de "delicioso" de um jeito medonho. Ele passou a mão na barriga para limpar o sêmen de seus cachos escuros e perguntou: — Tem certeza de que não vai se apaixonar?

— Palavra de escoteira — disse a biógrafa.

— Não que seja uma coisa ruim — disse Júpiter —, mas eu não vejo a gente desse jeito. Acho que nos conectamos bem sexual e intelectualmente, mas não emocional ou espiritualmente.

— Eu vou pegar um sorvete de chocolate — disse a biógrafa, rolando para fora da cama. — Quer um?

— A não ser que você esteja secretamente me usando por *isso*. — Ele ergue a mão com os dedos úmidos. — Está tendo um momento *Torschlusspanik*?

— Eu não falo alemão.

— "Pânico do fechamento dos portões." O medo das oportunidades se esvaindo à medida que se envelhece. Como quando as mulheres se preocupam em ficar velhas demais para...

— Quer um sorvete ou não?

— Não — disse Júpiter, e ela podia sentir que ele estava se perguntando, *agora que tinha parado para pensar*, se podia ser verdade. Por medo de sua própria decadência, será que ela tinha decidido roubar a porra vegana dele?

Ela mordeu com força o chocolate congelado, que mandou uma pontada de dor aos nervos dos dentes, e ele disse:

— Essas coisas são péssimas para a saúde.

Embora ela não mencione sexo nos seus cadernos, é possível que Eivør Mínervudottír tenha dormido com muitos homens. Muitas mulheres. Quem pode dizer o que ela aprontou com as outras criadas em Aberdeen, ou com seus colegas nas viagens marítimas?

Também possível: que ela tenha passado a vida inteira (exceto por ou incluindo o casamento de dezoito meses) sem sexo. Por necessidade. Por escolha.

Mas quantas pessoas navegaram até o Círculo Ártico, dormiram em tendas amarradas a banquisas, observaram a pele de um homem descascar por comer o fígado tóxico de um urso polar?

Na sala de espera da clínica, sob o brilho irritante da estação adulta-contemporânea, a biógrafa passa um pouco de gel antisséptico nas mãos. O noticiário murmura numa TV plana presa à parede e alguns rostos a observam e ninguém conversa.

— Por que você veio hoje?

Ela ergue os olhos; uma mulher loira com tranças está sorrindo na cadeira oposta.

— Teste de gravidez.

— Uau! Então pode ser hoje.

— Improvável — diz a biógrafa. Mas sim, na verdade, pode ser. Se este ciclo funcionar, a vitória aos quarenta e cinco do segundo tempo vai ser uma história para contar ao bebê. *Você apareceu bem na hora.* Ela observa que a mulher usa um anel simples, nenhuma pedra grande de noivado. — E você?

— Consulta do nono dia — diz a mulher. — Este é meu segundo ciclo. O maridão diz que a gente devia adotar, mas eu... eu não sei. É... — Os olhos se enchem, brilhando.

A palavra "maridão" cancela a falta de um diamante.

— Pelo menos você *pode* adotar — diz a biógrafa, mais alto do que pretendia.

A mulher assente, sem se perturbar. Talvez ela nunca tenha ouvido falar do Toda Criança Precisa de Dois; ou esqueceu disso logo após ficar sabendo, porque a lei não se aplicava a ela.

Comparar e se desesperar.

A biógrafa desabotoa e ergue a manga, forma um punho. A enfermeira Ranzinza aperta um algodão sobre a pele machucada. Archie tinha orgulho de seus veios e deixava de usar mangas longas de propósito.

A enfermeira tem dificuldade, como de costume, para encontrar uma veia.

— Elas estão enterradas bem fundo.

— Aquela perto do cotovelo geralmente funciona melhor.

— Primeiro, vamos ver o que conseguimos aqui.

O carro da biógrafa atinge o topo do penhasco e o oceano se estende abaixo. Mar vasto e escuro, luminoso e perigoso, seu fundo branco com os ossos de marinheiros, as marés mais fortes que qualquer esforço humano. Falésias dormem como pequenas montanhas nas ondas. Ela ama saber quantos milhões de criaturas a água abriga – microscópicas e gigantescas, vivas e há muito mortas.

À vista de um mar desses, a pessoa pode fingir que tudo está bem. Perceber apenas as preocupações que estão ao seu alcance. Coiotes na Lupatia

Street. Arrecadação de dinheiro para reformas no farol. Foi por isso que a biógrafa originalmente gostou deste lugar de pinheiros pontudos: como era fácil esquecer a desordem do mundo. Ela podia quase parar de enxergar os lábios azuis do irmão, a mandíbula cinza da mãe na cama de hospital.

* * *

Enquanto a biógrafa estava se escondendo em uma Arcádia chuvosa, eles fecharam as clínicas de saúde da mulher que não conseguiam cobrir as reformas obrigatórias.

Proibiram abortos no segundo trimestre de gravidez.

Exigiram que as mulheres esperassem dez dias antes do procedimento e completassem um tutorial on-line extenso sobre limites de dor fetal e celebridades cujas mães haviam pretendido abortar.

Começaram a falar sobre uma coisa chamada Emenda da Pessoalidade, que por anos tinha sido uma ideia periférica, uma farsa.

Na mesa da cozinha, ela come pedaços de abacaxi de uma tigela.

Toma um gole de água.

Aguarda a ligação.

Quando o Congresso propôs a Emenda Vinte e Oito à Constituição dos Estados Unidos e ela foi enviada aos estados para votação, a biógrafa escreveu e-mails aos seus representantes. Marchou em protestos em Salem e Portland. Doou dinheiro ao Planned Parenthood.[11] Mas não estava tão preocupada assim. Era só um teatrinho político, ela pensou, uma demonstração de poder dos conservadores que controlavam a Câmara e o Senado em conluio com um novo presidente defensor dos fetos.

Trinta e nove estados votaram para ratificar. Uma maioria de três quartos. A biógrafa observou a tela do computador estampada com essas notícias, se lembrou das placas nas marchas (MANTENHA SEUS ROSÁRIOS LONGE DOS MEUS OVÁRIOS! PENSE FORA DA MINHA CAIXA!) e, das petições on-line e dos editoriais de celebridades. Ela não conseguia acreditar que a Emenda da Pessoalidade tinha se tornado real com todos esses cidadãos tão contrários a ela.

---

11. ONG que oferece serviços de saúde reprodutiva, incluindo abortos, além de promover a educação sexual. Tem centenas de clínicas nos Estados Unidos e é frequentemente alvo de ataques. (N.T.)

O que (a descrença) era idiota. Ela sabia – era seu trabalho como professora de História saber – quantos horrores são legitimados em plena luz do dia, contra a vontade da maioria das pessoas.

Com o aborto ilegal, disseram os homens do Congresso, mais bebês estariam disponíveis para adoção. Não ia machucar ninguém, disseram, banir a fertilização in vitro, porque as pessoas com úteros defeituosos e esperma fraco podiam simplesmente adotar todos aqueles bebês.

Não foi o que aconteceu.

Ela termina de comer o abacaxi.

Engole o resto da água.

Diz aos ovários: *Por sua paciência, por seus óvulos, eu agradeço.*

Diz ao útero: *Que fique feliz.*

Ao sangue: *Que fique a salvo.*

Ao cérebro: *Que fique livre de sofrimento.*

O telefone toca.

— Alô, Roberta. — Kalbfleisch em pessoa está ligando. Geralmente é uma enfermeira.

— Olá, doutor.

Ele está ligando em pessoa porque a notícia é diferente dessa vez?

Ela se encosta na geladeira. Por favor por favor por favor por favor por favor por favor por favor.

Pinheiros estremecem e balançam na colina.

— Sinto muito — ele diz —, mas seu teste deu negativo.

— Ah — ela diz.

— Sei que é decepcionante.

— É — ela diz.

— As chances só não estavam, sabe, a nosso favor. — O doutor limpa a garganta dourada. — Eu estava curioso se... bem, se você... deixe-me colocar assim: você viaja com frequência?

— Vou para a Flórida, às vezes, visitar meu pai.

— Viagens internacionais.

Tirar umas férias de consolação?

Vá. Se. Foder.

Espere.

Não.

Ele está dizendo outra coisa.

— Então, você recomenda — ela diz, hesitante —, que, em vista das minhas... *dificuldades*, eu devia ir... para algum lugar onde a fertilização é legalizada?

— Eu *não* estou recomendando isso — ele diz.

— Mas você acabou de dizer...

— Eu não estou dando qualquer conselho que seja contra a lei e pelo qual eu poderia perder minha licença médica.

Será que, sem perceber, ela estava conversando com um ser humano?

— Compreende, Roberta?

— Acho que sim.

— Então, ok.

— Obrigada por...

— Boas festas.

— Para você também. — Ela aperta DESLIGAR.

Passa a mão pelo pano jogado sobre a alça do forno.

Observa a colina coberta de pinheiros, o verde profundo oscilando.

Talvez ele genuinamente, sinceramente acredite que ela tem dinheiro para uma "viagem internacional".

Entre no chuveiro, ela diz a si mesma.

Está triste demais para tomar um banho.

Ela queria estudar gelo marítimo, que

começa como uma sopa de cristal fria

Harry Rattray, o tutor escocês, não sabia nada sobre

forma uma crosta instável ~~forte o bastante para segurar um papagaio-do-mar~~ mais grossa que a altura de um homem

pode bloquear, prender, perfurar ou

                simplesmente esmagar

                um navio

                              triste demais

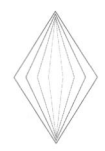

A FILHA

Enquanto eles fazem a prova, Ro/Senhora está fazendo um negócio estranho com os dedos no rosto. Esfregando de um jeito meio violento. Seus olhos estão fechados. Dor de cabeça forte? A filha não concorda com o pai que Ro/Senhora é uma esquerdista radical; ela só é inteligente. Uma solteirona inteligente. Se a filha dissesse essa palavra na frente de Ro/Senhora, ela receberia um sermão: *O que a palavra "solteirona" sugere que "solteirão" não sugere? Por que elas carregam associações diferentes? Esses são atos de linguagem, pessoal!*

A bruxa é uma solteirona também. Ela é ousada e fria e não ficaria incomodada com as Nouri Withers desse mundo. No lugar da filha, em vez de se preocupar com alguma garota melancólica que Ephraim prefere, Gin Percival ou pararia de se preocupar ou se vingaria. Inventaria uma poção que tornaria a ponta dos dedos de Nouri dormentes pelo resto da vida, de modo que, se ela ficasse cega na velhice, não pudesse ler braile.

Exceto que ela não pode fazer poções na cadeia.

— Todo mundo acabou? — pergunta Ro/Senhora. — Se não, problema seu.

Ela machucou a esposa do diretor, de acordo com o jornal.

— Ash, pare de escrever. *Agora.* Me dê essa prova.

Exceto que ela não parecia uma pessoa que machucaria alguém.

Será que eles fornecem absorventes na cadeia? Gin Percival pode não ter levado nenhum. E se lhe derem um do tamanho errado? Um mini quando ela precisa de um super?

Yasmine ajudou a filha pelo telefone quando ela perdeu um absorvente dentro de si mesma. Explicou como encontrar os músculos que iriam expeli-lo. *Finja que você está prendendo um xixi.*

Banquisas podiam bloquear, prender, perfurar ou simplesmente esmagar um navio de trezentas e cinquenta toneladas. Mínervudottír queria se familiarizar com esse brutamontes.

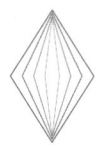

A REPARADORA

Ela retorna da caminhada no fundo do mar. Lá, os pequenos sem olhos e sem pés caminharam com ela. Correram com ela os barbatanados e planos, nadaram com ela os despulmonados; balançaram com ela as algas, os peixes-lanterna, as enguias-lobo. Ao norte, banhavam-se peixes abissais, que sequer a viram; ao sul voavam tubarões-duende, que sequer a devoraram. Tocou uma enguia-lobo com o pé, encostou em uma arraia com o dedão, tocou nas ventosas de uma lula.

E retornou, ao acordar, à cama de concreto.

Como a cela de qualquer colmeia.

— Sua bandeja — diz a guarda do turno diurno, que tem seis dedos na mão livre. Hiperdactilia é um sinal dos visionários. — E tenho uma carta. Em papel branco, escrito a lápis:

Querida Ginny,

Vai ficar tudo bem. Estou alimentando os animais. E já cuidei da outra coisa. Espero que goste deste tipo de chocolate.

C.

Tão educado, Cotter. "Vou entrar agora, ok?", ele perguntou da primeira vez que eles transaram. Educado até o fim. Para dentro, e dentro, e dentro. A bainha dela doeu depois.

Ela estivera curiosa para tentar. Eles fizeram cinco vezes, em quatro dias diferentes, num cobertor sobre o chão do porão dos pais de Cotter, até que ela decidiu que não queria mais.

*   *   *

Cotter ficou triste, mas ainda a acompanhava de volta da escola, e eles não falavam muito, às vezes nada. A bainha dela parou de doer. Eles ouviam o *scraf* e *bap* dos sapatos na calçada. A sirene de tsunami tocou tão alto que a reparadora caiu de joelhos:

— Vamos nos afogar? — Ela odiava nadar, tinha medo de tubarões.

— Não, é só um teste — ele disse, e se agachou para abraçá-la.

Cotter não foi o futuro marido dela, embora, na época, ele meio que quisesse ser. Virgens escoceses costumavam embeber turfa chamuscada em urina de vaca e pendurar na porta, e qualquer que fosse a cor da turfa, na manhã seguinte, seria a cor do cabelo de seu futuro marido.

Será que Mattie Matilda resolveu seu problema a essa altura? Ou o peixinho ainda está lá dentro?

— A carta fala de chocolate — ela diz à guarda.
— Você não tem permissão de receber o chocolate.
— Mas foi enviado para mim.
— Você está na cadeia, detenta. Nada aqui é seu.
— Pelo menos me diga de que *tipo* era! — ela grita para as costas da guarda.

Os outros guardas estão comendo o chocolate, ela sabe. Lambuzando-o no rosto inteiro.

Eles levaram suas lanternas de Aristóteles também. E seu cachecol.

— Se isso chegar ao tribunal, vai ajudar se você parecer o mais normal possível — disse o advogado. — Estudos mostram que os júris são influenciados por cuidados pessoais e vestimentas.

Seus cuidados pessoais não vão mudar nem um centímetro. Ela não vai deixá-lo trazer qualquer roupa de loja de departamento. A tia grita do freezer: *Mostre a esses merdinhas como as Percival vivem!* A reparadora tem recusado o purê de batata instantâneo e os *nuggets* de porco; ela come as próprias unhas e a pele descascando ao redor delas. O advogado prometeu trazer comida melhor. Ele disse:

— Vou tirá-la daí até o Natal.

*   *   *

O Natal, seu criminoso preferido. Meias são penduradas, árvores cortadas, gansos mortos, crianças ameaçadas com carvão.

O Natal é semana que vem.

Imperícia médica: quem vai acreditar na esquisitona da floresta contra o diretor da escola? É claro que aquele escroto se tornou um diretor de escola – há muitos pequeninos em quem mandar. Não era suficiente mandar em Lola.

— Se você se divorciar na sua idade, nunca vai achar outro homem; são os números, querida, você está do lado errado dos números — ela contou à reparadora que ele disse uma vez.

Eles pensam que a reparadora a feriu seriamente. Pensam que ela abanou sua vassoura para a lua e guardou seu próprio sangue menstrual no crânio de um gato e mergulhou um sapo vivo no sangue e arrancou uma das pernas do sapo e a enfiou no cu de Lola.

Ninguém sabe por que os dedos-do-morto – venenosos para casco de navios e ostras e salários de pescadores – voltaram a Newville. Ninguém sabe, então, decidiram que é culpa da reparadora. Ela enfeitiçou as algas. Chamou-as para a litoral com seu apito especial de enfeitiçar algas. E qual foi o motivo dela? Qual foi o motivo, vadias?

Algumas coisas são verdade; algumas, não.
Que Lola caiu das escadas, com força.
Que caiu tão forte que seu cérebro inchou.
Que caiu porque bebeu uma "poção".
Que a "poção" que bebeu antes de cair foi diretamente responsável pela queda.
Que fornecer a "poção" conta como imperícia médica.

Que a manchete do jornal diz COMOÇÃO COM POÇÃO.

Que o óleo que ela deu a Lola era para reduzir sua cicatriz.

Que o óleo era tópico, não devia ser ingerido.

Que, mesmo se engolido, flor de sabugueiro, limão, lavanda e feno-grego não fazem pessoas caírem de escadas.

Que ninguém vai acreditar na esquisitona da floresta contra o diretor da escola.

— Percival! — Um guarda através da vigia da porta. — Vista-se. Seu advogado está aqui.

O advogado está usando um terno, como da outra vez. Como se tentasse ser mais real. Como se, num terno, ele parecesse imponente e real e não o gorducho estranho e trêmulo que é. Entre os humanos, a reparadora prefere os estranhos e os trêmulos, então gosta dele.

De sua pasta, ele tira duas caixas de balas de alcaçuz.

— Como pedido.

A reparadora abre uma delas. Enche a boca com o sabor negro, então estende a caixa para ele.

— Humm. Não como isso. — Ele pega uma embalagem de gel antisséptico e derrama um pouco na palma. — Então, seu amigo Cotter está cuidando dos animais e diz que todo mundo está bem.

— Ele se certificou de que as cabras não estão subindo a trilha?

O advogado faz que sim. Coça a nuca.

— Então, infelizmente tenho más notícias.

Mattie Matilda?

Foi a uma casa de aborto – *morreu*?

— A promotoria apensou uma acusação — diz o advogado.

— Apensou?

— Acrescentou. Estão fazendo outra acusação contra você.

— Que acusação?

— Conspiração para praticar homicídio.

Um frio metálico arde na barriga.

— Como ovos fertilizados são considerados pessoas agora — ele diz —, intencionalmente destruir um embrião ou feto constitui homicídio doloso. Ou, se você estiver no Oregon, "homicídio" em vez de "homicídio qualificado".

— O que a professora de Música lhe contou?

— Quem?

— A...

— Pare de falar — ele rosna.

Ela lhe dá um olhar enviesado.

— Srta. Percival, seria muito melhor se você não me contasse o que quer que fosse me contar. Entendido? A acusação está sendo acrescentada pelo advogado de Dolores Fivey. A sra. Fivey afirma que você consentiu em interromper uma gravidez dela. Há verdade nisso?

— Não.

— Certo, ótimo. — Ele fuça na pasta em busca de bloco e caneta. — Ela mencionou estar grávida para você? Ou que buscava um aborto?

Aquele relógio nunca teve uma semente dentro.

— Lola está mentindo — diz a reparadora.

— Por que ela mentiria?

— Leve um médico para examiná-la. O útero esteve quieto.

O advogado ergue os olhos do bloco.

— Não é um útero tagarela?

Ele a está ajudando mesmo que ela não tenha dinheiro para pagá-lo, então, ela dá uma risada falsa.

— Ela nunca esteve grávida.

— Bem, ela pode atestar que *acreditou* que estava. — Ele enfia a mão sob o terno para coçar um antebraço e aplica mais gel antisséptico. — Como discutimos da última vez, eu não consegui encontrar evidências que implicam o sr. Fivey em violência doméstica. Não há registros de hospital, nenhum boletim de ocorrência, nenhum amigo ou médico preocupado. Zero.

— Mas ele quebrou o dedo dela — ela diz — e queimou seu braço e lhe deu um soco na mandíbula.

— Sem provas para corroborar, não podemos apresentar essas alegações no tribunal.

Eu sou descendente de um pirata. De um pirata. Eu sou...

— Srta. Percival, quero que entenda que conspiração para praticar homicídio implica uma pena mínima obrigatória de noventa meses de prisão.

Sete anos, seis meses.

— E isso é o *mínimo*. Eles podem acrescentar mais na sentença.

— Mas eu não fiz isso!

— Acredito em você — diz o advogado. — E vou fazer o júri acreditar em você. Mas precisamos repassar cada detalhe de suas interações com a sra. Fivey.

Ele quer saber quanto Lola pagou pelos tratamentos das cicatrizes. Se a acusação puder provar que dinheiro ou bens trocaram de mãos, o júri pode plausivelmente chegar à conclusão de que o dinheiro ou os bens foram pré-pagamento para um aborto. Ao aceitar compensação, a reparadora conspirou para praticar homicídio.

— Essa é a narrativa que eles vão construir para o júri — diz o advogado. — Vamos precisar desmenti-la. Usaremos tudo o que puder colocar essa narrativa em dúvida.

— Não me lembro de nada — diz a reparadora. Contar sobre o sexo só pioraria a situação. O método de pagamento mais antigo do mundo.

Em sete anos e seis meses, as galinhas e cabras estarão mortas, Malky a terá esquecido e os besouros de madeira terão comido o teto inteiro.

A pele nas mãos da exploradora se tornou dura com os serviços de criada.

Ela ficou entediada com ~~o sexo de pagamento~~ as caminhadas com Harry Rattray, o tutor escocês, no Victoria Park.

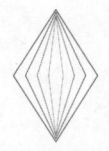

A ESPOSA

O auditório da escola, sufocante e decorado com guirlandas.
— *Todas as outras renas riam e zombavam dele.*
— Papai Noel? — pergunta John.
— Logo.
— O Papai Noel não *vem* à assembleia da escola — corrige Bex, comprometida com a precisão.
Didier, do outro lado de John:
— Menos, *chouchous*.
A esposa examina o lugar em busca de Bryan. Pausa nos seios cobertos de lantejoulas de Dolores Fivey, que parecem menores, como o resto do corpo dela, encolhido durante aquelas longas semanas no hospital. Não mais tão *sixy*. Penny bocejando. Pete olhando o telefone. Ro, largada no seu assento, parecendo furiosa.
— *Enquanto gritavam com alegria, "Rudolph, a rena do nariz vermelho, você vai entrar para a história!".*
Aplausos, mesuras, então Bryan entra no palco com uma jaqueta esportiva de um verde-Grinch. Ela não consegue ver suas covinhas daqui.
— Obrigado, coral! — ele exclama. Mais aplausos. — E obrigado a todos vocês por se juntarem a nós na nossa, ah, comemoração sazonal.
Didier se inclina para John e sussurra:
— Esse homem é tão burro quanto um melão numa meia.
— Que as festas de todos sejam alegres — Bryan deseja. Onde será a sua ceia de Natal? Um homem desse tamanho deve comer como um cavalo Shire.

Fora do auditório, ela espera com Didier e Pete, adiando o momento em que deverá colocar as crianças nos seus assentos, dirigir de volta colina acima, desafivelá-los, lavar maçãs, passar manteiga de amendoim em pão integral, servir copos de leite de vacas que comem apenas capim selvagem.

Pete:

— Esse álbum só saiu em 1981.

Didier:

— Perdão, mas foi 1980, exatamente dois meses depois que ele se enforcou.

Mas ele não consegue se lembrar de dar o suplemento de flúor às crianças.

— E exatamente cem anos — diz a esposa — depois que nossa casa foi construída.

— Aposto que trabalhadores chineses martelaram cada prego nela — diz Pete —, por um pagamento criminosamente baixo. Meu povo foi *fodido* no Oregon. Especialmente os trabalhadores de ferrovia, mas também os mineiros. Já ouviu falar do massacre de Hells Canyon?

— Não — diz a esposa.

— Bem, procure saber.

O desdém de Pete por ela está sempre mal escondido. A mulher branca mimada que não trabalha e vive na propriedade familiar – o que ela *faz* o dia todo? Enquanto Didier o brinda com histórias de sua infância desamparada nos orfanatos de Montreal e é reverenciado.

O telefone dela vibra: um número desconhecido. Ela prepara sua resposta padrão para telemarketing: *Remova-me da sua lista de chamadas imediatamente.*

— Susan MacInnes? — O nome que ela teve por trinta anos. — É Edward Tilghman. Da faculdade de Direito?

— É claro, Edward. Eu lembro.

— Bem, espero que sim. — Ele não perdeu o tom empertigado, nem a congestão nasal. Edward, inteligente para os livros e burro para a vida.

— Como vai a vida?

— Tolerável — diz Edward. — Mas é o seguinte: estou na sua vila.

Ela olha ao redor, como se ele pudesse estar assistindo dos degraus do auditório.

— Estou representando uma cliente na área, e queria que você soubesse que estou na cidade. Seria meio constrangedor se a gente se esbarrasse.

— Você tem onde ficar? — ela pergunta.

Edward seria um convidado limpo, mas exigente; pediria cobertores extra e repararia nas correntes de ar e no vazamento das torneiras.

— O Narval — ele diz.

— Bem, você está mais do que convidado para...

— Obrigado, já estou acomodado.

Ela acompanhou a carreira dele, mais ou menos. Ele era um aluno excelente, podia ter sido contratado em qualquer escritório tradicional. Mas trabalha na defensoria pública de Salem. Deve ganhar uma mixaria.

— Você precisa jantar com a gente uma noite dessas.

Quando ele a vir, vai pensar: *Ela engordou um pouco. Era tão magrinha, e agora... Mas isso acontece*, ele vai pensar, *depois que elas reproduzem*. A gordura se solidifica.

— Mmm. É uma ideia. — Essa era uma das marcas registradas dele, ela lembra, um grunhido baixo.

Houve relatos de percevejos no Narval.

— Então...? — Mas ela percebe que ele desligou.

Didier bate o ombro de leve contra o dela.

— Quem era?

— Um cara da faculdade.

— Não Chad, o Empalador, espero.

— Só um nerd com quem eu trabalhei no periódico da universidade.

Como de hábito, o marido não pergunta mais nada.

John choraminga, puxando a mão dela. Ela não se lembrou de trazer o livro do porco-espinho nem o saquinho de uvas. E há rastros de suas próprias fezes na privada do segundo andar. Ela desenvolveu um medo da escova de privada, úmida e enferrujada em seu suporte.

Bryan está cercado por garotos ávidos que empurram uns aos outros; devem ser seus jogadores. O campeonato não acabou? Mas é claro que eles não deixariam de adorá-lo quando o campeonato acabasse.

Ro também está cercada de alunos. Ela apagou a fúria do rosto e está gesticulando teatralmente, fazendo-os rir. Eles a amam – e por que não amariam? Ela é uma boa pessoa. A esposa gostaria de ser uma boa pessoa, uma pessoa que ficaria feliz se Ro engravidasse ou adotasse um bebê, que não torceria para que ela não conseguisse.

Quando Ro vê os filhos da esposa, será que sente inveja? E se ela nunca engravidar? E se não puder adotar? Qual será a luz condutora da sua vida então? Quando a esposa anda pela rua, com John no carrinho e Bex segurando sua mão, está carregada de propósito. Esses animaizinhos eclodiram da esposa, estão sendo alimentados e limpos e abrigados e amados pela esposa, no caminho para se tornarem pessoas independentes. A esposa *criou pessoas*. Não há necessidade de qualquer outra justificativa para o seu papel no mundo.

Grandes olhos castanhos, cabelos dourados de sol, pequenos queixos perfeitos. *Todas as crianças pequenas são fofas. Você sabe disso, não sabe?* – D., como de costume, destruindo a felicidade dela. Tudo bem, sim, crianças nascem adoráveis de forma a não serem abandonadas antes que possam sobreviver sozinhas; mas também é verdade que algumas crianças são mais adoráveis que outras. *Jambon sur les yeux*, Didier gosta de dizer. Você tem presunto sobre os olhos.

Erguer, acomodar, afivelar.

Gotículas de chuva no para-brisa.

Logo, o mar.

— Estou morrendo de fome! — grita Bex.

— Estamos quase em casa — diz a esposa.

Quase na curva mais acentuada, cuja amurada é baixa. Mãos fora da direção. Eles atravessariam os galhos como uma flecha, voariam sobre as rochas, rebentariam na água.

Os jornais de amanhã: MÃE E FILHOS MORTOS EM TRAGÉDIA NOS PENHASCOS.

— Mamãezinha — pergunta Bex —, as renas dormem?

Quando eles se aproximam da curva, ela tira o pé do acelerador.

Didier já teve ciúmes de Chad, o aluno do terceiro ano com quem ela saiu algumas vezes antes de conhecer o marido.

Se ela dissesse para ele *Eu transei com Bryan*, será que ele entraria em ação, concordaria em ir à terapia, lutaria para reconquistá-la? Ou diria, sem erguer os olhos da tela: *Parabéns?*

Ela é covarde demais para abandonar o casamento.

Quer que Didier o abandone primeiro.

No verão de 1868, aos vinte e sete anos, Mínervudottír deixou Aberdeen, levando consigo um salário extra (a esposa do diretor do estaleiro gostava dela) e, escondidos no fundo na mala, quatro castiçais de prata.

Foi para Londres.

Vendeu os castiçais.

Obteve um ingresso para a Sala de Leitura do Museu Britânico, que não exigia uma taxa de adesão.

Comprou um caderno com uma capa de couro marrom.

Este caderno repleto de fatos.

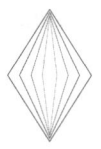

A FILHA

Atrás das lixeiras, ela acende o primeiro cigarro do dia, que costuma ser o melhor, mas ultimamente eles já não têm o mesmo gosto. Um suave desabrochar químico no céu da boca.

Por que algumas morsas em Washington, DC, que nunca conheceram a filha, se importam com o que ela faz com o bolo de células? Eles não parecem incomodados com o fato de que filhotes de lobos são mortos por atiradores em helicópteros. Aqueles bebês já respiravam sozinhos, corriam e dormiam e comiam sozinhos, enquanto o bolo nem é um bebê ainda. Não sobreviveria por dois segundos fora da filha.

As morsas são as culpadas por Yasmine.

Que cantava na igreja.

Cuja igreja era a Metodista Episcopal Africana. Sempre que a filha ia aos serviços depois de dormir na casa de Yasmine, ela se sentia estranha.

Yasmine disse:
— Bem, Matts, eu me sinto estranha o tempo inteiro.

Branquela ignorante.

Começa a chover. A filha acende um segundo cigarro e decide matar a aula de Matemática, mesmo que isso signifique irritar o sr. Xiao, que ela não quer irritar e que dirá, da próxima vez que a vir: *Que diabos, Quarles?* Nouri Withers estará na aula de Matemática, e ela não precisa olhar para aquela ridícula. Ela fecha os olhos, tragando, a chuva pousando nos cílios.

— Tentando ter um câncer? — Ro/Senhora está bem na frente dela.

— Não. — A filha amassa o cigarro sob a bota.

—Apanhe isso, por favor.

A filha o enfia no bolso do casaco para evitar a deselegância de andar até a lixeira e se esforçar para erguer a tampa imunda. Seu casaco vai feder a cigarro morto.

— Me diga o que está acontecendo, Mattie.

— Nada.

— Você nunca tirou menos que B numa prova antes.

— Eu estudei o capítulo errado.

— Ainda está triste por causa das baleias?

A filha solta uma risada. Olha além do campo de futebol para os bosques perenes, o céu escurecendo atrás deles.

— Você pode falar comigo, sabe. Eu ajudo no que puder.

— Você não pode — diz a filha.

— Experimente — diz Ro/Senhora.

Estou com medo de ir até o Canadá por causa do Muro Rosa mas a bruxa foi para a cadeia e preciso de um plano e não tenho um plano e o que você faria no meu lugar?

Mas e se estiver no contrato dela de professora, se for obrigatório relatar abuso infantil e, neste caso, homicídio infantil?

A filha não é uma assassina.

São apenas células se multiplicando.

Não há um rosto ainda. Nem sonhos ou opiniões.

Você não teve rosto um dia também.

Se Ro/Senhora denunciá-la, o diretor Fivey vai expulsá-la da Escola da Costa Central.

A Academia de Matemática não vai ficar feliz com isso.

As faculdades não vão ficar felizes com isso.

A mãe e o pai vão ficar menos felizes ainda.

— Minha aula começa em um minuto — ela diz —, e o sr. Xiao disse que vai acabar com a raça da próxima pessoa que chegar atrasada.

— Saúde emocional tem prioridade. Eu lido com o sr. Xiao.

Talvez ela possa.

— Não é nada — diz a filha.

— *Experimente*.

Ro/Senhora não se importaria se estivesse no contrato. Ela é mais durona que isso.

A filha diz, ainda observando as árvores:

— Estou grávida...

— Ah, Jesus...

— Mas estou cuidando disso.

— De que jeito? — dispara Ro/Senhora, vermelha como um motor, as sardas pulsando como estrelas marrons.

Ela está *brava*?

— Está sendo resolvido — diz a filha.

— Como você pode estar fumando?

Como ela pode estar brava?

— Não importa.

— É mesmo?

— A fumaça não vai...

— O que você planeja fazer, Mattie?

— Abortar — diz a filha.

Ro/Senhora franze o cenho.

— É só um embrião, senhora. Não pode comprar uma casa, embora tenha o direito legal de fazer isso.

Nem o menor sorrisinho ao ouvir suas próprias palavras citadas.

— O que acontece se você for pega?

Essa não é a Ro/Senhora que ela ama.

— Eu não vou ser pega — diz a filha, abotoando o casaco. A chuva está caindo mais forte.

— Mas e se for?

— *Não vou*.

O que aconteceu com a Ro/Senhora que disse que elas tinham coisas melhores para fazer com a vida do que se jogar das escadas?

— Você sabe que será acusada de um crime? O que significa detenção juvenil até fazer dezoito anos, e daí...

— Eu sei, senhora.

Ela seria enviada a Bolt River.

Quem é essa impostora monstruosa?

Ro/Senhora empurra para trás o capuz da parca e começa a passar todos os dez dedos através do cabelo, do couro cabeludo até as pontas, do couro cabeludo até as pontas, como uma atriz interpretando uma paciente de hospital psiquiátrico.

— Eu peguei o nome de uma clínica — mente a filha. — Dizem que é boa.

Passando, passando, do couro até as pontas.

— Está de brincadeira?

— Humm, não?

— Clínicas clandestinas cobram uma fortuna — diz Ro/Senhora — e não são cuidadosas porque, obviamente, ninguém está regulando o que fazem. Elas usam equipamento ultrapassado, não desinfetam entre um paciente e outro, dão anestesia sem — o primeiro sinal toca — treinamento.

— Os dedos param.

— Por favor, não conte para os meus pais nem para o sr. Fivey.

Lágrimas nos olhos de Ro/Senhora. Como se esse momento precisasse ficar pior.

— Você vai contar para eles? — grita a filha. — Por favor, não conte!

É estranho sentir medo de uma pessoa por quem você sempre sentiu o oposto.

Ro/Senhora puxa o capuz de volta para cima. Amarra os cordões ao redor do rosto contorcido e coberto de lágrimas.

— Não vou. — Ela limpa os olhos com a manga da parca. — É que isso é só... isso é muito, não sei...

— Tudo bem — diz a filha, tocando o cotovelo dela.

O cotovelo fica encostado em sua mão.

Ro/Senhora pisca e estremece.

Elas ficam assim, mão no cotovelo, pelo que parece ser um longo tempo. Estão ambas ficando encharcadas e o braço da filha começa a doer.

O segundo sinal toca.

Ela diz:

— Eu tenho aula de Matemática — e solta o cotovelo.

— Claro. Sim. — Uma fungada. — Mas Mattie...?

A filha espera.

A professora balança a cabeça.

Elas andam juntas ao longo do campo de futebol, sem falar, e sobem os degraus, sem falar, e atravessam as portas azuis.

Ela gritou "Socorro" em três línguas.

Os cordeiros degolados estavam pendurados no galpão, as gargantas vermelhas.

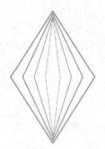

A BIÓGRAFA

Há quatro laranjas numa tigela sobre a mesa. Ela as joga uma por vez contra a parede da cozinha. Duas batem e voltam, uma arrebenta, uma esguicha. Abre a geladeira: queijo cremoso, brócolis, pudim de chocolate. Joga o queijo e o pudim pela janela no jardim do vizinho, não ouve se eles se esparramaram porque o vento está forte. Lembra-se de que chocolate é fatal para cachorros. Mas nunca viu um cachorro naquele jardim.

Palavras que odeio:
33. Maridão
34. Sanduba
35. Diagnóstico
36. Grávida

Ela vai deixar as laranjas onde estão. Tem que sair logo para essa maldita ceia de véspera de véspera de Natal.
Mattie vai sair logo para o aborto dela.
É mais um casal à frente da biógrafa na lista de espera que não vai conseguir um bebê.
O que não é problema de Mattie.
Ela esfrega os antebraços gelados.
As veias estão enterradas. As de Archie estavam desmoronadas.
Um amigo de Archie usou asas negras de arame e tecido no funeral.
Uma vez, a biógrafa assistiu na televisão a um grupo de igreja entoando "Viva!" no funeral da esposa de um político que tinha usado fertilização intrauterina para adquirir duas crianças, e portanto tinha causado (dizia o

comunicado de imprensa da igreja) sua própria morte por câncer. Ela e o marido cobiçavam coisas que não eram suas, eles protestaram em fúria, decidiram mostrar para Deus quem era o chefe e se meteram em questões do útero. A esposa do político agora era uma residente do inferno. Aprendam com o exemplo dela.

O ex-terapeuta da biógrafa perguntou:

— Você está alegando não precisar de um relacionamento romântico a fim de se proteger de decepção e rejeição?

— Você perguntaria isso a um homem?

— Você não é um homem.

— Mas perguntaria?

— Talvez. Claro. — Ele dobrou as mãos com manchas num colo de jeans folgado. — Estou simplesmente me perguntando até que ponto sua cruzada para ter um filho é uma defesa contra a dor de ficar sozinha.

— Você disse *cruzada*?

— Estou me lembrando do período em que você estava dormindo com... Zeus, era o nome?

— Júpiter — ela corrigiu.

— *Júpiter*, e você me disse que preferiria apoiar a pena de morte a ter um relacionamento com ele. E, no entanto, transava com ele. — Ele disse "transava" com um deleite que perturbou a biógrafa ainda mais que "cruzada". — Também há a questão do seu irmão, que a abandonou de um modo bastante macabro.

A biógrafa nunca mais pisou no consultório dele.

Coisas em que fracassei:
1. Terminar livro
2. Ter bebê
3. Manter irmão vivo

— Archie é o charmoso. Você é a sábia.

Ela começa a ligar para Susan, para cancelar. Então, imagina ficar sozinha a noite inteira, cheirando as laranjas estouradas.

Bex a encontra nos degraus da varanda.

— Você não está arrumada! — acusa a garota, ela própria metida num vestido vinho e em sapatos de couro preto. — É véspera da véspera de Natal!

— Sinto muito — diz a biógrafa, cerrando os punhos.

— Eu fiz pipoca para as renas. — Bex aponta para uma tigela no jardim.

Na época de Mínervudottír, sacos de dormir eram feitos da pele de renas, o pelo útil para aquecer homens naufragados encolhidos em icebergs.

— Neste Natal eu pedi um gatinho, mas minha mãe disse que o Papai Noel não pode trazer um gatinho, o que é mentira porque uma garota na minha sala ganhou um no *Hanukah*.

A biógrafa senta ao lado dela no degrau molhado.

— Bem, o Papai Noel não dá presentes de *Hanukah*, só de Natal.

— Por quê?

— Porque é assim que funciona.

— Mas eu quero um presente de *Hanukah* — diz Bex, mexendo num botão cor de vinho.

— Você não é judia.

— Eu quero trocar para judia. E, aliás, o que é boceta?

A biógrafa se inclina para examinar o padrão no formato de olho entalhado na amurada.

— Humm, você perguntou para a sua mãe?

— Não, porque vai na caixa especial.

— Você perguntou para o seu pai?

— Ele disse que a gente falava disso depois. Usa o seu telefone para procurar.

— Meu telefone não pode procurar coisas; é velho demais. "Boceta" é só outra palavra para vagina.

Em língua faroesa: *fisa*.

— Ok — diz Bex, tomando a mão dela.

As decorações foram penduradas sem muito esmero; a gemada parece um fluido corporal; Susan está com cara de quem preferiria estar em qualquer outro lugar. Eles foram convidados a se reunir porque é isso que se deve fazer, e Susan é uma pessoa que faz o que se deve fazer. No piquenique do verão passado ela disse a outra mãe:

— Você não se torna adulto de verdade até ter filhos.

A outra mãe disse:

— Com certeza.

A biógrafa, ali perto, com um cachorro-quente cheio de mostarda, perguntou:

— Sério? — Mas não foi ouvida.

Susan é uma especialista em vida adulta. Em coisas de criança, em coisas de cozinha, em coisas como saber qual garfo usar para cortar peixe num restaurante fino. E os Korsmo vivem no que é basicamente uma mansão, mesmo que tenha sido construída como uma casa de veraneio, porque uma casa de veraneio na década de 1880 era mais elegante que uma casa de inverno de hoje em dia. Eles têm quartos que *não usam*. Os pais de Susan são os donos, mas a escritura sem dúvida vai passar para ela.

Você nem quer uma casa, a biógrafa diz a si mesma.

Didier está inclinado sobre um forno aberto, borrifando caldo de uma panela num pedaço de carne crepitante.

— Prepare-se para um bife do caralho — ele cumprimenta a biógrafa. John entra correndo em direção ao forno, mas o pai o ergue a tempo ("Nenhum bebê escaldado sob minha supervisão") e o põe no chão ("Vá achar seu livro de porco-espinho") e ele sai correndo. — Sabe, eu queria chamar essa criança de Mick. Devia ter discutido mais. John Korsmo é um agente imobiliário, mas Mick Korsmo é um cara foda.

— Exceto — diz a biógrafa — que praticamente todas as palavras de uma sílaba que rimam com Mick têm uma conotação negativa, vulgar ou derrogatória. *Ick. Sick. Lick. Prick.*[12]

— Uau — diz Didier.

— *Kick. Brick. Trick...*[13]

— Por que *brick* é negativo, hein? — ele pergunta. — A não ser que seja um tijolo de heroína, embora, para algumas pessoas, isso seja muito positivo.

Última.

Gota.

Ela realmente não está no clima.

— Didier, há algum motivo particular para você mencionar heroína com tanta frequência?

Ele franze o cenho.

— Eu menciono?

Mantenha as pernas, Stephens.

---

12. Nojento (*ick*); doente (*sick*); lamber (*lick*); babaca (*prick*). (N.E.)
13. Chute (*kick*); tijolo (*brick*); truque (*trick*). (N.E.)

— Bem, sim, na verdade, e alguém importante para mim morreu disso, então, eu agradeceria se você parasse de glamorizar drogas na minha presença.
— Ah. Perdão. — Ele enrola um fio oleoso de cabelo loiro entre os dedos. Pálpebras arroxeadas cobrem olhos azuis-cinzentos. *Beau-laid.* — Um namorado?
O rosto dela queima.
— Alguém importante — ela diz.
— Como um namorado?
— Então, temos um acordo? — ela insiste. — Chega de romantizar?
— Ok, mas espere, ei, preciso saber mais.
— Outra hora.
— Eu vou tirar essa história de você uma hora dessas — ele diz. — Vou soprar e soprar e soprar, até derrubar seus segredos!

Didier infeliz. Penny bocejando. Bex choramingando sobre gatinhos. O destino de Mattie. A gemada parecida com sêmen. Os cistos em seus ovários. Seu pai comendo verduras macias na Comunidade para Aposentados Ambrosia Ridge. Susan acreditando que a biógrafa não é uma adulta ainda. Toda Criança Precisa de Dois entrando em vigor em três semanas.

Eles já estão no meio do assado de Didier quando um convidado atrasado é trazido para dentro, um cara branco e gorducho com a cabeça raspada.
— Pessoal — diz Susan —, este é Edward Tilghman. Estudamos juntos na faculdade. Aliás, você não precisava se arrumar.
— Não me arrumei — ele diz, enxugando a chuva do paletó do terno. — É minha roupa de trabalho.
— Edward tem uma cliente na cidade — explica Susan.
O convidado se acomoda entre Penny e a biógrafa, toma um gole d'água e desdobra o guardanapo.
Algo quente e úmido atinge a biógrafa sob o olho esquerdo. Ela o encontra no colo: um pedaço de carne.
Outro tapa molhado – Bex é atingida também.
— Boceta! — diz a menina.
— Diabos, John — diz Didier —, se não consegue sentar à mesa sem jogar comida, não vai sentar à mesa.
Susan encara o marido.
— Por que ela conhece essa palavra?
— Como eu deveria saber?

Bex conta:

— Boceta McGee era uma bocetinha feliz.

— Minha nossa — diz Edward.

— Não é uma palavra muito boa, Bexy... — Mas Didier está rindo.

— Ela vai na caixa especial? — ela pergunta.

— Que caixa especial?

— *Nada,* mamãezinha.

— Mamãe — choraminga John —, um menino e um peixe são amigos.

Penny pergunta:

— Quem você está representando, Edward?

— Ele não pode divulgar — diz Susan.

— Os *nomes* não são confidenciais — diz Edward. — Não é o Alcoólicos Anônimos. — E Susan toma o choque da correção como um tapa na cara.

— Mas o fato da representação — ela insiste — é informação privilegiada em algumas jurisdições...

— Uma mulher chamada Gin Percival. — Edward pega uma porção de cenouras.

— A bruxa! — exclama Didier. — Ela está oferecendo o tipo errado de planejamento familiar.

— Ugh, cale a *boca* — diz Susan.

— Mamãezinha, isso é falta de educação e você devia pedir desculpas.

— Acho que o papai devia pedir desculpas. Por ser um idiota.

Didier está observando Susan com uma expressão que a biógrafa nunca viu em seu rosto antes.

Penny se levanta e bate as mãos.

— É hora de todas as crianças que vivem nesta casa prepararem uma carta de boas-vindas para o sr. Noel! Amanhã à noite ele vai chegar, e vocês precisam estar prontas. Todas as crianças da casa, por favor, venham comigo até a estação de escrita de cartas.

— Precisamos pedir licença primeiro — diz Bex.

— Vocês têm toda a licença — diz Susan.

As crianças seguem Penny até a sala de estar, e Susan carrega pratos para a cozinha. Didier, sem dizer nada, sai para fumar.

A biógrafa se sente mal por Gin Percival estar na cadeia, mas não tanto quanto deveria. Gin não pode mais ajudá-la, e a biógrafa não está em condições de sentir compaixão no momento.

A não ser que uma mulher ou garota grávida decida, nas próximas três semanas, que adoraria que seu bebê fosse criado por uma mãe solteira vivendo com o salário de professora do Ensino Médio, a biógrafa será removida da lista da agência. *Para restituir a dignidade, força e prosperidade às famílias americanas.*

Ela pode permanecer na lista de adoção temporária; mas o ECN2 estipula que em casas de pais solteiros, uma adoção temporária não pode levar à adoção legal permanente.

Ela espirra e limpa o nariz no guardanapo de linho rosa.

Edward se inclina para longe dela e diz:

— Você poderia cobrir a boca, por favor?

— Eu cobri a boca.

Ele se move três cadeiras para o lado.

— Sério? — pergunta a biógrafa.

— Desculpe, mas meu sistema imunológico não é forte, e não posso me dar ao luxo de ficar doente agora.

A biógrafa empurra a ponta do seu guardanapo em uma narina.

Inspiração.

Ela quer voltar para casa, onde ninguém pode vê-la.

Expiração.

Escapar sem se despedir.

Inspiração.

Susan ficaria ressentida por uma grosseria dessas.

Expiração.

Mas e se…

E se, em vez disso…

Mattie lhe desse o bebê?

E se simplesmente lhe desse o bebê?

Mas isso é insano.

Demento dementarium.

E se Mattie dissesse: *Sim, ok, aqui está – para você. Cuide dele. Cuide-se. Nos vemos por aí, senhora. Vou viver minha vida. Conte a ele sobre mim um dia.*

E se ela pedisse e Mattie aceitasse?

Ela nunca pediria, óbvio.

Falta de ética. Malfeitoria. Patético.

Mas e se?

Nevoeiro de gelo = *pogonip*

Cristal de gelo = *frazil*

Pingente de gelo = sincelo

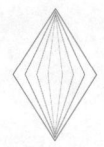

A ESPOSA

Que alegria sair nua de um banho e ouvir seus lábios vaginais baterem um no outro. Erguer-se da privada e ouvi-los baterem.

O alargamento e o afrouxamento são permanentes, não importa que milagres as pessoas digam que os exercícios Kegel fazem. Exercícios Kegel não conseguem consertar os lábios. A colega de quarto da esposa na faculdade fez cirurgia depois do terceiro filho. "Não estou mais frouxa!", relatou a colega num e-mail de grupo. A esposa se lembra de ter pensado como era estranho anunciar sua labioplastia a setenta e nove pessoas – os endereços não estavam ocultos –, mas ainda mais estranhas foram as respostas. "Meus parabéns à sua javiva." "Aposto que seu homem está adorando!"

Ela abotoa o jeans, dá a descarga e volta aos filhos, jogados no sofá. Didier está se escondendo no segundo andar, fingindo escrever planos de aula.

Bex resmunga:

— Estou entediada.

— Então brinque com seus presentes de Natal.

— Já brinquei com tudo.

— Já leu todos os livros que ganhou da vovó?

— Sim. — Ela está com a cara no tapete turco, braços e pernas abertos e balançando.

— Duvido. — A esposa observa John começar a remover, um por um, os blocos que ela acabou de guardar.

— Onde está Ro?

— Na casa dela. John, deixe os blocos na cesta, por favor...

— Por que você está dormindo na sala de costura e não com o papai? — Ainda com a cara no chão, a garota parou de se mover e espera atentamente pela resposta.

— O papai ronca.
— Você também.
— Não ronco, não. — A esposa tira dois blocos das mãos de John e joga-os com força na cesta com os demais.
— E se você tiver outro bebê...
— Eu não vou ter outro bebê.
— Mas se você tiver outro bebê, vai ficar com um mamilo roxo de novo? E seu cabelo vai cair e seus peitos vão morrer?
— Eles não *morreram*. Mudaram de forma quando parei de amamentar o John.
— Ficaram moles — diz Bex.
Só espere chegar a sua vez, docinho.
— Eu não vou bater em você — ela sussurra.
Ela nunca bateu nos seus elfinhos, e nunca vai bater.

Quinze minutos depois, ela está sozinha no carro, indo rápido. A estrada está molhada e nebulosa como um sonho, mas ela dirige bem; seu pé é firme e capaz.
Dentro do Acme, ela reduz o passo, considera suas seleções. No que diz respeito a chocolate, tem suas marcas e sabores preferidos, as empresas orgânicas da floresta tropical, os sabores de menta e amêndoas com sal marinho; mas às vezes gosta de se aventurar com um de sabor avelã-coentro ou pimenta-preta-erva-doce-cardamomo.
Ela coloca seis barras (três de cardamomo, três de menta) e uma caixa de cookies de chocolate tamanho família na esteira do caixa, junto com um pacote desnecessário de esponjas de cozinha.
— Pelo visto, você vai ter uma noite divertida — diz o caixa.
— São para a turma da minha filha — diz a esposa.
— Certo — diz o caixa.
No caminho de casa, ela para em um estacionamento panorâmico, cuja amurada é firme.
Liga para Bryan.
Ouve a mensagem rouca dele: "Você sabe o que fazer e quando fazer".
— Oi — ela diz, animada —, espero que tenha tido um bom Natal. Liguei para saber se você quer tomar aquele café uma hora dessas. Ah, a Susan. Ok, bem, me ligue! Obrigada!
O que Bryan vai achar dos lábios barulhentos dela?

Os de cardamomo vão na gaveta da cozinha, sob os mapas.

Os de menta ficam no revestimento rasgado da bolsa dela.

Os cookies foram comidos nos oito minutos entre o estacionamento panorâmico e a casa.

Ela vê marido e crianças através da janela, rolando na grama marrom atrás da garagem. Ele lhes deu um lanche, pelo menos, ainda que não tenha limpado a cozinha.

Juntar migalhas na palma.

Borrifar a mesa.

Enxugar a mesa.

Enxaguar xícaras e tigelas.

Colocar xícaras e tigelas na lava-louças.

Jogar pacote vazio de cookies tamanho família no saco de reciclagem.

Se ela for embora primeiro, destrói a família.

Fechar o saco de reciclagem e levar para a lixeira azul.

Jogar a água do balde de adubo no vaso do fícus.

Borrifar água nas folhas verdes de serpente da cabeça de Medusa.

Se ela dormir com Bryan, não será um relacionamento.

Empilhar livros.

Enfiar fantasias de fada no porta-malas.

Só sexo.

Ignorar a poeira negra nos rodapés.

Uma relação sexual com um cavalo Shire.

Ignorar tufos de cabelo loiro em todo canto.

Ignorar a cama das crianças, mas arrumar a dela.

Aquele motelzinho vermelho na vinte e dois...

Enquanto arruma a própria cama, encontrar a meia do marido nas cobertas.

Cheirar meia; ficar surpresa que a meia não cheire mal.

Passar pano na poeira da cômoda.

Ela vai deixar a fatura do cartão de crédito aberta na mesa de jantar.

No banheiro de baixo, ignorar a crosta de sabonete na pia.

Exceto que Didier não se daria ao trabalho de ler as cobranças.

Erguer a tampa da privada.

Contar três pelos pubianos.

Bater a tampa de volta.

Então, ela simplesmente vai contar para ele, na cara dura.

E ele vai embora primeiro.

Quando Londres era mais fria, "feiras de geada" aconteciam sobre o Tâmisa. Fogueiras e palcos de marionetes, leões em jaulas e estandes de pão de mel eram arrastados para o gelo; havia corridas de trenó, porcos girando em espetos, videntes e domadores de touros. Era possível ver linguados e toninhas presos no rio de vidro em pleno movimento. Mas desde 1814 o gelo não está sólido o suficiente para suportar essas festividades. Eu vim para Londres tarde demais.

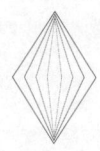

A REPARADORA

A cadeia lava seus cobertores com tanta água oxigenada que ela tem que empurrá-los para o canto oposto da cela. Ela dorme vestida; o colchão é fino e ela finge que é o chão da floresta. Quando acorda, seu peito dói e as narinas estão cheias de substâncias químicas. As paredes ainda são cinzas.

Ela puxa o exterior para dentro da cabeça. Céu cheio de água. Nuvens cheias de montanhas. Campo de tubarões cheio de ossos. Fogões cheio de árvores. Árvores cheias de fumaça. Fumaça cheia de inverno. Mar cheio de algas. Peixes cheios de peixes.

Aqui dentro, lhe trazem *nuggets* e refrigerantes, mas nenhum peixe.

As vadias são insistentes. Estão mandando cartas. Querem conselhos remotos. Nos dê receitas, elas exigem. E quanto às pomadas para seus figos? Os chás fedorentos para o sangue? Ah, vadias. Por favor, será que a reparadora não poderia dar o nome de uma farmácia que contém os ingredientes? Não, não pode, porque a farmácia é a floresta. São samambaias, fungos, fauna. São pelos de Temple morta, triturados.

Mattie Matilda não escreveu para ela. O procedimento na clínica clandestina deu errado. Raspadores sem treinamento. Equipamento sujo. Se a garota tivesse uma hemorragia, eles ficariam nervosos demais para levá-la ao hospital.

— Café da manhã — chama a guarda do turno diurno.

— Não quero — diz a reparadora, sem ter certeza de que está dizendo isso em voz alta.

A guarda destrancou a porta da cela e está segurando uma bandeja.

— Cereal e salsicha.

— Veneno. — Quando ela come cereal, sua bainha começa a fermentar; e, sinceramente, pode haver qualquer coisa naquela salsicha.

— Seu julgamento começa semana que vem, detenta. Eu aconselharia você a comer.

Por acaso ela pode enxergar a semana que vem, essa guarda com o sexto dedo na mão? Pode ver a reparadora desmaiando de fome no tribunal?

— Bem, está aqui, se mudar de ideia. — Joga a bandeja no chão, e a caixinha de leite dá um pulo.

Espremer o limão. Triturar lavanda seca e sementes de feno-grego num pilão. Abrir a jarra de óleo de flor de sabugueiro.

Então, o marido de Lola encontra aquela garrafa. Joga dentro a droga amassada. Obriga-a a beber ou ela bebe por vontade própria. Faz descer com uísque.

Noventa meses são dois mil, setecentos e trinta e nove dias. Todos esses dias numa cela como esta. As paredes da narina vão ficar brancas de tanta água oxigenada. Hans e Pinka e a galinha manca vão morrer. Malky vai esquecê-la.

Para parar de tremer, ela lembra a si mesma: *Você é uma Percival. Descendente de um pirata.*

25 de janeiro de 1875

Caro capitão Holm,

Permita-me oferecer meus serviços na futura viagem do *Oreius* de Copenhagen ao Polo Norte. Sou um hidrologista com experiência significativa no comportamento de banquisas. Seria uma honra auxiliá-lo em sua coleta de dados magnéticos e meteorológicos.

Embora seja escocês de nascimento, falo e escrevo dinamarquês fluentemente.

Seu criado mais obediente,
HARRY M. RATTRAY

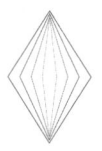

A BIÓGRAFA

Não se pode simplesmente dizer a alguém:
— Poderia, por favor, me dar o seu bebê?
Permita-me oferecer meus serviços.
Eivør Mínervudottír fazia coisas que não devia. Mergulhava.
— Não funciona para todo mundo — disse o dr. Kalbfleisch na primeira consulta dela. — E você passou bastante dos quarenta.
Mulher que é magra e feia. Mulher velha, cruel e feia. Mulher parecida com uma bruxa. Mínervudottír tinha quarenta e três anos quando morreu; a biógrafa fará quarenta e três anos em abril. Coroa até o osso.
— Você precisa cultivar a aceitação — disse a professora de Meditação. — Talvez a maternidade não seja o seu caminho.
A aceitação, a biógrafa pensa, é a habilidade de ver o que é. Mas também de ver o que é possível.

Ela coloca os tênis de corrida. As luvas. Está escuro lá fora: ela vai se manter nas ruas iluminadas. Sobe a colina numa corrida leve, mantendo seu foco, como o técnico lhe ensinou, nas plantas dos pés pressionando o asfalto, pressionando e liberando, pressionando e liberando. Sua respiração é rígida. O suor formiga nas axilas e acima da bunda. Ela está muito fora de forma para que a corrida seja boa, mas parece correto, um corretivo – força o sangue através de cada veia, desaloja os sedimentos, desobstrui os canais, pede ao coração que faça mais.
Ela vira na Lupatia e de volta em direção ao oceano. Passa o Good Ship Chinese e a igreja. Se virasse à esquerda aqui, acabaria, depois de um zigue-zague ou dois, na quadra de Mattie. Ela para. Inclina-se contra o tronco de

uma madrona, ofegante. Na viagem da família à capital da nação, ela apostou corrida com o irmão nos degraus de O exorcista e ganhou.

Archie disse:

— Só porque você é mais velha.

O pai berrou:

— Desçam daí agora!

Mattie, posso perguntar uma coisa?

A biógrafa não sabe a que horas as pessoas costumam jantar, mas imagina que às oito da noite a maioria dos jantares em Newville já tenha acabado.

Quando a mãe fazia um frango inteiro, pegava uma coxa para si mesma e o pai e Archie brigavam pela outra, e a biógrafa era a boa filha que comia o peito.

Mattie, se eu pagasse por todos os seus exames e vitaminas, você...?

Os pés viram para a esquerda.

Se eu a levasse a todas as consultas, você...?

Ela não vai realmente fazer isso.

Não ofende perguntar, ofende?

Mas como ela sequer diria as palavras?

O bebê da biógrafa será o bom filho sempre, mesmo quando rabiscar com caneta permanente nas paredes. Mesmo quando jogar sua coxa de frango pela janela no jardim do vizinho.

A chave da tranca de bicicleta no pescoço, os dedos enluvados apertados com força contra o frio. Seus dedos doem, mas não tanto quanto os dedos de Eivør Mínervudottír já doeram. Todos os mergulhos que aquela mulher deu – mergulhos gigantes. A biógrafa pode dar um também.

Ela começa a correr de verdade.

Querido bebê,

Você tem um avô vivo. Ele se mudou para Orlando depois que sua avó morreu. Seu tio se foi, então você deu azar com primos. Como primos substitutos, você terá Bex e Plínio, o Jovem.

Querido bebê,

Eu já amo você. Mal posso esperar pela sua chegada. Sua cidade natal é um dos lugares mais lindos que já conheci. Cheio de oceano e penhascos e montanhas e as melhores árvores nos Estados Unidos. Você vai ver pessoalmente, a não ser que nasça cego, e nesse caso eu o amarei ainda mais.

A casa dos Quarles tem telhas cinza e é margeada por pinheiros. As luzes estão acesas atrás das janelas com cortinas. *Você não vai realmente fazer isso.* Mas ela vai. Subindo os degraus de madeira até uma varanda de madeira com vasos de cerâmica cobertos de terra para sobreviver ao inverno. Ela vai. Vai convencê-la. Vai. Sussurrando as frases do seu discurso ensaiado. Enquanto ergue um dedo à campainha, ocorre a ela que o resultado lógico desse plano é que ela será demitida da Escola da Costa Central.

Mattie, eu vou levar o bebê de trem para o Alasca.
Remar um barco com o bebê até o Farol de Gunakadeit.

Seus dedos pairam acima do botão de plástico branco, o coração martelando freneticamente em seus ouvidos, a garoa caindo na testa. *Mantenha as pernas, Stephens.*

Ela mergulha.

Só depois que o navio a vapor *Oreius* contornou a península da Jutlândia no mar do Norte, o capitão entendeu que uma mulher estava a bordo.

Ele disse à exploradora:

— Não temos escolha a não ser suportá-la.

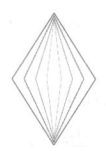

A BIÓGRAFA

Oito segundos depois que ela aperta a campainha, a mãe de Mattie abre a porta, sorrindo.

— Srta. Stephens?
— Desculpe aparecer sem avisar.
— Imagina, entre, por favor.

Fotos da garota dominam a sala de estar – em paredes, em mesas, em estantes; cada ano da vida da filha está, ao que parece, bem documentado.

— Piramos um pouco nas fotos — diz a sra. Quarles, notando que a biógrafa reparou.

— Vocês têm uma filha maravilhosa, então, por que não?

— Duvido que Matilda concordaria. Ela diz que o número de fotos é, abre aspas, "demente", fecha aspas. Posso pegar algo para você beber?

— Ah, não, por favor, não vou ficar muito, eu... eu precisava... — Respire. — Antes do Natal, Mattie pediu mais comentários sobre um trabalho, mas as coisas estavam tão corridas que... bem, agora que as festas acabaram, eu queria dar o *feedback* para ela.

— Isso é um tanto incomum — diz a sra. Quarles.

— Quando uma aluna faz um esforço extra como ela, eu me disponho a fazer um esforço extra também.

— Mas ela não está aqui.

— Ah, não?

— Ela está na conferência.

A biógrafa claramente devia entender o que a sra. Quarles quer dizer com "conferência".

— Ah, é?

— Você sabia que ela estava indo, não sabia?
— À... conferência?
— Ela disse que foi você quem a *indicou*.
— É claro. Eu devo ter confundido as datas.
— Para falar a verdade — diz a sra. Quarles —, ela não deu muitos detalhes sobre esse negócio.
— O que ela contou?
— Que é uma conferência de História sobre a Cascádia para alunos do ensino médio, e que um aluno de cada escola é indicado para ir.
— É isso mesmo — diz a biógrafa.
— Não tão prestigiosa quanto a Academia de Matemática, ela disse, mas ainda vai ficar bem nas inscrições de faculdade.
Um jato frio desce pela garganta da biógrafa até suas costelas.
O bebê se foi?
Sua boca está repleta de trechos do discurso planejado – clichês mastigados. *Eu daria um bom lar para ele. Quer dizer, ela. Ou ele. Você tem a vida inteira pela frente.*
— Sim — diz a biógrafa —, é bem impressionante.
— E estão todos hospedados no mesmo hotel em Vancouver? Tem adultos supervisionando?
A biógrafa se levanta.
— Tenho certeza de que eles devem ter supervisão, sim. Desculpe interromper sua noite.
— *Devem* ter ou você tem certeza? Mattie não está respondendo às minhas ligações. E não consigo encontrar nada on-line sobre a conferência.
— É por causa dos, humm, princípios do evento? A organização está comprometida em fazer os alunos passarem menos tempo no computador, então, trabalham só com papel, por correio.
A mãe de Mattie é uma mulher inteligente, mas parece aceitar a desculpa.

A biógrafa caminha devagar de volta à casa.
Archer Stephens pode não ganhar um homônimo.
Os lábios azuis do irmão no chão da cozinha.
Sua voz rouca quando disse que não estava chapado.
— Está, sim.
— Não estou.
— Está!

— Jesus, não estou. Você é tão paranoica.

Mas as pupilas dele eram pontinhos minúsculos no verde pálido; a boca estava aberta; a língua, lenta. Ela conhecia os sinais, estava se tornando uma especialista no assunto; e, no entanto, as negações de Archie a desarmavam. O pai dizia:

— Você está sendo feita de boba! — Mas ele nunca foi de grande ajuda, exceto pela vez que deu cinco mil dólares para a fiança.

Ela disse:

— Não sou paranoica, suas pupilas estão contraídas!

E Archie disse:

— Porque está *ensolarado*, minha amiga.

Possivelmente não estava ensolarado, mas a biógrafa queria acreditar nele. O seu Archie, seu querido Archer, não importava quão fundo, ainda estava lá.

Cale a boca, ela diz à sua mente agitada. Por favor, cale a boca, sua procuradora de defeitos, pressionadora de machucados, contadora de perdas, temente de fracassos, colecionadora de injustiças futuras e passadas.

Na mesa da cozinha ela abre o caderno na página *Coisas pelas quais sou grata*. Acrescenta à lista:

28. Duas pernas funcionais
29. Duas mãos funcionais
30. Dois olhos funcionais
31. O oceano
32. Penny nas noites de domingo
33. Didier na sala dos professores
34.

Mas foda-se essa lista de merda. Ela está cansada de gratidão. Por que caralhos ela deveria ficar grata? Ela está *brava* – com as emendas da lei, as agências, o dr. Kalbfleisch, seus ovários, as pessoas casadas, os procedimentos de clínicas clandestinas. Com Mattie, por engravidar tão depressa. Com Archie, por morrer. Com a mãe deles, por morrer. Com Roberta Louise Stephens, por tentar com tanto afinco.

Arranca a lista de gratidão do caderno e põe fogo nela sobre a pia com um fósforo. Ela não consertou o alarme de incêndio ainda.

Mattie contou à mãe que a conferência era em Vancouver. Podia ter dito Portland ou Seattle.

A essa altura ela já deve ter chegado à fronteira. Se conseguir cruzar, se conseguir encontrar a clínica, se conseguir apresentar uma carteira de identidade canadense convincente, o aborto vai acontecer amanhã.

Ela pode não conseguir cruzar, é claro.

Ela pode ser parada.

Não torça para ela ser parada, seu monstro.

Mas ela torce.

Eu fui erguida da terra para sentar no oceano com
homens cujas vidas não são nada como a minha,
mas cujos sonhos acordados são idênticos: casacos
desajeitados de couro de caribu, nossos dedos
dormentes, o talho vermelho-flamejante do nascer do
sol. Se naufragarmos neste navio, naufragaremos juntos.

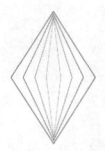

A FILHA

Observa o estado de Washington pela janela do ônibus molhada de chuva. Árvores e árvores e árvores. Um ou outro campo úmido. Pela centésima vez, ela abre o passaporte. Está na validade. Ela está simplesmente viajando, o que não é um crime.

De acordo com os fóruns on-line, é recomendável levar provas do seu propósito no Canadá. Ela e Ash criaram uma conta de e-mail para Delphine Gray — uma pessoa gentil, mas não muito boa em ortografia — e enviaram várias mensagens à filha. *Mau posso esperar para te ver, Mattie garota você vai amar Vanchuver, vamos ver todos os lugares maneiros!*

Para a clínica, ela tem uma carteira de habilitação da British Columbia comprada do namorado de Clementine. Ash tem sorte de ter uma irmã mais velha para aconselhá-la, irmãos gigantes para defendê-la. Uma gangue grande e bagunceira cheirando a peixe.

Ela mantém a mala no assento do corredor para que nenhum passageiro simpático possa perguntar sobre o seu destino. Rola uma bala de alcaçuz na língua. O açúcar e as substâncias químicas surfam suas veias até o bolo de células. Metade Ephraim, metade ela.

Ela visitou Vancouver uma vez com a família de Yasmine. A sra. Salter, que representou Portland (Distrito Quarenta e Três) na Legislatura do Estado do Oregon, foi dar um discurso sobre o direito à moradia. A filha se lembra de uma cidade em uma curva de montanhas e água escura prateada. Entediadas no hotel, ela e Yas começaram uma lista de pesos cardíacos. O coração de um ganso canadense pesa cento e noventa e oito gramas. De um caribu, três quilos.

O ônibus para com um tranco. A filha abre os olhos. Floresta verde-escura, céu cor de aço, uma fileira de cabines de pedágio coroadas com folhas de bordo vermelhas.

— Todo mundo para fora — grita o motorista. — Peguem todos os seus pertences e removam as malas do bagageiro.

Uma mulher pergunta:

— Posso deixar um suéter para guardar meu lugar?

— Não, senhora, não pode.

— Onde estamos — ela pergunta —, na União Soviética?

Os passageiros são conduzidos pelo ar gelado até um prédio baixo de madeira ao lado das cabines de pedágio. Homens pálidos em uniformes verde-oliva estão sentados atrás das mesas. Um cachorro musculoso guiado por um policial percorre o chão de linóleo, batendo as unhas.

Será que eles têm cães farejadores de gravidez?

Mulheres em busca de aborto são transportadas de volta em carros de polícia canadenses ou em ônibus – a filha não tem certeza. Quando chegam aos seus estados de origem, são acusadas de conspiração para praticar homicídio.

Um policial examina o passaporte dela.

— Qual é o seu destino no Canadá?

— Vancouver.

— Motivo da viagem?

— Visitar uma amiga.

— Por qual razão?

— Férias — diz a filha.

O oficial olha o passaporte de novo. Encara a testa dela, então o peito.

— Quantos anos você tem, senhorita?

— Quase dezesseis. Meu aniversário é em fevereiro.

— E você está viajando sozinha para Vancouver… para tirar férias?

O rosto dela está ficando quente.

— Minha amiga mora lá. Ela estudava na minha escola no Oregon, mas se mudou para o Canadá alguns anos atrás e estou indo visitá-la.

Não ofereça muitos detalhes, dizem os fóruns.

— Qual o nome e endereço da sua amiga?

— Delphine Gray. Ela vai me pegar na rodoviária.

— Não sabe o endereço dela?
— Desculpe, sim. Laburnum Street, quatro-seis-um-oito, Vancouver.
— Número de telefone?
— Sempre conversamos on-line, então eu não... eu não preciso do número dela. É tão mais barato conversar on-line. Mas tenho um e-mail dela impresso, se quiser ver?
— Por que imprimiu o e-mail?
— Tem o endereço dela.
— Você disse que ela ia buscá-la na rodoviária.
— Eu sei, mas só por garantia... tipo, caso eu precise pegar um táxi.
— Espere aqui, ok? — diz o policial.

Não dá para dizer que foi estupro ou incesto – ninguém se importa com o modo como entrou em você.

A filha observa a mulher do suéter soviético e o marido serem liberados na sua checagem. Um casal branco de meia-idade passa tranquilamente depois deles. Mulher asiática mais velha: tranquilo. Cara negro mais jovem: menos tranquilo. Eles fazem perguntas extra para ele, que responde numa voz monótona e irritada. Mas ele também, por fim, segue adiante.
— Matilda Quarles? — pergunta uma policial com cachos loiros crespos. — Pode vir comigo?
— Aonde?
— Só venha comigo, por favor.
— Meu ônibus vai sair em um minuto.
— Entendo. Você precisa vir comigo.
— Mas e se eu perder meu ônibus?
A policial cruza os braços grandes.
— Temos um problema aqui?
— Não, senhora.

Devia estar degolando cordeiros e pendurando-os para secar sobre bacias.

Em vez disso: em um navio reunindo fatos sobre o território boreal inexplorado.

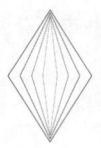

A REPARADORA

Ficou decepcionada ao descobrir o nome da garota – um nome tão comportado. O da reparadora não é muito melhor. As pessoas perguntaram, ao longo dos anos: É apelido de Virginia? Jennifer? Não, só Gin. Você recebeu o nome de algum parente? Não, o nome da bebida. Ah, que engraçado, mas de verdade, de onde vem? Mas de verdade veio do álcool, da bebida preferida de sua mãe.

A reparadora teria chamado a garota de Temple Jr.

Ela não se lembra da dor, mas sabe que houve dor; e Temple dizendo "Já vai acabar, já vai acabar" enquanto balançava a reparadora; e comer cerejas das quais Temple tinha tirado as sementes; e seu estômago parecendo esponjoso e desmoronado. Ela não se lembra do bebê. Eles a mantiveram em outro lugar no hospital. A cada duas horas, as enfermeiras traziam uma bomba manual para tirar o colostro, depois o leite, dos seus seios intumescidos. A mulher da agência veio com papéis para ela assinar.

As pessoas costumavam acreditar que novas rosas nasciam das cinzas de rosas queimadas; novos sapos, de sapos mortos em putrefação. O que não é mais estranho do que acreditar que a reparadora deu a Lola uma poção que a fez cair das escadas ou que a mãe da reparadora está por aí, em algum lugar, viva.

Quando a reparadora era um bebê, sua mãe ficou limpa.

— Ela nunca usou drogas enquanto estava amamentando — disse Temple. — O que não significa que ela merece uma medalha, mas... você era importante para ela. Não se esqueça disso, ok?

Uma mãe ruim que às vezes não era ruim. Que ainda podia estar por aí, vivendo de boa na lagoa, de bobeira na ladeira.

Mãe e reparadora e garota: descendentes de Goody Hallett de Eastham, Massachusetts, que amarrava lanternas na cauda de baleiras.

Um "canal" é o dedo de água entre as banquisas de gelo marinho. Eu tenho uma teoria: a forma e a textura de um canal pode prever seu comportamento. Quão provável é que congele até fechar ou que se abra mais.

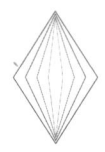

A ESPOSA

A caminho de encontrar Bryan, a sirene de tsunami toca. Ela para no acostamento da estrada do penhasco. O lamento, miserável e animal, se ergue e atinge seu ápice, então desce de novo e sobe outra vez. Um lobo assombrado. Uma vez por mês, a sirene toca por três minutos, seguida por repiques (tudo certo) ou uma explosão penetrante (evacuar). Se um terremoto explodir o mar, uma parede de água devoradora virá em direção a eles, e alguns minutos vão fazer diferença.

Os elfinhos estão na colina, mais alto do que qualquer onda possa atingir, brincando de acampar com o pai.

O oceano é uma vidraça verde. Pilares de rocha no formato de chaminés, focas e montes de feno se erguem da água.

Ela ouve os repiques. Sãos e salvos.

Ela pode ser pega: uma mensagem enviada para o número errado.

Ou ela pode confessar. Ver o rosto do marido quando disser *Eu transei com Bryan.*

Ela fica com a casa e ele aluga um apartamento na cidade e pega carona com Ro para ir à escola. O apartamento terá um segundo quarto para os elfinhos, que vão ficar com ele nos fins de semana. Durante a semana, as coisas não serão muito diferentes, ela não vai ter nenhuma ajuda com o banho nem para colocar as crianças na cama; o mesmo pela manhã, quando ela cuida sozinha de ferver o mingau de aveia e vestir os corpos e lavar os dentes. Mas os fins de semana... a esposa os terá para si.

Ou Didier pode ficar na casa, por enquanto. Com as correntes de ar e as torneiras pingando e o papel de parede feioso. A casa é da família dela há gerações; ela leu o primeiro livro na sala de jantar, teve a primeira menstruação no banheiro, viu Bex dar os primeiros passos na varanda. Mas, há um tempo, ela vem abrindo mão dela.

Covarde demais para sair primeiro, ela vai explodir a própria vida em vez disso.

* * *

Wenport é uma cidadezinha sem graça adjacente a uma fábrica de celulose, e ninguém de Newville vai para lá exceto para comprar drogas. Às vezes a esposa se pergunta qual dos filhos será mais propenso a comprar drogas um dia, e a resposta é sempre: Didier.

Ela estaciona bem em frente à cafeteria. Não seria Didier em pessoa que avistaria o carro, é claro – ele está agachado numa tenda de cobertores na sala de estar, comendo *marshmallows* de mentira assados num fogo de mentira – mas Ro? Pete Xiao? A sra. Costello?

Achei ter visto o carro de Susan outro dia...

Susan estava em Wenport com Bryan Zakile?

A cafeteria está quente demais. A esposa tira o casaco e sente o suor no rosto. São duas horas e três minutos. Os únicos outros clientes são dois garotos usando capas de chuva e jogando cartas.

— O que vai querer? — pergunta a barista.

Doces de amêndoas reluzem sob o vidro.

— Um *tall latte* com leite desnatado, por favor — diz a esposa.

— Para sua informação, senhora, somos um negócio independente sem nenhum vínculo com corporações multinacionais, isto é, uma zona livre de sereias.

— Quê? — A esposa tem um olho na porta, um olho nos garotos. Eles podem ser alunos de Didier. Ou de Bryan.

— Você precisa pedir um *latte pequeno* — diz a barista.

— Então, me dê um *latte* pequeno com leite desnatado. E uma água.

— A água, você mesma pode pegar.

Ela se acomoda na mesa mais longe dos garotos, encarando a porta. Duas e dez.

Um menino grita:

— Seu feitiço de grifo não me assusta, senhor!

Dezessete minutos. Nenhuma mensagem ou ligação perdida.

Às duas e vinte, ela vai sair.

Às duas e vinte, ela bebe toda a água no copo.

Ela vai embora em um minuto.

Às duas e vinte e quatro, Bryan aparece. Sem nenhuma pressa.

— Ora, *olá* — ele diz. — Como vai o seu dia?

— Ótimo, e o seu?

Enquanto ele está no balcão, a esposa, de frente para a porta, o ouve perguntar à barista se ela sabe de onde vem a palavra "cappuccino"; e ouve a barista dar uma risadinha e dizer "Humm, Itália?" e Bryan responder "Bem, a princípio".

Quando ele se senta do outro lado da mesa, ela lembra que o rosto dele não é bonito, apesar das covinhas. É um rosto só um pouco melhor que a média. Mas o corpo que vem na sequência...

— Seu cabelo está ótimo — ele diz.

— Ah. Obrigada!

Sugando espuma de leite:

— Cortou?

— Hã, não, na verdade. Então, como foram suas festas?

— Bem, bem. Fui ver meus pais em La Jolla. É bom estar de volta à civilização.

— Você acha esta área pouco civilizada?

Ele dá de ombros. Limpa a espuma do lábio com o guardanapo.

— Ou remota demais?

— Como assim?

— Bem, em termos de, não sei...

Bryan sorri.

— Você quer dizer se é difícil conhecer mulheres aqui?

— Ou algo assim. Isso.

— Não querendo soar convencido, mas isso nunca foi um problema para mim.

— Tenho certeza de que não.

Ele empurra um punho lentamente ao longo da coxa.

— *Tem?*

— O quê?

— Tem certeza. De que não é.

Um pedacinho de rímel seco cai dos cílios do olho direito dela, pousando no seu antebraço.

— Olha — diz Bryan —, na minha opinião, o modelo de escassez é bobagem. Quando as pessoas estão preocupadas com a ideia de não encontrarem ninguém, escolhem a primeira pessoa que aparece.

Ela joga o rímel para o lado. Sua boca está muito seca.

— Foi isso que aconteceu com uma das minhas primas — ele continua. — Casou com um completo cuzão porque não achou que encontraria coisa melhor. E talvez não *fosse* encontrar, mas, ei, eu prefiro ficar sozinho a ser espancado.

— Espancado?

— Como eu disse, ele é um cuzão.

— Mas isso é...?

— Todos gostaríamos que ela o deixasse. Eles não têm filhos.

— Mesmo se tivessem.

— Sim, talvez. Embora crianças realmente precisem de ambos os pais em casa.

A esposa pode ver e ouvir e sentir, mas não está mais pensando.

Ela quer sentir a coxa que está sentada a cinco centímetros do seu joelho. Sentir aqueles dedos descansando na coxa.

Dedos longos e duros.

A coxa longa e dura.

— E você, Susan? Acha Newville remota?

— Eu acho... — Ela torce a boca de lado, do jeito que Didier costumava achar sexy. — Entediante.

— Eu me pergunto o que poderíamos fazer para torná-la menos entediante.

— Eu também.

— Consigo pensar em algumas coisas.

— Consegue? — Uma chama úmida em seu centro.

— Consigo.

— Por exemplo?

— Bem... — Bryan se inclina para a frente, os cotovelos na mesa, e segura o rosto nas palmas. A esposa se inclina também, mas o ângulo é desconfortável com as pernas cruzadas. Ele a encara. Ela encara de volta. Alguma coisa está prestes a acontecer. Ele vai beijá-la aqui e agora, entre grifos e vapor, a vinte quilômetros da casa na colina. Ela vai explodir a própria vida.

— Time de minigolfe! — ele exclama, com um sorriso tão largo que ela pode ver as obturações pretas em seus dentes.

— Quê?

— É a nova moda, minigolfe competitivo. Tem um lugar na vinte e dois. Eles formam times de quatro. Estou pensando em você, eu, Didier e Xiao. Dá até para ganhar um dinheiro decente.

Como se uma mão gigante a tivesse soltado, a esposa desaba contra a cadeira.

— Eu sou péssima em golfe — ela diz.

— Ah, deixa disso!

— Convide Ro para o seu time.

— A polícia da gramática? *No, gracias.*

Ele não a quer.

Por que ela pensou que ele a queria?

— Ei — diz Bryan —, vamos dividir um pãozinho de canela. São fantásticos aqui.

Obturações pretas na boca dele.

— Por que diabos não? — diz a esposa.

Em novembro de 1875, no oceano Ártico ao norte da Sibéria, banquisas começaram a se aproximar do *Oreius*. Os trechos de água aberta se afastaram; os canais se encolheram até virarem faixas negras. Mínervudottír viu que os canais mais retos pareciam ficar abertos mais tempo que os ondulados, no formato de enguias: havia alguma coisa sobre as margens irregulares que aumentava a velocidade com que o gelo se unia?

Ela sugeriu isso ao capitão, que disse:

— E você vai nos mostrar as fadas da neve também?

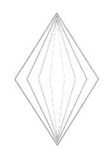

A BIÓGRAFA

Repara hoje em como a mesa do sr. Fivey é grande. Ele aperta a superfície polida com as mãos afastadas, como se fosse um magnata. Atrás dele, estão pendurados o diploma da Ivy League e várias fotos da sra. Fivey, o que leva a biógrafa a dizer:

— Fico feliz pela melhora da sua esposa.

— Obrigado, Ro. Mas vamos direto ao ponto. Desde o início do ano escolar, você chegou atrasada não a menos que catorze vezes.

Não menos.

— E faltou cinco vezes.

— Quatro, na verdade.

— Que seja. Isso se tornou um problema. Esses garotos não vão aprender sozinhos. Em vez de aprender História, estão decorando os pôsteres de combate à metanfetamina na sala de estudos. Eu gostaria de saber como você pretende resolver esse problema.

— Bem — começa a biógrafa.

— A não ser que prefira não trabalhar mais aqui?

Ela descruza e recruza as pernas.

— Eu quero trabalhar aqui. Muito. A questão é, eu tive alguns problemas de saúde, que…

— O que quer que seja, Ro, não pode continuar. Ou você tira uma licença médica, ou se demite, ou chega ao trabalho na hora. — A saliva dele pousa no rosto dela.

Ele se tornou mais escroto porque a esposa esteve em coma? Ou porque o julgamento de Gin Percival vai começar em breve? Fivey terá que sentar no tribunal e ouvir como a esposa supostamente procurou um aborto com a bruxa, embora ela supostamente não estivesse grávida. E como a esposa supostamente teve um caso com Cotter, do correio. E como seus seios são supostamente reais. Até a biógrafa, que não fica muito antenada com as fofocas, ouviu esses boatos.

— Eu não vou me atrasar de novo.

— Não, não vai, porque estou lhe dando um aviso oficial. Mais uma violação e você terá que ligar para o seu representante do sindicato.

— Não temos um sindicato.

— É uma expressão. Não quero ser duro com você — ele acrescenta. — Você é boa no que faz, quando está por aqui.

Fivey é um peixe de quinta categoria em um lago de quinta categoria.

E esses garotos *vão* aprender sozinhos.

Ela só está aqui para lhes dar uns empurrõezinhos e dicas. Ela está aqui para dizer a eles que não têm que casar ou comprar uma casa ou ler a lista de naufrágios no pub todo sábado à noite.

Dez dias até que o Toda Criança Precisa de Dois entre em vigor.

Ela devia ter perguntado a Mattie antes.

Mergulhado mais rápido.

Quando ouviu, no ano passado, sobre o desejo da biógrafa de ter um filho, a professora de Meditação sugeriu que ela adotasse um cachorro.

Com uma faca, ela mistura o creme em sua terceira xícara de café. Ela herdou a prataria da família, que o pai não estava interessado em carregar até Ambrosia Ridge, mas a maior parte das colheres teve que ser jogada fora. As mesmas colheres que já entraram na boca da biógrafa e na de Archie carregadas de sorvete ou pudim ou sopa foram mais tarde usadas para esquentar a heroína e a água que eram sugadas através de um chumaço de algodão em uma agulha que entrava na pele de Archie. Era útil se deparar com as colheres chamuscadas (embaixo de camas, nas dobras de sofás) quando a biógrafa precisava confrontá-lo com evidências irrefutáveis e indiscutíveis – embora, para o assombro dela, ele às vezes discutisse.

— Já ouviu falar de lava-louças? Elas estragam as colheres.

Ou:

— Isso deve estar aí há dois anos; não é um evento recente, minha amiga.

Archie era um desgraçado burro.

E sua pessoa preferida.

Ela vai dar seu nome ao filho, se tiver um filho.

Por que ela quer um filho, afinal?

Como ela pode dizer aos alunos para rejeitar o mito de que sua felicidade depende de ter um companheiro se ela acredita no mesmo mito sobre ter um filho?

Por que ela não fica contente, como Eivør Mínervudottír ficava, em ser livre?

Ela beberica o café. Bate o calcanhar contra o zumbido pulsante do radiador da cozinha. Abre o caderno. Escreve numa página nova: *Razões por que tenho inveja de Susan*. Sente vergonha de escrever a palavra "inveja", mas uma boa pesquisadora não pode ser impedida por dados desagradáveis.

1. Fonte conveniente/grátis de esperma
2. Tem dois

A família da biógrafa já foi como a dos Korsmo – mãe pai irmã irmão, uma família americana quadradinha. Eles tinham um jardim cheio de ervas daninhas, uma casa. A biógrafa não quer uma casa, mas quer um filho. Não pode explicar por quê. Só pode dizer *Porque quero*.

O que não parece um motivo bom o suficiente para todo esse esforço.

Talvez ela tenha sido simplesmente manipulada pelo marketing. Bombardeada por imagens de mãe e filho, da mamãe urso e do bebê urso, ela aprendeu, sem saber que estava aprendendo, a desejá-los.

Talvez pudesse estar fazendo coisas melhores com a vida que já tem.

Ela olha para o interior molengo dos cotovelos: os veios estão sumindo. A semelhança com Archie está evaporando. Semanas desde o último exame de sangue, desde que pousou os olhos nas bochechas douradas e indiferentes de Kalbfleisch.

Razões por que ~~tenho inveja de~~ odeio Susan:
1. Fonte conveniente/grátis de esperma
2. Tem dois
3. Não paga aluguel
4. Disse para eu me distrair no cinema
5. Tem dois

6. Disse que você não se torna um adulto até que etc.
7. Tem dois

Uma pessoa com menos inveja e menos ódio não estaria torcendo para que Mattie Quarles fosse presa na fronteira do Canadá.

O gelo é um piso sólido ao redor de nosso navio. Não importa quanto cortemos e serremos e talhemos, nenhuma rachadura se abre. O leme está parado e inútil. O *Oreius* está sitiado.

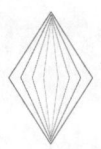

A FILHA

Segue a policial até uma sala pequena com uma mesa marrom, cadeiras marrons, e nenhuma janela. Senta antes que a convidem. A policial permanece de pé, as mãos nos quadris.

— Pode me dizer o motivo real da sua visita?
— Visitar uma amiga em Vancouver.
— Eu disse o motivo real.

A porta está fechada.

Ninguém sabe que ela está aqui, fora Ash, e que diabos Ash vai fazer?

— Esse é o motivo real, senhora.
— Vemos muitas garotas como você tentando cruzar. O problema é que o Canadá tem um acordo oficial com os Estados Unidos. Concordamos em impedir que você quebre as leis do *seu* país no *nosso* país.
— Mas não estou quebrando...
— O bom de testes de gravidez é que os resultados saem em um minuto.
— Não sei do que está falando, senhora.
— A seção 10.31 dos Regulamentos da Agência de Serviços da Fronteira do Canadá afirma: "Se uma menor desacompanhada registrar um resultado positivo em um Teste de Gravidez de Resultado Rápido PRIMEIRA RESPOSTA, e não puder comprovar um propósito legítimo, pessoal ou profissional, em uma província canadense, deverá ser levada sob custódia e devolvida a policiais americanos".
— Mas eu *posso* comprovar meu propósito. Minha amiga Delphine. — A filha abre a bolsa e puxa o e-mail.

A policial dá uma olhada no papel.

— Sério?

Entrega a página de volta.

A filha aperta as coxas com força.

— Vai acontecer o seguinte, Matilda. Você vai até o banheiro no final do corredor e vai urinar no copo.

— Você não pode me aplicar um teste de drogas aleatoriamente. É ilegal.

— Boa tentativa.

A filha decide encarar essa mulher no rosto.

— Eu posso... eu posso pagar.

— Para quê?

— Para me deixar voltar para o ônibus.

— Está falando em *suborno*?

— Não. Só... — A boca dela está tremendo. — Senhora, por favor.

— Ei, sabe quem gosta de ser chamada de senhora?

— Quem?

— Ninguém.

— Eu tenho cem dólares — diz a filha. Ela pode dormir na rodoviária e comer quando voltar para o Oregon.

— Fique com eles. — A policial tira do bolso da jaqueta um copo embrulhado num saquinho plástico e bate-o com força na mesa marrom. — Está pronta para fazer xixi ou precisa de água?

— Água — diz a filha, porque significa um atraso.

Yasmine disse que não pretendia ser o estereótipo de ninguém. Mãe adolescente negra mamando na teta de cidadãos trabalhadores etc.

E a sra. Salter era a única mulher negra na Legislatura do Estado do Oregon. Ela não pretendia arriscar a carreira da mãe.

Ela fez um aborto caseiro.

Cachos Loiros volta sem água, seguida por outro policial, de olhos azuis e no comando. Ele sorri para a filha.

— Eu assumo agora, Alice.

— Eu estava quase...

— Por que não vai almoçar?

A policial pisca devagar para a filha. Torce a boca.

— Pode deixar. — E vai embora.

— Como está hoje, srta. Quarles? — pergunta o cara, apoiando uma bota preta numa cadeira. Sua virilha fica na altura dos olhos dela.

Ela dá de ombros, assustada demais para ser educada.

— Então, você está visitando o Norte Verdadeiro por prazer? Por diversão? Ela faz que sim.

— Sabe, nós podemos ser legais aqui em cima, mas não gostamos de mentiras.

— Eu não estou...

— Seu rosto é *muito* expressivo. Ele revela muito.

Medo formiga nos braços dela, na frente do peito.

— Algumas pessoas têm rostos ilegíveis. São duros de quebrar, sabe? Aqueles que deixam você na dúvida. Você, não, srta. Quarles. Mas — ele move o pé levantado e o bate com força no chão — eu não vou prendê-la.

— Não vai?

— Eu tenho duas filhas da sua idade. Digamos que é uma fraqueza minha.

— Isso é... uau. Obrigada.

— Mas você vai precisar voltar para o lugar de onde veio. O próximo ônibus para o sul chega aqui em três horas e meia. Eu garantirei pessoalmente que você esteja nele. Se já não tiver um bilhete de retorno, pode pagar ao motorista.

Voltar? Um buraco negro e macio na garganta.

— Sua foto e carteira de motorista — diz o cara — serão distribuídas a todos os policiais de fronteira no Canadá, então, nem pense em tentar cruzar de novo.

Não dá para dizer (cachecóis, suéteres pesados), mas o estômago dela está mais grosso e duro. Logo será tarde demais.

— Eu quero que você aprenda uma lição com isso. Não repita seus erros. Como eu digo a minhas filhas: seja a vaca que eles querem comprar.

— Perdão?

— Não dê o leite de graça.

Na sala de espera gelada, ela come amendoins cobertos de chocolate da máquina.

A mãe ligou duas vezes para perguntar sobre a conferência. Ouvir as mensagens dela ("Estou tão orgulhosa, pombinha!") faz o nariz da filha escorrer.

A filha tem vergonha de ter vergonha da mãe quando os vendedores perguntam: "Você e sua avó encontraram tudo direitinho?".

Este é o pior dia da vida dela.

O segundo pior: quando o pai confundiu a Representante Salter com a motorista do ônibus da escola.

Será que o fracasso desta viagem é um sinal? Ela tentou duas vezes agora. Talvez ela devesse apenas ficar grávida. Esquecer a Academia de Matemática e empurrá-lo para fora e dá-lo a algum casal com cabelos grisalhos e bons corações. É o jeito legal. O jeito seguro. *Pense em todas as famílias adotadas felizes que não existiriam.*
Ela pode esquecer a Academia de Matemática e empurrá-lo para fora e sair da Escola da Costa Central. Terminar o ensino médio on-line. Deixar que a mãe a ajude a lavá-lo e vesti-lo e alimentá-lo. Quando a filha tenta se imaginar como mãe, ela vê a fileira de árvores ao lado do campo de futebol, balançando de forma indistinta.
Ela não quer esquecer a Academia de Matemática.
(Ela destrói aquela gótica da Nouri em cálculo.)
Também não quer empurrar para fora.
Ela não quer se perguntar; e se perguntaria.
A criança também – *Por que não ficaram comigo?*
Será que a mãe era jovem demais? Velha demais? Quente demais? Fria demais?
Ela não quer que ele se pergunte, nem que ela se pergunte.
Você é meu?
E ela não quer se preocupar em ser encontrada.
Egoísta.
Mas ela tem um ego. Por que não usá-lo?

O *Oreius* ficaria preso no gelo por sete meses.

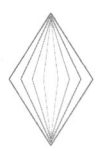

A ESPOSA

Agradece à sra. Costello por ter vindo mais cedo. Beija a orelha perfeita de John. Sai para a estrada.

Duas vezes, quase dá meia-volta.

Ela não entra num tribunal desde a faculdade de Direito. Este é abafado, com gotas de chuva aquecidas pelos aquecedores até evaporarem. Na mesa da frente estão sentados Edward e Gin Percival. A esposa não consegue ver seus rostos. Luz fluorescente reflete na cabeça raspada de Edward. Não há sinal da sra. Fivey, mas o sr. Fivey está na primeira fileira, verificando o relógio. Oito e quarenta e cinco da manhã.

A esposa senta-se contra a parede dos fundos. No estande do júri, há sete mulheres, cinco homens, de meia-idade e idosos, todos brancos. Edward devia ter pedido um julgamento por magistrado. A sobrinha de Temple não vai passar uma boa impressão a nenhum júri por aqui.

— Gin Percival — diz o juiz parecido com um gnomo —, você deve ficar de pé enquanto as acusações são lidas.

Ela se ergue. Cabelo escuro preso num coque, macacão laranja solto na cintura. Ela emagreceu desde a última vez que a esposa a viu, no banco baixo de metal da biblioteca.

O oficial de justiça entoa:

— Uma acusação de contravenção de imperícia médica por comissão contra Sarah Dolores Fivey. Uma acusação de crime de conspiração para praticar homicídio ao concordar em interromper a gravidez de Sarah Dolores Fivey.

Quanto tempo ela pode pegar? A esposa não consegue se lembrar de nada sobre a duração de penas.

Ela se lembra de ler "homicídio culposo" como "homicídio pomposo" e de Edward ser a única pessoa na sala a concordar que era engraçado.

Incapaz de ver o rosto do sr. Fivey, ela imagina o desgosto dele. Todo mundo conhece detalhes de sua vida privada agora. A esposa do diretor e seu aborto no meio da floresta. Não importa como termine este caso, os Fivey sairão maculados.

Da mesa de acusação ergue-se uma advogada magra e ruiva usando um terninho listrado. Ela vai lentamente até o estande do júri, as palmas unidas em frente à garganta como se estivesse rezando. Parece mais jovem que a esposa.

— Meus colegas do estado do Oregon, vocês ouviram as acusações contra Gin Percival. Seu trabalho é simples: decidir se há evidências suficientes para condenar a srta. Percival por esses crimes. Durante este julgamento, será apresentada uma grande quantidade de fatos que estabelecerá a culpa dela em relação às duas acusações. Ouçam os fatos. Baseiem seu veredito nos fatos. Sei que os fatos irão levá-los a concluir além da dúvida razoável que Gin Percival é culpada dos crimes pelos quais foi acusada.

"Grande quantidade" – frase preguiçosa. Repetição de "crimes", "acusações", "culpa" e "fatos" – previsível. Edward consegue derrotá-la.

Ele pigarreia.

— Obrigado, juiz Stoughton, e obrigado, membros do júri. Vocês estão realizando um dever cívico importante. — Ele para e coça a nuca sob o colarinho. — Humm. Minha colega lhes disse que seu trabalho é simples, e eu concordo. Mas devo discordar da afirmação dela de que as evidências vão mostrar claramente qualquer coisa. Porque praticamente não existem evidências. Vocês ouvirão testemunhos indiretos, especulação e evidências circunstanciais, mas nenhuma evidência *direta*. E seu trabalho, que é, de fato, simples, é ver que não há evidências suficientes para condenar minha cliente além da dúvida razoável por essas acusações espúrias.

As frases dele são longas demais. Ele devia ter dito "falsas" em vez de "espúrias". Ele está no Oregon rural.

— Obrigado, e estou ansioso para trabalhar com vocês ao longo dos próximos dias. — Ele se senta e limpa o rosto com um lenço.

Gin Percival continua a encarar a parede. Será que Edward vai ousar colocá-la para testemunhar? Pelo que todos dizem – e pelo que a esposa cheirou na biblioteca –, ela é um pouco desequilibrada.

Será que a esposa se tornou uma pessoa que acredita no que todos dizem? Mais ou menos, sim.

Ela tem estado cansada demais para se preocupar.

A Emenda da Pessoalidade, a revogação de *Roe v. Wade*, os clamores para que provedores de aborto enfrentem a pena de morte – a pessoa que ela pretendia ser se importaria com essa bagunça, se daria ao trabalho de estar furiosa.

Ela está cansada demais para ficar furiosa.

A Susan MacInnes do futuro do pretérito poderia ter sido uma advogada batalhadora que levaria casos marcantes às instâncias superiores. Edward está batalhando; ele marchou para a bagunça. A esposa mal consegue se dar ao trabalho de ler sobre o caso.

Dê-se ao trabalho.

Na biblioteca, o cabelo de Gin Percival às vezes tinha galhos entrelaçados, e ela emanava um aroma de cebola. A esposa sentia-se repelida pela aparência animalesca dela; no entanto, está começando a entender o valor de ser repulsiva.

Bryan foi uma distração patética, uma desculpa. Isto é um trabalho interno.

O que quer que liberte Gin Percival para deixar seu cabelo entrelaçado com galhos e usar vestidos de saco sem forma e cheirar como se não se lavasse – a esposa quer isso.

Dois dias, duas noites toda semana para si mesma.

Diga a Didier que você vai embora.

Antes de ter filhos, ela imaginava a maternidade como uma fusão jubilosa. Nunca pensou que desejaria passar um tempo longe deles. É horrível admitir que ela não suporta a fusão vinte e quatro horas por dia, sete dias por semana. A mesma culpa que a impediu de colocar John na creche: ela não quer que seja verdade que ela quer se separar deles.

O juiz diz:

— A acusação pode chamar sua primeira testemunha.

A sra. Costello, que não põe muita fé na ciência, acredita que Gin Percival amaldiçoou as águas, enfeitiçou as marés e trouxe as algas de volta. Metade desses jurados pode pensar o mesmo. E se uma bruxa pode enfeitiçar as marés, do que mais é capaz?

O terno listrado se levanta.

— Excelência, chamamos Dolores Fivey.

Na faculdade de Direito, a esposa era excelente nos julgamentos simulados. Ela costumava receber longos aplausos. Mas aqui na galeria, vendo a coreografia judicial, ela não sente vontade nenhuma de voltar para a faculdade. Se colocar John na creche, será por outros motivos, por enquanto desconhecidos.

Qual é o sabor de carne humana? Os homens
da expedição de Franklin, perdidos no Ártico
canadense, recorreram ao canibalismo, de acordo
com relatos inuítes.

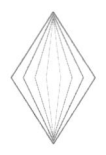

A REPARADORA

As tetas de Lola não estão mais tão gordas; parecem murchas, células desabando como casas de manteiga. Ela as empinou ao máximo, mas são fantasmas do que foram no passado. Fantasmas de manteiga. Ela senta no estande com seu sutiã de bojo e um terno azul com mangas longas para esconder a cicatriz – uma cicatriz menor (graças à reparadora) do que teria ficado.

— Sra. Fivey — diz a advogada —, por favor, nos diga como conheceu a acusada.

O advogado se ergue num pulo.

— Objeção. Excelência, peço que a acusação se refira à srta. Percival usando o termo menos inflamatório de "ré".

Afogando-se em sua toga, o juiz com cara de noz diz:

— Mantido.

— Como você conheceu a ré?

Lola não para de encarar as próprias mãos. A reparadora ama aquelas mãos, pequenas e graciosas, as unhas quadradas. Elas seguraram a bunda da reparadora com timidez no começo; depois, sem timidez. Encontraram o caminho para a bainha úmida dela.

— Sra. Fivey?

Em uma voz assustada:

— Eu a procurei para tratamento médico.

— Mesmo que a acus... perdão, que a *ré* não seja doutora em Medicina? Ou qualquer tipo de doutora, de fato? Mesmo que ela não tenha sequer um diploma do ensino médio?

— Objeção — diz o advogado. — A acusação está testemunhando.

— Retirado. Por que você procurou tratamento médico da, humm, ré?

— Eu precisava... — diz Lola, e aí para.
— Sra. Fivey? — pergunta a advogada. — Do que você precisava?
— De tratamento médico.
— Sim, isso foi estabelecido. De que tratamento, especificamente?
Lola dá de ombros. Torce as mãos na amurada do estante de testemunhas.
— Sra. Fivey?
— A senhora deve responder à questão, sra. Fivey — diz o juiz.
— Uma interrupção.
— Interrupção de quê?
— De...
— Por favor, fale mais alto, sra. Fivey.
— De uma gravidez? Eu pensei que estava grávida, mas não estava.
Em troca de testemunhar, o advogado explicou, Lola ganha imunidade. Não será acusada de conspiração para praticar homicídio.
— E a srta. Percival concordou em realizar um aborto?
Ela olha para a advogada com seus olhos belos e pintados. Então, de volta para as mãos.
— Sim, concordou.

Lola tem motivos para mentir. Ela é um animal encurralado. A vida que está salvando é a sua própria.

Não há ninguém para contrariá-la exceto a reparadora em si, que é uma esquisitona da floresta, uma bruxa que enfeitiça as algas.

A situação não é novidade. A reparadora é uma de muitas. Eles não podem queimá-la, pelo menos, embora possam confiná-la em um quarto por noventa meses. Oficiais da Inquisição Espanhola as assavam vivas. Se a bruxa estivesse amamentando, seus seios explodiam quando o fogo aumentava.

O ferreiro pegou um urso polar com um arpão. O cozinheiro fez um ensopado do fígado e do coração. Eu não aceitei uma porção, embora fosse agonia cheirar o caldo encorpado. Depois da ceia, os marinheiros ficaram letárgicos – dormiram mal – e pela manhã a pele ao redor de suas bocas estava descascando. A pele de suas mãos, barrigas e coxas começou a se soltar. Eles não acreditaram quando eu disse que a concentração de vitamina A no fígado de ursos polares é tóxica. Estão dizendo que amaldiçoei o ensopado.

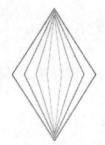

A FILHA

Não precisa ser convencida. O que é uma falta? Ela sempre foi uma boa menina. Tem um histórico impecável. Além disso, ela não consegue pensar – seus olhos ficam fechando. Ela quer dormir por um ano.

— Legal — diz Ash. — Nunca vi um testemunho antes.

Quando a família Quarles se mudou para Newville, Ash era a única pessoa disposta a falar com a filha. Ela lhe avisou que o Good Ship usa pimenta-fantasma (que pode anestesiar seus lábios permanentemente) na sopa picante e azeda. Ela a levou até o farol. Ela lhe ensinou a encontrar criaturas nas poças da maré – anêmonas que defecam pela boca, lapas manchadas cujas conchas se encaixam em fendas na rocha chamadas de cicatrizes.

Elas dirigem rumo ao norte sob uma chuva de granizo cortante. Compram *mochas* na cabine de café *drive-through*. Lambem as torres trêmulas de chantilly.

— Cachecol novo?

— Natal — diz a filha.

— O roxo era mais bonito.

Yasmine não gostaria muito de Ash, mas ela é tudo que a filha tem.

Ela acende um cigarro. Tudo fora da janela é cinza; o céu e os penhascos e a água, as cortinas frias de chuva. Os policiais no hospital ficavam perguntando: "Como ela fez? O que ela usou?" e a filha não sabia responder.

— Então, hã, eu tenho uma pergunta — ela diz.

Ash estende dois dedos. A filha coloca seu cigarro entre eles.

— Você pode pedir à sua irmã o número de uma clínica?

Ash exala, entrega o cigarro de volta.

— De jeito nenhum.

— Mas aquelas on-line não dá para saber se são de verdade ou armadilhas. Você não pode só *perguntar*?

— Nem fodendo. Clementine nem me diria, de qualquer jeito.

— Talvez diga, se souber que eu não... tenho muito tempo?

— Sim, mas não. Perigoso demais. Clem conhece uma garota que pegou uma infecção tão forte num lugar em Seattle que teve que fazer cirurgia de emergência e quase morreu.

— Ela foi presa?

— Claro. — Ash pega o cigarro outra vez. — Mas o pai dela contratou um advogado famoso. A garota contou para a minha irmã que a clínica era nojenta. Ela viu um balde plástico com as coisas de outra garota dentro. Um balde *transparente*.

Um espeto quente nas costelas da filha. O gosto de moedas nos dentes.

Yasmine não morreu também. Mas perdeu tanto sangue que precisou de transfusões. A noite toda a filha e os pais esperaram no pronto-socorro com a sra. Salter, que se balançava para a frente e para trás na jaqueta de esqui rosa. As luzes chiavam. A filha precisava fazer xixi urgentemente, mas queria estar lá quando o doutor trouxesse notícias.

O útero de Yasmine foi tão danificado que teve que ser removido.

Os policiais vieram enquanto ela ainda estava no hospital.

A bruxa veste um macacão laranja de prisioneira em vez do saco de pano costurado, e seu cabelo parece escovado, ao contrário de como parecia na cabana da floresta. É bom que ela não consiga ver o rosto de Gin Percival, caso o rosto pareça assustado. A filha, que está assustada o tempo todo agora, quer que haja pessoas que não estejam.

Clementine está agendada para depor como testemunha de caráter. O resto da família de Ash pensa que Gin Percival contaminou as águas. Mais peixes estão aparecendo mortos nas redes, e os dedos-do-morto estão estragando os cascos dos barcos.

— Por favor, silenciem seus aparelhos eletrônicos — diz o pequeno juiz.

Neste momento, Ro/Senhora está fazendo a chamada e chegou na parte em que repete os nomes dos que não estão lá ("Quarles...? Quarles...? *Quarles...?*"), em referência a um filme antigo que a filha não viu.

— Doutor — diz a advogada com a boca crispada —, antes de suspendermos a sessão ontem, o senhor disse que Dolores Fivey sofreu um traumatismo craniano de grau três como resultado da queda de um lance de escadas de três metros e meio, que...

— Objeção — diz o advogado de Gin Percival, careca e redondo. — O doutor já testemunhou sobre esses detalhes; não imagino por que precisaríamos ouvi-los de novo.

— Retirado. O senhor pode, por favor, dizer à corte quais foram os resultados de um exame toxicológico feito na sra. Fivey logo depois de sua chegada ao Hospital Geral de Umpqua?

— Certamente — diz o doutor. — Encontramos álcool e colarozam no sistema dela.

— Como você sabe, interromper uma gravidez é crime.

As roupas dela estão apertadas demais. O tribunal está quente demais.

Um balde plástico com as coisas da outra garota.

— Objeção.

— Pode causar tontura e quedas.

— Quando misturados com álcool.

— Quando misturados com limão, lavanda, feno-grego e óleo de flor de sabugueiro.

— Um crime.

— Procurar uma interrupção.

— Um crime.

Ela precisa encontrar um banheiro...

— Tonta, desorientada, propensa a tropeçar.

— Quando Dolores Fivey foi internada.

— Procedimento padrão.

Os sites dizem que a náusea só dura pelo primeiro trimestre...

— E quais foram os resultados?

— Mulheres de idade fértil.

A filha precisa de um banheiro. Não consegue pensar. Quente demais. Colarozam.

Um balde plástico.

O abandono de um javali.

Alegou acreditar.
Quando misturados com álcool.
Um javali abandonado.
Tão apertado este moletom, esta sala tão quente...
O hálito de *mocha* de Ash na bochecha dela.
— Garota, você está bem?
— Que foi?
— Está suando que nem louca. Vamos pegar uma água.
— Banheiro.
— Shh — diz Ash, e a empurra até o fim do banco escorregadio em direção à porta.

Mínervudottír viu um narval subir para respirar em um dos buracos que eles abriram no gelo perto do navio, para um rápido acesso à água caso começasse um incêndio. Logo surgiram outros, suas presas helicoidais estocando o ar. Os marinheiros também observavam os buracos de fogo e gritavam "Unicórnio!" quando uma baleia aparecia.

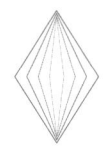

A BIÓGRAFA

Dos narvais, ela passa para anotações sobre a Expedição Greely. Em agosto de 1881, o explorador americano Adolphus Greely e seu time de vinte e cinco homens e quarenta e dois cachorros chegaram à Baía de Lady Franklin, a oeste da Groenlândia. Estavam lá para reunir dados astronômicos e magnéticos do Círculo Ártico e estabelecer um novo recorde do "Norte mais longínquo".

No segundo verão, a expedição esperou pelo navio de suprimentos que traria comida e cartas. Ele nunca apareceu. (O *Netuno* tinha sido bloqueado pelo gelo.)

No terceiro verão: nenhum navio. (O *Proteu* tinha sido esmagado pelo gelo.)

Entre 1882 e 1884, vários navios saíram em busca de Greely e sua tripulação – primeiro para reabastecê-los, depois para salvá-los.

Toda vez que digita a palavra "gelo", a biógrafa pensa *julgamento*.

Botas. Parca. Luvas. A chuva lavou a geada do para-brisa. Em vez de descer a colina em direção à escola, ela sobe: em direção à estrada do penhasco e da rodovia, da sede do condado. Se Fivey tentar demiti-la, ela contratará Edward para contestar.

Ela já esteve numa sala de tribunal duas vezes, em Minnesota, para as acusações de posse de Archie.

— Como você sabe quando um advogado está mentindo? — ele virou para sussurrar.

— Quando ele abre a boca — ela respondeu, espantada com a piada óbvia.

Os Fivey estão na frente; Cotter dos correios atrás deles; Susan em uma fileira do meio; Mattie e Ash bem no fundo. Mattie parece abatida e atordoada. Por nunca ter interrompido uma gravidez, a biógrafa não sabe quanto tempo leva a recuperação. Dentro dela, uma pequena lasca dura de vidro torce para que a garota esteja se sentindo péssima.

As novas leis transformam a garota em uma criminosa, Gin Percival em uma criminosa, a própria biógrafa – se tivesse pedido o bebê de Mattie e forjado a certidão de nascimento – em uma criminosa.

Se não fosse por sua mente comparadora e seu coração cobiçoso, a biógrafa poderia sentir compaixão por suas colegas criminosas.

Em vez disso, ela sente uma lasca de vidro.

No estande de testemunhas, Gin Percival senta-se absolutamente imóvel. A expressão neutra e cortante.

ADVOGADA DA ACUSAÇÃO: Srta. Percival, na segunda-feira ouvimos de Dolores Fivey, testemunhando sob juramento, que você causou danos significativos a ela. Que lhe deu uma droga poderosa que alegou que interromperia a gravidez, mas que resultou na queda dela por um lance de escadas e...

EDWARD: Objeção. Há uma *pergunta* escondida aí?

ADVOGADA: Retirado. A senhorita forneceu uma mistura de colarozam, feno-grego, lavanda, limão e óleo de flor de sabugueiro a Dolores Fivey?

GIN: Não.

ADVOGADA: Devo lembrá-la de que está sob julgamento, srta. Percival. Uma garrafa contendo traços desses ingredientes foi encontrada na casa da sra. Fivey, com as suas impressões digitais.

GIN: A garrafa era minha. O óleo para cicatrizes. Só as últimas quatro coisas. Não a primeira.

ADVOGADA: Desculpe, srta. Percival, a senhorita não está fazendo muito sentido.

EDWARD: Objeção.

JUIZ: Mantido.

ADVOGADA: Srta. Percival, diga-me: a senhorita é uma bruxa?

EDWARD: Objeção!

ADVOGADA: É uma pergunta razoável, Excelência. Pode determinar a proficiência da ré com remédios herbáceos e seu estado de espírito.

Se ela se autoidentifica, mesmo que de modo delirante, como uma prestadora de serviços de saúde...
Juiz: Vou permitir.
Advogada: A senhorita é uma bruxa?
Gin: [silêncio]
Advogada: Há quanto tempo se identifica como uma bruxa?
Gin: [silêncio]
Juiz: A ré deve responder.
Gin: Se você soubesse sobre os poderes *reais,* se soubesse, seria...
Edward: Excelência, eu peço um recesso curto.
Advogada: Excelência, eu exijo terminar minha linha de questionamento.
Juiz: "Exige"? Você não está em posição de exigir nada aqui, srta. Checkley. Vamos parar por trinta minutos.

Bruxas acusadas no século XVII eram jogadas em rios ou lagos. As inocentes se afogavam. As culpadas flutuavam, sobrevivendo para serem torturadas ou mortas de alguma outra forma.

Isso não é 1693! a biógrafa quer gritar.

Ela balança a cabeça.

Não balance a cabeça apenas.

Enquanto ela se escondia em Newville, eles fecharam as clínicas e tiraram o financiamento do Planned Parenthood e emendaram a Constituição. Ela assistiu pela tela do computador.

Não fique apenas sentada assistindo.

Enquanto ela se escondia em seu livro, imaginando a morte de baleias-piloto nórdicas no século XIX, doze cachalotes morreram, por motivos desconhecidos, no litoral do Oregon.

Ela procura Mattie, mas ela e Ash e seus casacos se foram.

— Ei, Ro — cumprimenta Susan do corredor.

— Oi — diz a biógrafa, ocupada mexendo em seu celular antigo, que nem tem acesso à internet. Ela não quer conversar com Susan, a não criminosa, a boa adulta.

No corredor de chão de mármore ela vê Mattie sair do banheiro das mulheres e se dirigir para a saída.

— Espere! — A biógrafa corre atrás dela.

Mattie não para.

— Ash está pegando o carro.

A neve está caindo. Na escada do tribunal, elas ficam em pé, piscando para as estrelinhas molhadas.

— Como está se sentindo? — pergunta a biógrafa. — Como foi o procedimento?

A garota veste luvas azuis.

— Eu tenho que ir.

— Espere, ok? Eu não vou contar a ninguém. Finja que eu não trabalho na escola.

— Mas você trabalha.

— Você foi a Vancouver?

Os lábios de Mattie estão arroxeados sob a luz da neve. Seus olhos são verdes como um lago.

— Não aconteceu.

— Por que não?

— O Muro Rosa.

Quer dizer... A biógrafa brilha por dentro.

— Mas por que... eles não prenderam você?

— Uma policial ia. Daí pensei que o outro ia, tipo, me estuprar antes de me deixar ir. Mas ele só me deixou ir.

O bebê não se foi?

A lasca de vidro está extática.

— Você ficou com medo?

Mattie limpa neve do lábio superior.

— Sim. Mas sinceramente? — Ela inala o ar, trêmula. — Estou com mais medo agora.

Eu vou levar o bebê em um trem para o Alasca.

Remar um barco com o bebê até o Farol de Gunakadeit.

Pergunte.

— Eles notificaram seus pais?

— Não. — Uma expressão assustada. — E você não vai também, vai?

— Palavra de escoteiro.

— Eu tenho que ir. Ash está esperando.

Pergunte agora.

Mas a biógrafa está imóvel, muda.

Ela dá um tapinha no ombro de Mattie.

O bebê verá o oceano negro pontilhado de prata.

Eu vou jantar com o bebê toda noite.

PERGUNTE. CARALHO.

Sua boca não consegue formar aquelas palavras.

— Bem, se precisar de algo, me avise.

— Obrigada, senhora.

A garota desce os degraus, o cachecol azul esvoaçando atrás de si; e a biógrafa vê bebês embrulhados em azul atirados de canhões através da fronteira canadense, depois jogados de volta, ainda embrulhados e chorando, em solo americano.

~~A importância da pesquisa de Eivør Mínervudottír deve-se a~~

~~Mínervudottír foi importante porque~~

Ela foi importante?

Do latim: ser de consequência; pesar. Carregar, trazer.

Ela trouxe:

1. Recusa em se submeter a uma vida interiorana

2. Medidas de cloretos de gelo e temperaturas do mar no Ártico

3. Análises métricas de respostas do gelo às velocidades do vento e da maré

4. Uma teoria de previsores de recongelamento em canais de gelo marinho, inestimável para navegar águas cobertas de gelo

E portanto ajudou a trazer:

1. Navegação e comércio através da Passagem do Nordeste, antes considerada impenetrável

2. Outros jeitos para piratas brancos roubarem dos não brancos, não ricos ou não humanos

3. Perfuração em busca de óleo, gás e minerais no Ártico

4. O encolhimento do gelo

Mínervudottír pode ter se sentido livre, mas era uma engrenagem em uma máquina imperialista usurpadora de terras, exploradora de recursos e destruidora do clima.

~~Não era?~~

~~Era?~~

EU NÃO SEI

O QUE EU ESTOU

SEQUER DIZENDO

SOBRE ESSA PESSOA DA QUAL

NÃO HÁ UMA ÚNICA FOTO

      ou por que eu não consegui

      me obrigar a pedir

            meus lábios não estão funcionando

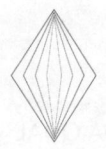

A ESPOSA

Cirurgiões de labioplastia ganham até duzentos e cinquenta mil dólares por mês.

Um animalzinho – gambá? porco-espinho? – tenta cruzar a estrada do penhasco.

Coberto de fuligem, queimado, chamuscado até virar borracha.

Tremendo, tentando atravessar.

Já tão morto.

Tirando os impostos federais e estaduais, a previdência social, aposentadoria e seguro de saúde, Didier traz para casa dois mil quinhentos e setenta e três dólares por mês. Eles não têm que pagar aluguel nem hipoteca, mas ainda não é suficiente.

Clap, clap, dizem os lábios.

Se a esposa fosse melhor em administrar o orçamento, seria suficiente. Se ela fosse mais organizada.

A esposa tem deixado a casa "largada".

E deixado a si mesma "largada".

Vamos ficar largados se você nos permitir.

Esposa e casa fogem juntas, a mão na porta. A mão na janela de mansarda.

Eu prefiro ficar sozinho a ser espancado.

Ela imagina a prima de Bryan, quem quer que seja, em uma choça na floresta, encolhida contra uma parede mofada de aglomerado de madeira. O marido tem uma barba longa e cabelo selvagem. Raramente sai da floresta ou deixa a esposa sair de casa. Eles vão à cidade de carro uma vez por mês para fazer compras. Nessas viagens, a prima de Bryan usa óculos de sol e um chapéu de aba larga.

Por que Bryan deixa isso acontecer? Ele não devia correr até a floresta e encontrar a choça e pôr fim aos espancamentos? Ele e a mãe que ele visita em La Jolla não deviam, se ambos se importam tanto assim, ligar para a polícia?

Não consegue pensar em Bryan sem arder de vergonha.

— Mamãe.

— Sim, elfinho?

— Frio — ele diz, seu querido menino que não está interessado em dizer muito, que é tão diferente da irmã tagarela.

— Vamos pôr um casaco — ela diz, erguendo-o no quadril.

Depois que se separarem, será que Didier vai comprar doces de maconha e deixá-los na mesa de centro para as crianças encontrarem?

Você precisa contar a ele.

No andar de cima, ela encontra um pulôver de lã azul.

É possível ter uma overdose de maconha?

— Não! — grita John.

— Eu esqueci, você odeia este, desculpe. — Ela tira o de lã azul e escolhe um de algodão vermelho, menos áspero, da gaveta.

Será que ele vai lembrar de dar-lhes a vitamina D?

Conte a ele.

No andar de baixo, a esposa senta na sala de jantar com os olhos fechados.

— Mamãezinha!

— Não grite, Bex.

— Então, preste atenção.

— Que foi?

— Eu *perguntei* o que você vai dar para o papai no Dia dos Namorados.

— Ainda falta um mês.

— Eu sei, mas eu já sei quais cartões vou dar para as pessoas. Os de tartaruga, lembra, que a gente viu?

— Bem, eu não vou dar nada para o papai.

— Por quê?

— Não é um feriado que a gente comemora.

— Mas é o dia do amor.

— Não para a gente — diz a esposa.

— Você ama o papai?

— É claro que sim, Bex.

— Então por que não comemora?

— Porque é bobo.

— Ah. — A garota olha para os seus dedos entrelaçados e está pensando nos cartões de tartaruga, assinados e selados em pequenos envelopes brancos, um para cada colega de sala.

— Eu quero dizer para os adultos — acrescenta a esposa. — Não para as crianças. É ótimo para as crianças.

— Ok — diz Bex, e se afasta devagar.

Dois dias e duas noites de solidão toda semana. A casa só para si.

Mas primeiro você precisa contar a ele.

Ela vai se sentir tão melhor graças à solidão que vai ensinar John a gostar de outras comidas além de espaguete com manteiga e *nuggets* de frango. Vai cozinhar aqueles *muffins* de nozes que Bex come na casa dos Perfeitos. Vai começar a limpar de novo, manter os quartos esfregados e espanados, limpar as tampas das privadas semanalmente, comprar um desumidificador de ar para o sótão, marcar uma consulta para testar o chumbo no sangue das crianças.

Ou ela não viverá nesta casa: vai alugar um apartamento que praticamente não exige limpeza.

Talvez o apartamento seja em Salem.

Depois que você contar a ele.

— O papai chegou! — grita Bex, galopando para a varanda.

— Papai — choraminga John.

— Fe-fi-fo-fum — canta Didier.

As crianças precisam de dois pais em casa. Toda criança precisa de dois.

É o que dizem os legisladores e os comerciais, e Bryan, o garoto sem filhos cuja meta na vida é ganhar dinheiro no minigolfe competitivo.

Jessica Perfeita vai se esbaldar quando souber. *Ah, meu Deus, você ouviu? Os Korsmo estão se separando. Eu me sinto tão mal pelas crianças – são elas que terão que pagar.*

A mãe da esposa, que nunca foi fã de Didier, vai dizer: *Eu previa isso há muito tempo.*

Ela fuça na gaveta da cozinha para ver quantas barras de chocolate ainda tem.

— Mamãezinha?

Duas.

— Sim?

— Eu perdi a folha da lição de casa.

— Procure no seu quarto.

— Incinere todas as folhas de lição de casa! — canta Didier.

No verão passado, no piquenique dos professores, Ro perguntou por que ela adotou o nome Korsmo, e a esposa disse:

— Porque eu queria que todos tivéssemos o mesmo sobrenome.

— Mas por quê?

— *Porque sim.*

— Estamos no século XXI.

— Eu não vou justificar minhas escolhas para você — disse a esposa.

— Por que não?

— Porque não preciso.

Ro não largou o osso.

— Por que ninguém pode criticar a decisão de uma mulher de desistir do seu nome pelo nome de um homem? Só porque é *escolha* dela? Consigo pensar em outras más escolhas que...

— Cale a boca, por favor — disse a esposa, e isso foi o começo do fim da sua amizade com Ro.

No calendário da cozinha, no quadrado de sábado, ela escreve um *C*.
Conte a ele.
Ela não vai sair dessa traindo.
Não vai sair dessa esperando, com a cabeça enterrada na areia.
Ela tem que dizer por si mesma.

— Mamãezinha?

— Jesus, Bex, deve estar no seu quarto. Procurou embaixo da cama?

— Não é isso — diz a garota.

— Então, *o que é?* — A esposa está em pé segurando a caneta esferográfica com a qual acabou de escrever um lembrete a si mesma para informar o marido de que o está deixando. Ela quer enfiar a caneta no próprio pescoço.

— Eu sou gorda?

— Não!

A voz embargada:

— Eu peso três quilos a mais que a Shell.

— Ah, docinho. — Ela se ajoelha no chão da cozinha, erguendo Bex no colo. — Você é exatamente do tamanho certo para *você*. Quem se importa com o peso de Shell? Você é linda e perfeita do jeitinho que é.

A esposa falha, como mãe, em muitas frentes.

— Você é minha garota linda, querida e perfeita.

Mas vai fazer esta única coisa certo.

Eu odeio a carne dura de toucinho chamada *pemmican*;
e admito que temo o ataque de um urso-marinho; e
meus dedos doem o tempo todo; mas prefiro
ser enterrada viva nestes ermos espectrais a
ficar sentada em frente à lareira mais aconchegante.

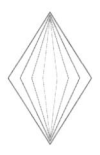

A REPARADORA

Uma bruxa que diz não à sua amante e não à lei deve ser sufocada em uma cela da colmeia. Ela que diz não à sua amante e não à lei deverá sangrar o sal pelo rosto. Dois olhos de sal no rosto de uma bruxa que diz não à sua amante e não à lei deverão ser vistos por policiais que irão à cabana. Rostos de bruxas que dizem não assemelham-se àqueles de corujas amarradas por coleiras a estacas. *Venefica mellifera, venefica diabolus.* Se uma cidade é amaldiçoada por uma bruxa que diz *Não, não vou parar de reparar* e que diz *Não, você não pode se esconder na minha casa,* e a amante Lola sente arrependimento e vergonha, e o marido com punho de ferro de Lola descobre a traição da esposa, e a amante Lola, para salvar a própria vida, conta uma mentira sobre a bruxa, o corpo da bruxa será amarrado a uma estaca. Seus dentes de coruja pegarão fogo primeiro, faíscas azuis no branco antes que a língua vermelha queime também. O corpo de uma bruxa queimando cheira a leite empedrado; o odor faz os espectadores vomitarem, mas eles continuam assistindo.

Meus dedos doem tanto que estou sempre cantarolando.

O contramestre diz que vai me socar na boca se eu não parar.

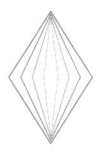

A BIÓGRAFA

O cubículo da assistente social está enfeitado com ramos de pinheiro e cartões de rena presos num fio. Ela usa presilhas no formato de folhas de hortelã no cabelo.

— Como foram suas festas?

— Boas — diz a biógrafa. — Eu marquei este encontro porque... desculpe, como foram as *suas* festas?

— Superdivertidas. Fomos para a casa da minha irmã em Scapoose. Bebi gemada batizada demais, é claro, mas quando em Roma!

Esta assistente social é a quarta da biógrafa; a rotatividade é alta na agência. Ela acabou de sair da faculdade e tem um limite de atenção curtíssimo e pensa que "Total" é uma resposta apropriada a uma revelação emocional. Mas é melhor do que aquela que perguntou à biógrafa se ela sabia que uma criança não é um substituto para um parceiro romântico.

— Semana que vem é quinze de janeiro. Estou aqui para literalmente implorar para que você me arranje uma criança antes disso.

A assistente leva alguns segundos franzindo o cenho até captar a significância da data.

— Entendo sua preocupação — ela diz. — Vamos ver o que tem acontecido no seu arquivo. — Ela digita, aguarda, encara. A tela está escondida da biógrafa. — Ok. Desde que você atualizou seu perfil, em dois de setembro, sua página recebeu seis visitas e zero cliques Quero Saber Mais.

— Seis? Jesus.

— É difícil para algumas mães biológicas superarem a idade. Você é mais velha até do que os pais de algumas delas, o que...

— Ok, sim, obrigada, eu sei. Mas vocês disseram que se eu enfatizasse a carreira de professora, e que estou terminando um livro, eu teria mais acessos?

— Eu achei que ajudaria, total. Nós reparamos, porém, que status e renda associados com ocupação pode fazer uma diferença, o que para você não seria necessariamente ótimo. Isso e o fato de ser solteira.

— E se você só mostrasse a eles um perfil?

— O que quer dizer?

— Para a próxima mãe biológica. Você poderia mostrar o meu perfil e o de mais ninguém. Essas pessoas casadas na lista de espera têm tempo de sobra, mas eu só tenho uma semana.

A assistente sorri.

— O que você está sugerindo não é ético.

— É *muito* ético, na verdade. Você estaria contornando as regras de um jeito pequeno e temporário para criar uma oportunidade para alguém que merece, mas que de outra forma não teria a mínima chance. Você estaria fazendo uma escolha moral. Pense em todos as pessoas na história que fizeram mudanças...

— Eu não sou um dos seus alunos, srta. Stephens.

— Quê? Perdão. Eu não estava tentando dar uma aula.

— Bem, meio que estava.

— Peço desculpas. É que seria uma gota tão microscópica no...

— Uma gota pela qual eu poderia perder meu emprego.

— E se... — A biógrafa não faz ideia de como dizer isso, então, pega emprestada a linguagem dos filmes. — E se eu fizesse valer a pena para você?

— O que isso significa?

— Se eu oferecesse um *incentivo* para você correr o risco.

— Desculpe, o quê?

— Um incentivo financeiro.

A luz da incompreensão no rosto da assistente.

— E se eu lhe desse, pessoalmente, mil dólares — sussurra a biógrafa, falando um valor que ela poderia realisticamente pedir emprestado. Seu pai, Penny, Didier...

—Ah, meu Deus, você está me subornando? É o meu primeiro suborno! Eu sou a única pessoa no escritório que não recebeu uma oferta. Até hoje.

Encorajada pela falta de revolta, a biógrafa diz:

— Parabéns?

— Que loucura. Quer dizer, claro que não posso aceitar, mas obrigada.

— Por que não? Ninguém descobriria. Eu posso lhe dar em dinheiro vivo, você mostra meu perfil a uma mãe biológica antes do dia quinze, eu consigo um bebê, você segue com a sua vida.

— Srta. Stephens, eu totalmente simpatizo com a sua situação, mas eu não posso participar de uma transação ilegal.

— *Pode*, mas não quer. — A biógrafa está tentando respirar normalmente, mas seus pulmões parecem úmidos e fibrosos, como madeira depois de uma chuva. — Por favor? Seria... Mudaria a minha vida. Eu nunca diria a ninguém. Eu mentiria no tribunal se fosse a julgamento. — É a coisa errada a dizer: os olhos da assistente se enrugam. — O que *não aconteceria*, claro, nunca aconteceria, ninguém descobriria, não sei por que eu disse isso mas acho que era para enfatizar o quanto isso significaria para mim, e para o bebê, que teria um bom lar comigo, um lar muito bom.

A prata negra, pontilhada com oceano.

Em um trem para o Farol de Gunakadeit.

— Por favor — ela pede. — *Por favor.*

Respire, Stephens.

— Minha supervisora não está aqui hoje — a assistente diz devagar e com cuidado —, mas gostaria que eu pedisse a ela para ligar para você?

— Ela consegue me dar uma extensão no prazo?

— Toda Criança Precisa de Dois é uma lei federal. Mesmo se *nós* fizéssemos uma exceção para candidatos não casados, as adoções não seriam válidas. O que só criaria mais tristeza para todos os envolvidos. — Ela acrescenta: — Mas você pode ficar na lista de adoção temporária, total.

Os pulmões encharcados da biógrafa lutam para inspirar o ar.

Ela volta para Newville, arfando.

Na praia, o vento joga o cabelo na frente dos olhos. Ela lança um tênis em uma gaivota voando baixo. Amaldiçoa sua mira. Recupera o sapato. Pula em um antigo tronco. A praia é um bom lugar para a raiva: o céu e o mar aguentam seus ataques. Seus gritos são absorvidos pelas ondas ressoantes, os campos de ostra empilhados de nuvens. Como este é o Oregon em janeiro, não há nenhum humano por perto para ouvir.

O doutor relatou que seu baú de remédios foi roubado. Foi encontrado na neve a alguns quilômetros das tendas, sem as pílulas de morfina e ópio. Um marinheiro experiente foi culpado pelo roubo e executado com um tiro.

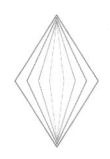

A FILHA

— O júri vai condená-la — diz o pai.

— Você é vidente agora? — pergunta a filha.

— Ouvi dizer que ela perdeu completamente a cabeça no tribunal. Parece que vai passar um bom tempo na prisão.

— Por que você está tão *feliz* com isso? — Ela está especialmente enjoada esta noite.

— É justo que ela pague sua dívida.

Bebericando água para acalmar a ânsia:

— E se ela não fez o que disseram que fez? E se...

— Mais arroz, Mattie?

— É como se você estivesse aceitando qualquer coisa que os jornais digam. Você nem estava no julgamento.

— Sua mãe perguntou se você gostaria de mais arroz.

— Não, obrigada.

A mãe, ainda segurando a tigela:

— Tem certeza, pombinha?

— A srta. Stephens por acaso falou que essa mulher é inocente? Não é o trabalho dela levar política para a sala de aula e, se ela está fazendo isso, então...

— Eu tenho minhas próprias ideias. A srta. Stephens não disse porra nenhuma.

— Olha a boca — diz a mãe.

— Muitas injustiças podem acontecer em plena luz do dia — acrescenta a filha — quando os cidadãos normais estão cientes, mas não fazem nada.

— Por exemplo? — pergunta o pai.

— O efeito espectador. Ninguém ajuda a vítima de um crime quando outras pessoas estão por perto porque todo mundo pensa que outra pessoa vai ajudar.

— Justo. O que mais?

O pai a treinou para dar mais de um exemplo em todo debate; e que números que não terminam em zero são mais convincentes em uma negociação, porque soam menos arbitrários.

— Por exemplo — ela diz —, o mundo todo sabe sobre o massacre das baleias-piloto nas Ilhas Faroé, mas ninguém foi capaz de...

— As pessoas têm todo o direito de praticar seus ritos culturais. — Ele corta sua costeleta de porco rosada. — Os faroeses caçam baleias desse jeito há séculos.

— Baleias-piloto são tecnicamente golfinhos. Golfinhos oceânicos.

— Não tenho certeza.

— Bem, pai, eu tenho, e elas são.

— A questão é: eles comem o que matam, e só matam o que podem comer. A caça é compartilhada de modo igualitário na comunidade.

— Bom para eles — murmura a filha.

— Você está ficando doente? — pergunta a mãe. — Você parece...

— Estou *bem*.

— Não quero que você se estresse com a Academia de Matemática — ela diz. — Se entrar, entrou. Se não, você tenta de novo ano que vem.

— Não há razão para ela não entrar neste ano — diz o pai.

— Me dão licença? — pede a filha.

Ela tem que limpar o corpo. Parar de ficar nauseada. Parar as veias azuis que se alastrem pelos seios que endurecem. *Não dê o leite de graça.*

Ela sente uma falta terrível de Yasmine.

A Instalação Correcional Juvenil Bolt River é uma prisão estadual de segurança média para mulheres dos doze aos vinte anos.

Número de cartas, cartões e pacotes que a filha mandou no primeiro ano que Yasmine ficou lá dentro: sessenta e quatro.

Número de palavras que ouviu de volta de Yasmine: zero.

Sempre que ligava para o escritório, diziam:

— A infratora está recusando sua ligação.

A mãe de Yasmine disse:
— Não sei o que fazer, Matts. Simplesmente não sei.
Depois de um ano, a filha parou de tentar.

A pele enregelada, que no começo coçava intoleravelmente, se tornou cerosa e sem vida. Bolhas preto-arroxeadas vazam um pus rançoso. O doutor se ofereceu para amputar os dedos, mas sem morfina ou ópio, ele disse, será a pior dor que já sentiu. Eu recusei a oferta.

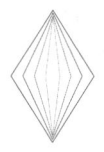

A ESPOSA

Guarda roupas limpas enquanto as garotas brincam de Amelia Earhart na cama de Bex. Didier está no pub com Pete e volta para o jantar, que será guisado de taco. Shell vai perguntar se os feijões são caseiros ou de uma lata.
— O que é esse som?
— Ah, não, o avião está ficando sem gasolina!
— Minha única opção é cair no mar!
— Estou caindo! *Flump.*
— *Flump.*
Em uma voz que não faz parte da brincadeira, Shell diz:
— Que nojo, por que tem poeira no chão inteiro?
Bex olha para o chão, depois para a esposa.
— Minha mãe fala — acrescenta Shell — que uma casa limpa é a única casa em que vale a pena viver.
Basta, Perfeita. Basta.
— Acho que a sua mãe não conhece muito sobre poeira — diz a esposa. — Porque, se conhecesse, saberia que a poeira tem fibras de pólen, que são boas para você.
Bex sorri.
— Boas como? — quer saber Shell.
Este papel de parede é horroroso. Flores roxas escuras em um chão marrom. Não devia ser a primeira coisa que sua garotinha vê toda manhã.
— Quando você as inspira, elas criam mais glóbulos brancos no seu corpo, que evitam que você fique doente. A poeira é *extremamente* nutritiva.

Na hora do jantar o marido ainda não apareceu, então, ela serve o guisado para as crianças, desliza a assadeira de volta para o forno aquecido, leva Shell até o carro de Blake Perfeito, dá banho em Bex e John, tenta lembrar quando foi a última vez que Didier deu banho neles. Enquanto ela está lendo para eles sobre a pequena família peluda (*Quente como torrada, menor que a maioria*),[14] a porta da frente bate e vozes se erguem na entrada.

— O papai vem dizer boa noite?
— Não sei. Isso depende dele.
— Bom, você pode *falar* para ele vir?

No andar de baixo, ela vê que ele conseguiu encontrar o guisado, que está empilhado, inteirinho, nos pratos dele e de Pete.

— Isto está bem bom — diz Pete à guisa de cumprimento, sorvendo uma garfada.
— Está mesmo — diz Didier. — Você usou mais molho que de costume?
— Não sobrou nada? Eu não comi ainda.
— Imaginei que você tinha comido com as crianças.
— Eu estava esperando você.
Didier olha para o prato.
— Quer o resto do meu?
— Vou fazer um sanduíche.

Ela passa *cream cheese* em pão integral, adiciona fatias de pepino e sal. Um sanduíche virtuoso. Um sanduíche que talvez precise ser complementado mais tarde com cookies de chocolate.

Cookies... O estacionamento panorâmico... Bryan Zakile...
Algo mordisca um canto de sua mente.
Ela olha para o fícus, que, embora quebradiço, ainda está vivo (ela não o molhou ontem?) e para a planta com cabeça de Medusa, sempre frágil no inverno, os galhos verdes serpenteantes apodrecendo rápido sem sol suficiente.

Alguma coisa que Bryan disse a ela.

— Estou literalmente chocado — Pete está dizendo, provavelmente sobre um assunto da escola de que a esposa não pode participar.

— Achei que você odiava — ela diz — quando as pessoas falam "literalmente".

Um olhar de tubarão.

---

14. Citação do livro *Little Fur Family*, de Margaret Wise Brown, ilustrado por Garth Williams. (N.E.)

— Eu estava me referindo ao uso incorreto e exagerado do termo. Neste caso, *estou* literalmente chocado.

— Por quê?

— A notícia de que uma colega arranjou um agente literário para a sua pilha flamejante de esterco.

O rosto da esposa dói.

— Ro conseguiu um agente? — Ela vai vender a história da exploradora polar, ser paga, receber resenhas, talvez até se tornar...

— Não, Penny Dreadful.

— Bom para ela — diz a esposa, aliviada e asquerosa.

— E uma pena para a literatura — responde Pete.

Alguma coisa está mastigando seu cérebro agora. Algum gancho, alguma ligação, alguma coisa que ela devia estar conectando.

Bryan... os cookies... a cabeça de Medusa...

— Preciso ir fumar.

— Desculpe se o estou *entediando*, Didier — diz Pete —, mas eu acho importante criticar a hegemonia da publicação comercial. Caso contrário, eles nos têm bem onde querem.

— Quem?

— Os formadores de opinião corporativos. O complexo romance-industrial. Dancem, bonecos, dancem!

— Vá dizer boa-noite às crianças — pede a esposa.

— Eu vou, assim que...

— Quando terminar, elas já terão dormido.

Didier joga o cigarro apagado no balcão e se dirige às escadas.

No banheiro, ela urina, se enxuga, se ergue, mas não sobe a calcinha. Olha para além do estômago sugado para dentro até o morrinho desgrenhado. Quantos pelos individuais existem neste morro? Mais que cem ou menos? Ela pinça um e o arranca. Machuca um pouco. Ela puxa outro. Machuca. E um terceiro. Um quarto, um quinto. A esposa ergue a tampa e dispõe os pelos, um por um, no assento da privada.

O que está incomodando sua mente?

Algo sobre Bryan.

Ir atrás dele foi uma estratégia covarde.

Ela precisa descobrir como se tornou tão covarde.

Mas é algo além de Bryan.
Mas o quê?

* * *

Ela olha para o calendário da cozinha, onde o C foi escrito e riscado, escrito e riscado, escrito e riscado.
Fica em pé diante da pia, esfregando a assadeira do guisado.
Didier e Pete voltam depois de fumar seus cigarros.
— Quer uma cerveja, Peetle-juice?
Animalzinho preto queimado, tentando atravessar. Borrachudo e trêmulo.
— Você acredita que ela nunca ouviu falar deles?
— Cara, o conhecimento total de Ro sobre música caberia na coquilha de Bryan Zakile.
Borrachudo e trêmulo.
— Elas existem em tamanho PP?
A coquilha de Bryan. As bolas de Bryan. Bolas. Joias da família. Pai. Mãe. Prima. *Prima...*
— Na verdade, ele usa a de tamanho infantil.
Todos gostaríamos que ela o deixasse. Eles não têm filhos?
A prima espancada.
Ah, não.
A esposa derruba a assadeira do guisado. Ela cai no fundo da pia com um som alto.
Onde está seu celular... onde está...
— Cadê meu *celular*? — Furiosamente sacudindo a água das mãos.
— Ali na mesa — diz Didier. — Jesus.
Ela o apanha e corre para a sala de estar escura, discando.
Ele atende no primeiro toque.
— Susan?
O sangue pulsa com força no pescoço dela.
— Escute, Edward — falando mais rápido do que jamais falou —, você precisa entrevistar uma nova testemunha, o nome dele é Bryan Zakile, ele me contou em primeira mão que o marido da prima a espanca, e a prima dele é Dolores Fivey. Acho que ele pode...
— Espere — diz Edward.
Ela está atordoada. Não consegue respirar.

— Ele presenciou a violência em primeira mão?
— Bem, em *segunda* mão, mas...
— Também conhecido como testemunho indireto — ele diz.
— Que é admissível se constituir evidência exculpatória material, e se circunstâncias corroboradoras claramente apoiarem a veracidade do testemunho.
— Diabos, Susan. Depois de sete anos?

Um brilho se espalhando no peito dela. Ela continua:
— Introduziria alguma *dúvida* razoável, pelo menos...
— Espere. Humm.

Silêncio enquanto ele pensa.

O corpo inteiro dela está pulsando. Isso é importante.

Edward diz:
— Iria corroborar a alegação da srta. Percival de que a sra. Fivey revelou o abuso físico do marido. O que, por sua vez, sugeriria um motivo para a sra. Fivey mentir sobre o... humm.
— Você precisa falar com Bryan hoje — ela diz. — Vou enviar o número dele por mensagem.
— Espere um minuto. Você disse: "Ele me contou que o marido da prima a espanca". A maioria das pessoas têm mais que uma prima.
— Ele não especificou, mas é a sra. Fivey, Edward. Tem que ser.
— Quando ele lhe deu essa informação?
— Umas duas semanas atrás.
— E você só está me contando agora?

O brilho esfria.
— Eu não... conectei os fatos.
— Humm. Não sei se isso vai fazer qualquer diferença. Mas me passe o número dele. Boa noite.

Ela envia a mensagem e senta, inquieta e arrebatada, na cadeira da avó no escuro.

No retorno do *Oreius* a Copenhagen, no verão de 1876, o dedo anelar e o mindinho gangrenosos na mão esquerda de Eivør Mínervudottír foram amputados. Seu caderno não se demora muito na perda: "Dois tirados, sob anestesia. Tenho mais oito".

Com a mão direita, ela escreveu os dados do *Oreius*. Mesmo antes de terminar um rascunho do artigo, ela sabia o título: "Sobre os contornos e tendências do gelo do mar Ártico".

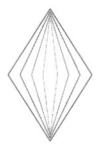

A REPARADORA

Fica pedindo cobertores diferentes, mas eles lhe dizem para trabalhar com o que tem, detenta. Ela não dorme há um tempo. Sua garganta dói. Sente falta de Temple, que queimaria os cobertores descoloridos e ferveria um xarope de garganta de raiz de *marshmallow* e diria *Mostre a eles que você não tem medo.*

Exceto que ela tem.

Há um homem no júri cujos olhos são vivos. Ele olha para a reparadora como se ela fosse uma pessoa. Ele sorriu quando Clementine contou ao tribunal que "Gin Percival salvou minha vagina". Os outros onze a observam como se ela fosse pirada.

Doida. *As pessoas gostam de jogar rótulos por aí.*

Doidona. *Não deixe que definam você.*

Pirada de pedra. *Você é exatamente você mesma, é isso que é.*

Temple, queria que você não tivesse partido.

O advogado está animado hoje. Seu rosto está se movendo mais rápido. Ele trouxe balas de alcaçuz e alface, um pão integral de Cotter, manteiga em um ziplock. Ele explica sobre a nova testemunha que vai chamar – o primo de Lola –, que não quer testemunhar, então, deve ser considerada hostil.

— Ele só vai mentir — diz a reparadora, rasgando o pão com os dentes.

— Não se eu o abordar do jeito certo. — Ele aceita o pedaço com manteiga que ela lhe dá e o apoia no banco de metal, educado demais para recusar. — E se ele disser o que eu penso que vai dizer, chamamos Dolores Fivey para testemunhar outra vez.

— E eu também? Eu posso contar a eles o que ela me contou. Depois que ele quebrou o dedo dela eu disse que ela devia começar a tomar suplementos de cálcio.

— Você... — O advogado sorri. — Você não.

— Por quê?

— Você é uma pessoa única, Gin. E alguns membros do júri podem ficar... alarmados com isso. As pessoas tendem a ficar mais confortáveis com discursos e comportamentos que façam o que elas já esperam que façam. O seu não faz, e eu respeito isso. Mas tenho que pensar sobre as percepções do júri.

Ela o olha de esguelha. Está sendo falso? Condescendente? Com esse advogado, não é fácil dizer.

Clementine acena para ela da galeria. Cotter está lá também, e a loira irritada da biblioteca que não abaixa a voz quando fala com a bibliotecária.

A reparadora não se lembra de ver o primo de Lola antes. Ele parece um homem qualquer no seu terno, o cabelo preto cruelmente penteado.

— Sr. Zakile — diz o advogado —, é verdade que você foi uma estrela do futebol na faculdade?

A boca do primo se abre em surpresa.

— Não sei se diria "estrela", mas, sim, fiz uma contribuição.

— Mais que uma contribuição, eu diria! De acordo com o jornal estudantil da Universidade de Maryland, *The Diamondback*, você foi homenageado por seu "primoroso controle de bola e agressividade de pantera".

— Objeção — interrompe a advogada da acusação. — Onde o sr. Tilghman quer chegar com isso?

— Excelência, estou estabelecendo contexto e histórico para essa testemunha. Sr. Zakile, o *Washington Post* o descreveu como "uma revelação" na sua vitória em Georgetown, durante a qual você marcou três gols.

Um sorriso hesitante do primo.

— Foi um ótimo jogo.

— Claramente, então, a Escola da Costa Central teve sorte em contratá-lo como técnico de futebol dos meninos. Ouvi dizer que você é um técnico eficiente. Você concordaria?

— Tivemos catorze vitórias na última temporada. Tenho orgulho dos meus rapazes.

— Excelência, *o que é isso?* — pergunta a advogada da acusação.

A reparadora assiste enquanto seu advogado dá uma volta em Bryan Zakile. À medida que a história de sua própria grandiosidade – como atleta, técnico, professor de Inglês e cidadão do mundo – emerge, a testemunha se torna mais animada. Falante. É claro que ama sua família. É claro que quer contar a verdade como um exemplo a seus alunos. É claro que não tem nenhum motivo para difamar o sr. Fivey. Pelo contrário (como o advogado dela discretamente aponta), ele tem um motivo para *protegê-lo*, mesmo que isso exija mentir, porque o sr. Fivey tem o poder de demiti-lo. Pelo menos, *tinha* o poder. É claro que o sr. Fivey não pode demiti-lo agora, não importa o que Bryan diga em seu testemunho. Isso pareceria suspeito, não? Isso seria, francamente, causa para contestação. Então, se Bryan tivesse a liberdade, como tem agora, para dizer a verdade, somente a verdade, e nada além da verdade, a liberdade de agir como convém a um homem do seu caráter, o que ele poderia nos contar sobre o relacionamento de sua prima Lola com o marido?

19 de fevereiro de 1878

Cara srta. Mínervudottír,

Estou em posse de sua submissão, "Sobre os contornos e tendências do gelo do mar do Ártico", um artigo que, como fica patentemente claro, a senhorita não escreveu. Não obstante as descobertas entusiasmantes que contém, a não ser que seu verdadeiro autor seja reconhecido, a Sociedade Real não pode publicá-lo.

Sinceros cumprimentos,
SIR GEORGE GABRIEL STOKES
Secretário de Ciências Físicas
Sociedade Real de Londres para
o Melhoramento do Conhecimento Natural

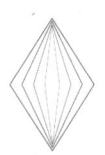

A BIÓGRAFA

Às duas e quarenta da tarde do dia quinze de janeiro, ela aguarda, suando e trêmula, em frente à porta da sala de latim do oitavo período.

Terá que ser um parto caseiro, para contornar registros de hospital. Mattie é jovem e forte e não deve correr perigo. A biógrafa pode levá-la ao pronto-socorro se algo der errado. Encontrará uma parteira para ajudá-las. Elas vão alterar a certidão de nascimento.

A garota terá todo o verão para se recuperar.

A biógrafa vai lidar com o sr. e a sra. Quarles, de alguma forma.

Mattie emerge, enrolando o cachecol azul na garganta. Suas bochechas estão mais cheias, mas fora isso não há nenhum sinal – cachecóis e moletons grandes e casacos de inverno escondem bem.

— Tem um minutinho? — pergunta a biógrafa.

Está frio demais para uma caminhada. Elas entram na sala de música, usada como depósito desde que o programa de música foi cancelado. Pôsteres de tubas e flautas estão pendurados sobre cadeiras quebradas e resmas de papel.

— Você quer saber se estou bem? — pergunta Mattie.

— E está?

— Cheira a presunto aqui dentro.

A biógrafa só sente o cheiro do seu próprio terror úmido.

— Nada mudou — diz Mattie — desde que você me perguntou no outro dia.

A biógrafa abre a boca.

Dê a criança para mim.

O ar se move suavemente sobre sua língua e dentes. Seca os lábios.

— Mattie?

— O que, senhora?

— Eu quero ajudá-la.

— Então, não conte para ninguém, ok? Nem para o sr. Korsmo. Sei que vocês são amigos.

Ela se prepara para formar as palavras: *Eu pago as vitaminas. Levo-a para as consultas. Se der a criança para mim.*

A garota tosse, engole catarro.

— Falando nisso, eu marquei um horário num... num lugar em Portland. Preciso fazer logo porque já estou com quase vinte e uma semanas.

Vinte e uma semanas significa que faltam dezenove. Quatro meses e meio.

Só quatro meses e meio, Mattie!

— A essa altura — diz a biógrafa —, o procedimento pode ser perigoso. — A lasca de vidro está escolhendo essas palavras. — Muitas clínicas clandestinas não têm ideia do que estão fazendo. Só querem ganhar dinheiro.

— Eu não ligo — diz Mattie.

— Eu ouvi falar de... — A biógrafa inteira é uma lasca. — Erros fatais.

— Eu não ligo! Mesmo se o lugar for nojento e tiver as partes de outras garotas em baldes, eu não ligo, eu quero que isto *acabe*. — Com as mãos fechadas em punhos, ela começa a se bater de cada lado da cabeça, bam bam bam bam bam bam bam, até que a biógrafa puxa seus braços, gentilmente, para baixo.

— Só estou dizendo — segurando os pulsos de Mattie — que você tem outras opções.

Pode esperar míseros quatro meses e meio.

— Opções? — Um novo tom em sua voz.

— Sim, como adoção.

— Eu não quero fazer isso. — Mattie se solta das mãos dela.

— Por que não? — *Dê a criança para mim.*

— Só não quero.

— Mas por quê? — *Dê a criança para mim. Estou esperando há tanto tempo.*

— Você sempre nos diz — a voz da garota se torna estridente e queixosa — que fazemos nossos próprios caminhos e não temos que justificá-los ou explicá-los para ninguém.

— É verdade — diz a biógrafa.

Mattie lhe dá um olhar furioso.

— No entanto, quero me certificar de que você pensou direito nisso.

A garota escorrega até o chão contra um arquivo verde. Segura a cabeça nas mãos, ergue os joelhos até o peito, balança um pouco.

— Eu só quero que saia do meu corpo. Quero parar de ser *infiltrada*. Deus, por favor, tire do meu corpo. Faça parar. — Balançando, balançando.

Ela está aterrorizada, a biógrafa percebe.

— E não quero pôr outra pessoa no planeta — sussurra Mattie — sobre a qual eu vou me perguntar a vida toda. Tipo, onde *está* essa pessoa? Está bem?

— E se você soubesse quem a estivesse criando? — A biógrafa vê o topo vasto e ensolarado de um penhasco, o azul do céu e do oceano além; e Mattie em um vestido florido, cobrindo os olhos; e a biógrafa ao lado do bebê dizendo "Olhe a sua tia Mattie!" e o bebê engatinhando até ela.

— Eu *não posso* — ela diz, rouca. — Sinto muito.

O horror pulsa no peito da biógrafa: ela fez a garota se desculpar por algo que não exige desculpas.

Mattie é uma criança, com ossos pequenos e bochechas suaves. Ela nem pode dirigir legalmente.

Quatro meses e meio.

Inchando e doendo e queimando e se distendendo e se preocupando e esperando e sentindo o corpo transbordar. Escondendo-se dos olhares na cidade, das perguntas na escola. Vendo o rosto dos pais, todo dia, enquanto observam crescer o neto que não será seu neto. Tendo que se perguntar, mais tarde, onde estará o alguém que cresceu nela.

A lasca de vidro diz: *Quem se importa?*

Mattie diz:

— Você iria comigo?

Às consultas e à ioga pré-natal.

À loja para comprar vegetais verde-escuros.

À cama de parto limpa e confortável montada no apartamento da biógrafa, quando chegar a hora.

Por um instante deslumbrante, ela tem o seu bebê, que será alto e de cabelo escuro, bom em futebol e Matemática. Ela vai levar o bebê num barco a remo até o farol, num trem até o Alasca, resolver problemas de Matemática com o bebê num campo de futebol. Ela vai amar tanto o bebê!

Exceto que não é isso, claro, que Mattie quer dizer.

Percorrendo a espinha dela, um arame farpado.

Se a biógrafa admitir seus próprios motivos *Torschlusspanik*, esclarecer que o bebê seria para ela, Mattie poderia acabar concordando. Ela quer agradar – ser agradável. Quer deixar sua professora preferida feliz.

A biógrafa estaria pedindo algo dela que não acredita que deva ser pedido a ninguém. Suas convicções mais profundas, esmagadas.

No entanto, aqui está ela, prestes a pedir a uma criança em lágrimas que lhe dê o que está crescendo nela.

A lasca de vidro diz: *É sua última chance.*
Mergulhe.
A biógrafa diz:
— Ok.
Mattie ergue os olhos verdes, agora vermelhos e marejados.
— Você vai comigo?
— Eu vou. — Ela sente vontade de vomitar.
— Desculpe por... não tem ninguém que... Ash não vai...
— Eu entendo, Mattie.
— Obrigada — ela diz. — Você sabe se tem mais de uma instalação correcional juvenil feminina no Oregon?
— Você está...? — Mas é claro que ela está com medo. Sem jeito, a biógrafa dá um tapinha na cabeça de Mattie. — Vamos ficar bem.

Vamos? As duas podem ser presas. A biógrafa pode se tornar uma manchete. PROFESSORA MALFEITORA É CÚMPLICE DE ABORTO. Ela sente uma torrente de puro amor por aquelas que são pegas e por aquelas que sabem que podem ser.

A garota se ergue, põe a mochila no ombro, ajusta o cachecol. Não olha nos olhos da biógrafa.

— Vejo você amanhã? — E sai pela porta.

Semente e solo. Ovo e casca.

Um jorro de bile balança na base da garganta.

— A chave para a felicidade é a desesperança — diz a professora de Meditação.

Como um tubarão: continue se movendo.

A biógrafa vai até um pôster do clube de música (POR QUE TOCAMOS LÁ FORA? PORQUE FÁ SOL!), arranca-o da parede e rasga-o no meio.

A exploradora escreveu ao tutor, Harry Rattray, que ainda trabalhava para o diretor do estaleiro em Aberdeen:

> Depois de muitas semanas refletindo sobre minhas dificuldades com a Sociedade Real, cheguei à decisão dolorosa de pedir a você que publique minhas descobertas sob seu próprio nome. Caso contrário, o mundo jamais as conhecerá.

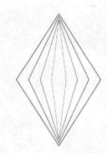

A REPARADORA

O testemunho do primo Bryan, embora condenatório ao sr. Fivey, só importa se Lola o corroborar. Quando o advogado explica isso à reparadora, avisando que pode ter sido um desvio inútil, ela sorri e diz:

— Não para Lola.

— O que quer dizer?

— Outras pessoas sabem agora — ela diz. — Além da família. Ela está livre.

O advogado pensativamente coça a pele rosada e limpa sobre o crânio. Murmura:

— Lá vamos nós.

Hoje Lola não está usando tanta maquiagem nos olhos, então, seu rosto parece mais distante.

— Sra. Fivey — diz o advogado —, obrigado por retornar.

— Bem, eu fui intimada. — Mas ela está olhando para o advogado. Da última vez, só olhou para as próprias mãos.

— Você ouviu o testemunho do seu primo, Bryan Zakile. Quero lhe perguntar, sra. Fivey...

— Eu prefiro Lola.

Sim, os familiares testemunharam discussões entre ela e o marido. Sim, essas discussões às vezes ficam acaloradas. Não, seu primo não estava errado quando descreveu um desentendimento no dia de Ação de Graças que envolveu o marido batendo a mão sobre a boca dela de um modo extremamente agressivo. Ele não estava errado quando testemunhou que a mandíbula dela tinha sido machucada pelo marido. Ou que, em outra ocasião, ela lhe confessou que a falange do dedo tinha sido quebrada pelo marido. E, sim, a cicatriz no antebraço direito ocorreu quando o marido segurou uma frigideira quente contra a pele dela. Ela não denunciou nenhum desses incidentes porque quando um não quer, dois não fazem. Ela também não é perfeita. Alguns familiares expressaram preocupação, sim, mas, como a mãe dela diz, não se deve entrar no casamento dos outros sem convite.

Quando o sr. Fivey encontrou o óleo para cicatriz na bolsa de Lola, ele a atormentou até que ela admitiu ter procurado a srta. Percival para cuidar da queimadura. Não tinha sido uma ideia melhor do que ir ao Hospital Geral de Umpqua, onde as pessoas podiam fazer perguntas? O sr. Fivey não concordou. Ele viu apenas uma bruxa desvairada, tresloucada demais para se formar do ensino médio, que não tinha nada que ficar dando remédios à esposa dele.

Lola foi arrumar as malas. Ela planejava ir para o Novo México (tem uma amiga lá que faz *kokopellis*) e pensar sobre as coisas.

O sr. Fivey entrou no quarto com um copo de vodka e a garrafa de óleo para cicatriz. Ele triturou (ela soube depois) diversos tabletes de colarozam e misturou-os no óleo. Entregou-lhe o óleo e disse:

— Beba.

Quando ela disse não, ele bateu nela. Ela bebeu. E para tirar o gosto, bebeu a vodka. E ficou tão bêbada no caminho para a cozinha que caiu das escadas.

Ela não estava – nem acreditou que estava – grávida quando consultou a srta. Percival. Isso era a última coisa na mente dela.

Ela já esteve grávida?

Uma vez, treze anos atrás, antes de conhecer o marido. Ela preferiria não falar sobre isso.

Por que ela está retratando seu testemunho anterior?

Essa questão a silencia. O juiz tem que recordá-la de que ela é obrigada a responder.

Finalmente, Lola diz:

— Porque cansei de lavar a roupa dele.

Eles esperam na sala adjacente enquanto o júri delibera. O assistente do advogado traz uma caixa de mirtilos cobertos de chocolate e diz:

— Coragem?

A reparadora experimenta: delicioso.

Lola não disse: *Estou me retratando porque não seria justo fazer Gin Percival passar sete anos na prisão*. Mal mencionou Gin Percival no testemunho.

O advogado está se coçando, como de costume: pulsos, orelhas, nuca.

— Eczema? — pergunta a reparadora.

— Percevejos — ele diz. — Cortesia do Hotel Narval. Meu apartamento em Salem agora está infestado também. Estou na segunda dedetização.

— Eu conheço alguns bons banimentos. Se eu for libertada...

— *Quando*. — Ele ergue os braços para ventilar as axilas encharcadas.

— Para onde Lola vai? — ela pergunta. — Não pode ficar em casa.

— A advogada disse que ela já se mudou para a casa dos pais. A questão é: onde o sr. Fivey vai ficar?

A reparadora come o último mirtilo.

— Você quer dizer em qual cela?

Quando o primeiro jurado se levanta, ela fecha os olhos.

— Senhorasesenhores.

— Osenhoreschegarama.

— Simexcelência.

— Qualéoseuveredito?

Pare de tremer. Você é uma Percival.

— Nós consideramos a ré...

Descendente de um pirata.

— ... inocente de ambas as acusações.

Um viva da plateia. Ela está tremendo demais para olhar, mas soou como a voz da mulher irritada da biblioteca.

Ela pega na mão úmida do advogado.

No primeiro conto de fadas que o Tio me ensinou, uma lasca de vidro no olho tornava o mundo todo feio e mau. Eu tenho uma lasca dessas agora. Vejo o nome de Harry no meu artigo em *Transações filosóficas da Sociedade Real de Londres* e me contorço de raiva. É meu, mas ninguém sabe. Eles conhecem os fatos apresentados, que têm mais valor do que o meu pequeno ser; no entanto, com esta lasca alojada em mim, não consigo encontrar paz. Gostaria de correr até Sir George Gabriel Stokes na Sociedade Real, mostrar meus dedos amputados e dizer: "Eu dei isto em troca dos meus fatos".

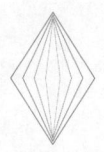

A FILHA

Na sexta à noite, ela esquadrinha o site da Academia de Matemática, relendo as descrições do seminário e inserindo seu próprio rosto na foto de nerds rindo ao redor de mesas. Se é que ela vai entrar. A inscrição foi difícil. Todos os indicados terão boas notas e pontuações altas em exames, disse o sr. Xiao:

— Você tem que se destacar. Tem que parecer interessante nas respostas da redação.

> **De que forma você conta com a matemática no seu futuro?**
> ~~Meu futuro vai incluir~~
> ~~A matemática será importante no meu futuro porque~~
> ~~No meu futuro, eu vejo~~
> ~~Eu notei um trocadilho nesta questão~~

Se ela entrar, planeja fazer o seminário sobre recursividade. Estruturas autossimilares. Variabilidade através de repetição. Fractais. Teoria do caos.

Pense sobre fractais, não sobre sucção e tubos cheios de líquido e a porta da clínica derrubada por uma batida policial.

Ela ainda tem um mês até os seus dezesseis anos; não seria julgada como adulta. Mas mesmo não adultos podem ser presos.

Quando Yasmine operou no próprio bolo, a maioria das clínicas clandestinas ainda não existia. Foi logo depois que a proibição federal entrou em vigor. Para ajudá-la a se estabelecer, o procurador-geral ordenou que os procuradores distritais em todo o país buscassem as sentenças mais duras possíveis para as mulheres. Que enviassem uma mensagem. Garotas de treze anos foram encarceradas de três a cinco anos. Até a filha de Erica Salter, membro da Legislatura do Estado do Oregon, foi trancafiada na Instalação Correcional Juvenil Bolt River. Uma mensagem tinha que ser dada.

* * *

Um dia antes da auto-operação, Yasmine disse que ninguém podia saber que ela estivera grávida e que, se a filha contasse a alguém, não falaria com ela nunca mais.

— Eu não vou dar outro motivo para eles pensarem que eu não sou inteligente.

— Por que alguém pensaria que você não é inteligente?

— Isso é uma piada?

— Não — disse a filha.

— Você é uma branquela ignorante — disse Yasmine.

Ela conta cada ladrilho no banheiro do segundo andar para não pensar sobre isso.

No sábado de manhã, ela recorda à mãe que depois do aquário vai passar a noite na casa de Ash, até amanhã. Sim, ela pegou o aparelho de contenção.

Quando Ash a deixa no estacionamento da igreja, parece que Ro/Senhora não está no melhor dos humores. Seu rosto está frio, quieto. A filha oferece dinheiro para a gasolina e Ro/Senhora revira os olhos. Como elas vão achar assunto para conversar? Felizmente, Ro/Senhora liga o rádio. A filha se afunda no assento enquanto elas atravessam a cidade: o que pareceria, uma aluna no carro de uma professora? Pense sobre as fofocas de Newville, não sobre o procedimento.

Passando por uma encosta derrubada, cortada e estéril, os tocos como lápides, a filha vê o chão de pinheiro brilhante da sua casa. Cheira fumaça em si mesma. Fumacentinha. Um dia, ela vai largar o cigarro, depois de tirar seu diploma em Biologia Marinha, quando estiver trabalhando com cetáceos. Seu futuro vai incluir um estudo das toxinas prejudiciais às baleias jogadas por humanos no mar. Uma viagem às Ilhas Faroé para interromper o massacre de baleias-piloto, que são tecnicamente golfinhos. Uma viagem a um templo japonês que canta réquiens pelas almas das baleias e dá nomes aos fetos dentro das mães capturadas.

Ela enfia os dedões na barriga, na casa do infiltrador que se condensa, maciço, sem nome. Reza para que não o deixem jogado num balde.

O lema da Sociedade Real de Londres: NULLIUS IN VERBA. Não acredite em tudo que dizem.

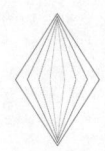

A BIÓGRAFA

As orientações de Mattie as trazem a uma rua residencial tranquila no sudeste de Portland. Casas no estilo rancho com telhados planos e jardins amarelos. A casa que procuram está escondida por uma cerca de arame coberta de videiras e um carvalho com figurinhas de metal penduradas. A porta não pode ser vista através dos arbustos. O portão está trancado com cadeado.

— Vamos para os fundos. — A biógrafa segue em frente, subindo a entrada de cascalho. Entre a garagem e a porta fica um portão de madeira alto, trancado também.

— Será que eu errei o lugar? — pergunta Mattie. — Chequei o endereço cinco vezes.

— Vamos bater, pelo menos.

Antes que elas façam isso, o portão se abre.

— Vi vocês nas câmeras de segurança — diz uma mulher jovem com delineador gatinho e braços tatuados. — Você é Delphine?

— Sim — diz Mattie. — E essa é minha...

— Mãe — completa a biógrafa. Eles vão cuidar melhor dela se a mãe estiver observando.

Mattie encara o chão, o rosto vermelho.

— Eu sou L. Vamos entrar na van. — A mulher acena para a garagem.

— Van? — elas perguntam juntas.

— Não fazemos os procedimentos aqui na sede. Usamos locais temporários que estão sempre mudando. Por motivos de segurança. É preciso pedir a vocês que usem máscaras durante o trajeto.

A biógrafa ri.

— Está falando sério?

L. ergue a porta da garagem.

— Sim, levamos o Estado de vigilância e legislação supremacista masculina bem a sério. Podem nos chamar de loucas.

— Não, tudo bem — diz Mattie.

— Cintos de segurança, por favor. Vou lhes dar as máscaras. Você trancou seu carro?

— Sim, senhora! — diz a biógrafa.

Mattie se vira do assento do passageiro para lhe dar um olhar de censura, e o mundo vira ao contrário, a ordem invertida.

A máscara de algodão é absurda. As janelas da van já têm uma película preta. Mas a biógrafa não quer constranger Mattie ainda mais.

— Na sua mensagem — diz L. — você estimou que estaria com cerca de vinte e uma semanas? — A van sofre um tranco quando passa sobre uma lombada. — Em condições ideais, um aborto no segundo trimestre exigiria um mínimo de dois dias para dilatar seu cérvix adequadamente antes da evacuação, mas estas não são condições ideais.

Um trato com o paciente quase tão agradável quanto o de Kalbfleisch.

L. ainda fala mais algumas coisas – ultrassom, sedativo, anestesia. A biógrafa mal está ouvindo: ela realmente adoraria estar em outro lugar. O melhor que pode fazer é ser um corpo perto de Mattie, um corpo capaz de levá-la para casa. À palavra "espéculo" ela se encolhe, sentindo os muitos espéculos que Kalbfleisch deslizou para dentro dela. Ela conta suas inspirações, conta suas expirações.

Mattie não tem perguntas para L.

Só aceitam dinheiro. O pagamento é depois. Não há formulários para assinar, por motivos óbvios, mas eles mantêm registros confidenciais de pacientes, com nomes falsos.

— Delphine, seu nome nos nossos arquivos será Ida.

— Ok — diz Mattie.

— Ei, mãe — chama L. —, alguma dúvida aí atrás?

— Por enquanto, não — diz a biógrafa.

Elas tiram as máscaras e saem da van, emergindo no jardim cheio de plantas de um bangalô. O céu está alto e silencioso. As mãos de L. tocam as costas delas, apressando-as. Pendurado ao lado da porta telada há um pedaço de madeira pintado com letras pretas: COLETIVO POLIFONTE. A biógrafa se esforça para recuperar seu conhecimento de mitologia grega. Polifonte... Afrodite... Ártemis?

L. abre três cadeados, com três chaves diferentes, e as leva para uma cozinha de paredes roxas, bem iluminada e cheirando a pimenta. Livros, vidros de tempero, vasos de cactos, uma tábua com pimentas amarelas que estavam sendo fatiadas.

— Lá em cima — diz a barqueira delas.

A cama de um quarto foi substituída por uma mesa de exame cujos estribos vestem meias vermelhas tricotadas. Ao lado, há uma máquina de ultrassom. Por um momento sinistro, a biógrafa pensa que é ela que vai subir na mesa, pressionar os calcanhares nos estribos, esperar a vara coberta de lubrificante azul que vai ler as formas dentro dela. *Você vai sentir uma leve pressão.*

— Estas são Delphine e a mãe dela — anuncia L.

— Eu sou a dra. V. — diz uma mulher baixa e bonita usando um jaleco verde. — Vou cuidar de você, ok? — Ela parece ser do sul da Ásia e fala como as senhoras do Queens que moram perto da comunidade para aposentados do pai. — Vamos começar com os seus sinais vitais.

— Você já fez este procedimento muitas vezes? — pergunta a biógrafa.

A dra. V. afasta uma mecha de cabelo prata-preto do cabelo.

— Milhares. — Enrola uma faixa de pressão sanguínea no bíceps de Mattie. — Trabalhei no Planned Parenthood por quase vinte anos. Até o dia em que fecharam as clínicas.

Mattie diz:

— Você pode ir agora, hã, mãe.

Essas pessoas são habilidosas. Não cobram uma fortuna.

Ela quer que Mattie seja feliz. Que fique segura. Que fique livre do sofrimento.

Mas também: não a suporta.

Odeia a garota por experimentar as vinte e uma semanas de gravidez que ela nunca vai experimentar pessoalmente.

Há milhões de coisas que a biógrafa nunca vai fazer pelas quais ela não sente pena de si mesma. (Escalar uma montanha, decifrar um código, ir ao próprio casamento.) Então, por que *isso*?

Ela veio preparada para esperar, trouxe uma pilha de provas para corrigir, mas diante da perspectiva de passar o dia todo nesta sala com sofás de vime e travesseiros de zebra, com o cheiro de feijão quente soprando da cozinha, a biógrafa fica inquieta. Ela entra num corredor na frente da casa, onde pôsteres e panfletos descrevem os outros serviços oferecidos pelo Coletivo Polifonte. Aconselhamento de saúde mental a taxas variáveis. Serviços legais para mulheres sem casa, sem documentação, espancadas, viciadas, com taxas variáveis. Creche grátis durante comparecimento em tribunal. Vigia de policiais durante protestos. Esta casa deve ser a sede delas. Era o primeiro endereço, na verdade, que era o falso.

O maior pôster diz:

REVOGUEM A 28ª EMENDA!
PROTESTE / MARCHE POR DIREITOS REPRODUTIVOS!
ORADORAS:
REP. ERICA SALTER (D-PORTLAND)
& DOUTORAS DO MULHERES EM ONDAS
1º DE MAIO, CAPITÓLIO DO ESTADO DO OREGON

Através da escuridão pegajosa em seu peito, através da autocomiseração e do ressentimento, surgem pequenos brotos de gratidão. As Polifontes não estão apenas balançando a cabeça.

Ela começa a ler as avaliações, caneta em mãos. *Os eventos que levaram à Guerra de Independência dos Estados Unidos incluíram.* E os eventos no segundo andar? Será que Mattie está assustada? *As três principais causas da guerra foram.* Será que a biógrafa devia ir ver como ela está? *Os colonos realmente odiavam impostos – e ainda odeiam!*

Da mesinha de centro, ela pega uma história em quadrinhos sobre as mulheres da resistência cretense durante a Segunda Guerra. Garotas de olhos escuros e coroas com cintos para cartuchos escalam encostas escarpadas carregando munição. Atiram em paraquedistas alemães que tentam pousar. Não ficam só sentadas, observando.

A biógrafa adormece com o rosto num travesseiro de zebra.

A dra. V. a sacode.

— Hora de ir, mãe.

— Quem?

— Delphine está bem. Tudo correu bem. Vocês podem ir.

O futuro bebê, a futura criança, sua própria...

Nunca foi seu.

— L. vai levá-las de volta para o seu carro. Quanto antes vocês forem, mais seguro para todo mundo. Vamos ver... Ela vai ficar um pouco atordoada, por causa dos analgésicos. Um pouco de sangramento é esperado, incluindo coágulos. Pode tomar ibuprofeno para as cólicas. Nada de álcool, absorventes internos nem sexo por pelo menos uma semana. Ela é Rh-positiva, felizmente, e não vai precisar de uma injeção de imunoglobulina. Deveria tomar antibióticos, mas o Coletivo não pode comprá-los e certamente não pode fazer receitas, então fique de olho, ok? Qualquer febre acima de trinta e sete e meio, leve-a direto para o pronto-socorro. Esta bolsa é sua? — A dra. V. passa a mochila para a biógrafa e indica a porta. — Elas estão esperando.

Na cozinha, Mattie está sentada encolhida em seu casaco, bebendo um copo de água. Ela parece sonolenta e atordoada e mais jovem. Ao ver a biógrafa, abre um sorriso largo.

— Bem — ela diz, com alívio inconfundível —, *isso* aconteceu.

L. as larga o mais rápido possível. A rua à meia-noite é repleta de trinados. Será que estão sendo vigiadas de um carro estacionado?

— Está com fome? — A biógrafa ajuda Mattie a colocar o cinto.

— Nananinanão.

Ela lembra: Polifonte era uma das seguidoras virgens de Ártemis. Punida por Afrodite por... alguma coisa.

Nenhum carro as segue.

A polícia provavelmente nem sabe que o Coletivo existe.

A não ser que ela esteja sendo idiota. Ingenuamente atribuindo decência comum às pessoas no poder, como fez antes que a Emenda da Pessoalidade mostrasse todas as garras.

Afrodite fez Polifonte se apaixonar por um urso.

PRECISAMOS DE VIGIAS DE POLÍCIA NO 1º DE MAIO, dizia o panfleto na entrada. POR FAVOR, SEJA VOLUNTÁRIA!

Não ser mais idiota, ela escreveu no caderno uma vez, embaixo de *Ação imediata exigida*.

Quando chegarem a Newville, serão quase três da manhã.

Depois de dar à luz dois gêmeos ursos, Polifonte foi transformada em coruja.

Esta estrada é a certa?

— Senhora? — chama uma vozinha sonolenta.

— Sim? — Ela achou que esta estrada as estava levando para a rampa de acesso à rodovia, mas só continua indo, sem rampa alguma.

— Desculpe, mas tenho que ir ao banheiro.

— Consegue segurar um pouco? — A biógrafa estreita os olhos para ler uma placa, indistinta no escuro. Não podia haver *um* maldito poste nesta cidade?

— Bem, é meio que uma emergência a não ser que seja outra sensação do, sabe, e eu não sei se preciso ir mesmo, mas *parece* que preciso?

Por favor, que elas não estejam perdidas. O telefone dela não pode ajudar.

O governo canadense está financiando uma nova missão de resgate para o tenente Adolphus Greely e seus homens. A sobrevivência deles não é garantida: navios de reabastecimento não conseguiram chegar à expedição por dois anos consecutivos. Um quebra-gelo a vapor chamado *Khione* parte da ilha de Terra Nova daqui a dois meses. Eu estarei naquele barco, prometo.

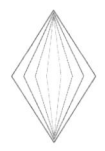

A FILHA

O coração de um ganso canadense pesa cento e noventa e oito gramas. De um caribu, três quilos.

O coração da filha, por sua vez, não pesa nada. Não esta noite, pelo menos – não há sangue nenhum nele. Todo o sangue de cima está lá embaixo, substituindo o que se foi. Ela colocou um absorvente e calças de ginástica grossas e pôs uma toalha sobre a cama de Ro/Senhora. A toalha é bege, mas uma toalha manchada parece mais perdoável do que um lençol. O absorvente é uma pequena fralda de sangue. Em casa há uma foto dela bebê recebendo uma troca de fralda, as pernas gordas no ar, e a mãe, com um lencinho em mãos, fazendo uma careta para a câmera.

Você é minha?

A filha está se esvaziando.

Ela não viu nenhum balde.

É estranho estar no quarto de uma professora. Como se estivesse espiando. Mas este quarto não revela muito. Não há pôsteres nem aparelho de som. A única coisa na parede é um mapa antiquado – do tipo com dragões desenhados nas ondas – do Polo Norte. Na cômoda, duas fotos emolduradas: os pais dela, provavelmente, e uma Ro/Senhora mais jovem ao lado de um cara bonito com uma camiseta de caveira. Namorado? Ex-noivo?

Bolachas de água e sal e uma laranja descascada estão na mesa de cabeceira, mas a boca dela não quer nada, nem um cigarro. Ela não consegue decidir o que fazer com esse sentimento. Não é tristeza. É como se estivesse murchando. Desinflando. A pele de um balão depois que todo o ar, exceto um último suspiro, vazou.

Zero semanas, zero dias.

Uma batida suave. O rosto de Ro/Senhora na brecha.
— Como está se sentindo?
— Com cólica.
— Quer mais ibuprofeno?
— Não tem problema mesmo eu ficar na sua cama?
— Meu sofá é muito confortável. — Ro/Senhora solta dois comprimidos na palma dela; a filha os engole sem água. — Está pronta para dormir? Está *muito* tarde.
— Como você chama um carro rosa barulhento?
Ro/Senhora ergue uma sobrancelha.
— Se meu fúcsia falasse — diz a filha.
— Hora de dormir?
— Eu tenho a ideia de uma invenção — diz a filha. — Que pode não funcionar, mas seria incrível se funcionasse. Quer ouvir?
Ro/Senhora cruza os braços.
— Claro.
— Ok, então, você sabe que a energia no mundo vai acabar se a gente não parar de queimar petróleo e começar a usar mais energia eólica, certo?
— Bem, entre outras coisas.
— Minha ideia é arrear baleias. Daria para fazer arreios muito leves, mas fortes, tipo de fio de aço, e conectá-los a rédeas superlongas de aço. As rédeas estariam ligadas a turbinas, que estariam em suas próprias plataformas flutuantes, capturando a energia. Também haveria geradores nas plataformas para converter a energia em eletricidade.
— Isso é... hã.
A filha estremece ao sentir uma pontada de calor negro acima do osso púbico.
— Eu não resolvi todos os detalhes ainda. A questão é: as baleias não serão mortas se estiverem produzindo energia. Vão ser valorizadas.
— Não pelas grandes corporações de carvão ou petróleo, mas, sim. Interessante.
— Você acha que é idiota.
— Não acho, não. Acho que você provavelmente devia ir dormir, querida.
A filha não quer que ela vá.
— Lê para mim primeiro?
Ro/Senhora suspira.
— O que eu devo ler?

— Qualquer coisa. Menos poesia ou autoajuda.

— Pois saiba que não há um único livro de autoajuda nesta casa! Ok, isso não é verdade; é capaz de haver alguns. — Ela ajeita o cobertor sobre os ombros da filha. — Está quentinha?

Ela faz que sim.

Ro/Senhora sai e volta. Apaga a luz do teto e acende a da cabeceira.

— Feche os olhos.

Todos os News em Newsville dormem profundamente à beira do mar.

Seu nome nos nossos arquivos será Ida.

A garganta pigarreia. O papel farfalha.

— Quando garota, eu amava (mas por quê?) assistir ao *grindadráp*. Era uma dança mortal. Eu não conseguia parar de olhar. Cheirar as fogueiras acesas nos penhascos, chamando os homens à caçada. Ver os barcos arrebanharem o cardume na baía, as baleias se debatendo mais rápido conforme entravam em pânico. Homens e meninos chafurdando na água com facas para cortar suas medulas espinais. Eles tocam o olho da baleia para certificar-se de que ela está morta. E a água... espuma de vermelho.

Quem é essa água... garota... Ida... faca...

— ... espuma de vermelho.

Ela dorme.

No litoral da Groenlândia, eles viram os Crimson Cliffs: enormes ombros de neve manchada de vermelho.

— É o sangue de Deus — disse o ferreiro.

— Algas — corrigiu Mínervudottír.

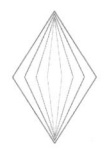

A ESPOSA

Ela chega adiantada ao pub e fica em pé diante da parede lendo os nomes de navios afundados. *Antílope, Destemido, Phoebe Fay.*

Por favor, que eu pare de ser covarde.

Noiva do Piloto. Gema. Perpétua.

Por favor, que meus filhos não fiquem traumatizados.

Adiante. Czarina. Chinook.

Didier chega da escola, acreditando que o propósito do encontro é cerveja e sanduíches de peixe frito. A esposa sugere que eles esperem a multidão que saiu do trabalho diminuir. No pequeno parque atrás da igreja, eles caminham entre canteiros de flores com caules jovens. Os primeiros botões de flor em um fevereiro quente. O solo está negro e macio graças à chuva de ontem.

Ela é uma covarde egoísta.

— Que tal um jogo de dardos hoje? — pergunta Didier. — Tudo bem que você teve uma noite ruim da outra vez, mas...

— Precisamos conversar. — Ela para de andar. *Diga, Susan.*

— Você tem dinheiro para Costello?

— Eu acho... — *Diga.*

— Porque eu não tenho nada. Podemos parar no caminho de casa.

— Acho que devemos dar um tempo.

— Hein?

— De nós dois.

Ele estreita os olhos.

— Como uma separação — ela acrescenta.

— Por quê?

— Porque não está mais — não há ar nos pulmões dela — bom.

Assustada demais para olhá-lo nos olhos, ela se concentra no couro azul de seus tamancos.

— Susan, estou procurando pela piada com um microscópio.

Ela balança a cabeça.

— Algumas coisas podiam ser melhores, ok, mas isso acontece com todo mundo. Podemos trabalhar nisso.

— Você não *quis* trabalhar nisso — ela diz.

— Está falando da terapia? Mas isso é...

— É melhor assim, de qualquer jeito.

— Por quê? — ele pergunta suavemente.

— Sinto muito — diz a esposa.

O rosto de Didier se torna borrachudo. Os olhos estão apertados nas órbitas sombreadas. Ela consegue ver como ele vai ser quando ficar velho.

Ele puxa seus cigarros.

— Se continuar franzindo os olhos assim — diz a esposa —, eles podem ficar presos nessa posição.

— E se continuar comendo desse jeito, sua bunda vai ficar presa. Em todas as portas.

— Eu vou para a casa dos meus pais amanhã — ela diz. — Você pode ficar na casa por enquanto.

— Ah, é mesmo? Posso ficar? Naquele risco de incêndio burguês decrépito?

Mas ele vai ficar. A questão é essa. Ele vai julgar e desprezar, vai desdenhar e se enfurecer; mas, por pura preguiça, vai ficar.

Tragando o cigarro:

— Não temos que decidir agora.

— Didier.

— Vamos discutir isso amanhã, que tal? — Na última palavra, a voz dele estremece.

— Nada será diferente amanhã.

Ela não tem um plano.

Para contar às crianças, para montar uma divisão de custódia, para encontrar um emprego.

A mãe disse ao telefone, de manhã:

— Pelo menos, você abriu sua própria conta bancária, espero. — E a esposa teve que mentir.

A única ideia em seu cérebro machucado e paralisado tem sido: *Conte a ele.*

Ele esmaga o cigarro no caminho de cascalho.

— Sabe do que não vou sentir falta?

De mim.

— Da sua comida de merda.

— E eu não vou sentir falta de ter três filhos — diz a esposa.

— Vá se foder, Susan.

A esposa se ajoelha no caminho.

Alugar um carro. Abrir uma conta bancária. Começar a se importar com as coisas.

Ela estende a mão para a terra negra.

Seu corpo deseja, inexplicavelmente, sentir o seu gosto.

Ela leva um punhado aos lábios. Os minerais chiam na língua, ricos com a essência de flores e ossos.

— Que diabos você está fazendo? — exclama Didier.

Minerais brilhantes. Penas pulverizadas. Conchas antigas.

— Jesus, *pare* com isso!

Ela continua degustando. O solo é casca de árvore e agulha e pedacinhos de cérebro, animalzinho queimado e morto.

Adeus, naufrágios.

Adeus, casa.

Adeus, esposa.

Os homens de Greely atiraram no resto dos cães de
trenó. Eles mantiveram vivos seus preferidos até quando
puderam; mas não havia comida. Os animais esfaimados
já tinham comido seus arneses de couro. Primeiro
eles mataram o que se chamava Rei, um canalha e um
cavalheiro. Seus irmãos esperando no iglu sabiam que
também seriam mortos. Texugo, Peludo, Grilo, Berrador,
Odisseu, Sansão – uma bala para cada um. O marinheiro
mais jovem chorou e, quando atingiram sua barba rala,
as lágrimas eram botões de gelo. Quando a expedição
Greely foi resgatada, em junho de 1884, o marinheiro
mais jovem tinha morrido de

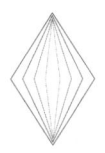

A BIÓGRAFA

Bate na xícara e a xícara tomba e o café escorre da mesa para o chão.

Quando o marinheiro mais jovem morreu, de inanição e frio, seus colegas provavelmente o comeram. Ela só pode especular. *Estou inserindo o espéculo em sua vagina; você vai sentir uma leve pressão.* Depois do retorno à civilização dos seis sobreviventes, surgiram boatos de que a expedição Greely havia praticado canibalismo. O caixão de um dos mortos, chamado Frederick Kislingbury, foi exumado. O corpo não tinha pele; os braços e pernas estavam conectados apenas por ligamentos. Greely alegou que eles tinham cortado Kislingbury para usar como isca para pegar camarões e peixes, não para si mesmos.

Ela usa papel-toalha para secar as manchas marrons.

Susan lhe disse uma vez que ela não devia concluir tão rápido que a vida de Mínervudottír foi mais significativa porque ela deixou as Ilhas Faroé.

— Essa é a narrativa previsível — disse Susan. — Mas ela não poderia ter tido uma vida igualmente significativa se tivesse ficado?

— Depende do que você quer dizer com "significativa" — disse a biógrafa. — Não vejo como estripar peixes e lavar as roupas de seis crianças à mão é comparável a fazer pesquisas no Círculo Ártico.

— Por que não?

— Uma é repetitiva e monótona, e a outra é emocionante, corajosa e benéfica à vida de muitas pessoas.

— Se ela tivesse criado seis filhos — disse Susan —, teria sido benéfica à vida *deles*.

Mínervudottír não tinha crianças enroladas em lã e alimentadas com cordeiros para criar.

E Susan não tem um livro. Não tem uma carreira de advogada. Não tem, na verdade, nenhum emprego.

A biógrafa, estritamente falando, também não tem um livro. A mesa da cozinha está coberta de empréstimos da biblioteca atrasados sobre caçadas a baleia e gelo – ela leu a tradução dos diários de Mínervudottír uma dezena de vezes –, no entanto, seu manuscrito tem mais buracos que palavras. Ela quer contar a história de uma mulher que o mundo devia ter conhecido há muito tempo; então. por que não consegue terminar de contá-la?

* * *

A biógrafa come a borda seca de um *muffin* de mirtilo que encontrou no fundo da geladeira na sala dos professores. Obriga-se a dizer:

— Ainda não falamos sobre a sua novidade.

Penny sorri.

— A srta. Tristan Auerbach quer o privilégio de vender *Êxtase na areia negra* para quem der o lance mais alto.

Ela pode ser uma autora publicada antes do seu septuagésimo aniversário. E se esse manuscrito vender, os outros oito que ela escreveu podem vender na sequência.

— Estou feliz por você.

— Ouça, querida, você devia mandar o *seu* livro para Tristan. Eu posso lhe recomendar pessoalmente.

Ela devia ter parabenizado Penny antes – já se passaram semanas. Atolada em sua própria lama, ela vem evitando a sala dos professores e adiando as noites de mistérios Masterpiece. Se a biógrafa tivesse encontrado um agente para *Mínervudottír: uma vida*, Penny teria assado um bolo para ela no mesmo dia.

— Não tenho certeza se uma agente de romances estaria interessada em um livro sem romance.

— O romance de navios encalhados! — diz Penny. — O romance da gangrena.

Penny amava seu agora falecido marido. Ama sua casinha. Ama escrever seus livros de entretenimento. Nunca teve filhos porque não teve vontade. Quando a biógrafa compara esse nível de realização com seus próprios desejos pegajosos, é tentador se desesperar.

— Sinto muito, Pen.

— Por quê?

—Por ser uma amiga ruim.

Penny assente.

— Você já teve anos melhores.

— Sinto muito mesmo.

Ela começa a abotoar o cardigã azul-turquesa.

— Eu perdoo você. Mas é bom não perder o lançamento do meu livro.

— Não vou perder, juro.

— E acho que devia se candidatar ao emprego de Fivey.

— Rá, rá.

— Não estou brincando. Você é uma boa candidata.

A biógrafa ri mesmo assim, cuspindo pedacinhos azuis de muffin na sala dos professores.

Sobe até o topo da escadaria leste. Senta-se contra uma parede.

A empolgação que já sentiu pelo esperma de um estudante de Biologia de dezenove anos, sua disposição em beber um chá fedorento mas mágico, sua esperança selvagem naquela corrida até a casa de Mattie...

Tudo se foi.

Ela puxa os cadarços do tênis.

Todas as portas se fecharam.

Pelo menos, as portas que ela tentou abrir.

Quanto do seu desejo feroz é instinto celular e quanto é socialmente instalado? A quais impulsos ela está escutando?

A vida dela, como a de qualquer um, pode tomar um rumo que ela nunca quis, nunca planejou, e ser maravilhosa.

Tocando os cadarços, ela ouve o primeiro sinal.

Pensa no irmão sendo aceito na sua universidade de escolha e comemorando:

— Estou feito.

PRECISAMOS DE VIGIAS! dizia o panfleto no Coletivo Polifonte.

O segundo sinal.

É caminhando, ela diz aos alunos, que você faz a estrada.

Na manhã depois de Portland, Mattie apontou para a foto na cabeceira.

— Ele é bonitinho. Quem é?

— Meu único e preferido irmão — ela respondeu.

Ele usou aquela camiseta de caveira por anos, ela contou a Mattie. Era a camiseta de uma banda que ele amava; ela esqueceu qual. A biógrafa nunca teve cabeça para decorar nomes de banda ou títulos de música, nem para a música em si, o que a preocupava quando era mais jovem – será que estava perdendo algo crucial?

Ela não contou a Mattie que, embora Archie tivesse se formado com honras em sua universidade de escolha, ele não estava feito.

Ela não contou a Mattie sobre encontrá-lo, oito anos atrás, na cozinha do apartamento dele. Ele usava uma calça jeans preta e estava sem camisa. Os lábios azuis, as bochechas ocas e brancas. No balcão, havia uma tigela meio comida de cereal, um pote de mel, uma colher queimada, um isqueiro, um pacote de papel manteiga. A agulha jazia no chão ao lado dele.

— Ei, garota — diz o pai. — A que devo esta honra?
— O recesso de primavera está chegando — ela diz — e estou pensando em visitar.
— Visitar quem?
— *Você*, gênio.
— O Duque das Dentaduras? O Rei das Hemorroidas?
— Não pode só dizer: "Filha, adoraria ver você"?
— Adoraria vê-la. Mas tenha em mente que o recesso de primavera em Orlando é um inferno.
— Eu aguento — ela diz.

O gelo está pesado demais para prosseguir. A tripulação está martelando a banquisa para salvar o canal. Estamos a mais de cem quilômetros do Forte Conger, onde se acredita que está a expedição de Greely.

O canal se foi. Comida e equipamentos foram arrastados para uma placa de gelo, e as tendas erguidas ao lado dos trenós. O cozinheiro enche xícaras com sopa de ervilha e bacon fervido.

Acordamos e encontramos placas de gelo flutuando ao redor do navio. Paredes brancas-azuladas enormes, verticais devido ao vento e à maré, pularam rugindo da água e esmagaram a quilha. À minha coleção de conhecimento posso agora acrescentar o som que o gelo faz quando destrói um navio. Os estouros de uma arma ressoando, então um ganido mais baixo; e devido à vibração os sinos do navio começaram a badalar uma canção macabra. Dentro de horas, diz o capitão, o *Khione* terá afundado.

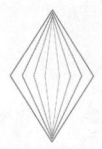

A REPARADORA

Depois das semanas imóveis na cadeia, a caminhada até a cidade é terrível. Seus joelhos estão vacilando quando ela finalmente chega ao Acme.

Ela mantém a cabeça abaixada contra as luzes, os olhares. Uma caixa de balas de alcaçuz. Uma garrafa de óleo de gergelim. Será que está imaginando os olhares? Talvez sua cabeça esteja vacilando também. Ela não tem dormido bem; a memória da água oxigenada a faz acordar.

Quando a libertaram, o advogado estava lá para levá-la para casa.
— Segure meu braço, ok? — ele disse. — Não solte.
Eles saíram da cadeia do distrito e se depararam com um aglomerado de câmeras e microfones, todos empurrados para a cara dela. Alguns a atingiram.
— Como é estar livre, srta. Percival?
— Você sente raiva dos seus acusadores?
O advogado aproximou a boca do ouvido dela.
Não diga nada.
Pretende processar Dolores Fivey?
Cliques e flashes.
— Qual é o próximo passo para você?
— Qual é sua opinião sobre a infestação de algas local e as perdas econômicas que isso causou?
— Você já realizou um aborto?
Clique flash clique flash clique flash.
— Dos seus acusadores?

— Ser livre?
Clique. Flash.

— Oi? Gin? — Uma voz alegre atrás dela.

A reparadora para no corredor. Latas de tomate criam sóis vermelhos na sua visão.

— Sou eu. Mattie.

Ela vira e pisca para a garota, que está empurrando um carrinho de supermercado; e para a mãe dela, que tem cabelo longo e grisalho e dentes grandes quando sorri. A reparadora as viu juntas na Lupatia Street.

— Mãe, esta é Gin. Gin, minha mãe.

— Prazer em conhecê-la — diz a mãe, espantada. Ela estende a mão e a reparadora a aperta; a pele está seca. — Como vocês se...?

— A gente se conheceu na biblioteca — diz Mattie Matilda.

— Ah. — Os olhos da mãe relaxam um pouco. Olhos castanhos gentis. Ela manteve a garota segura e bem.

— Olá — diz a reparadora rigidamente.

Ela olha para a barriga da garota: plana num casaco apertado. Seu cabelo: menos lustroso. Sua pele: sem manchas escuras. Como e onde ela cuidou do problema? Conseguiu não ser pega. Tomou um caminho diferente. Não vai ficar se perguntando e esquecendo, esquecendo e se perguntando de novo. Ou vai se perguntar – mas não do mesmo jeito que a reparadora se pergunta.

— Fiquei tão feliz com o seu veredito — diz Mattie Matilda.

O verde das suas íris não é o mesmo verde que o da reparadora. Minha e não minha.

— Que experiência horrível — diz a mãe.

A reparadora assente.

— O diretor Fivey foi demitido — diz Mattie Matilda.

A reparadora assente.

— Precisamos ir — diz a mãe —, mas foi bom conhecê-la, srta. Percival. — O carrinho começa a andar.

— Tchau! — A garota acena.

A reparadora acena de volta.

Logo será quinze de fevereiro: o festival romano de Lupercália. E o aniversário da garota.

* * *

Ela e Cotter começaram a garota. A reparadora, com o seu corpo, continuou a garota. Por um tempo seu relógio esteve cheio de água e sangue e um peixe que chutava. O que é tanto importante como não importante.

Talvez ele descubra sozinho, se a vir vezes suficientes na cidade. Mas talvez não. Será que ela deve contar a ele? Tudo que Cotter faz por ela. O pão na frente da porta toda semana; a torta de noz-moscada no Natal. Arrastar o corpo enrolado em plástico de Temple no seu caminhão até o porto, erguer o corpo para um barco emprestado, manobrar o barco na escuridão para fora do porto, além do dique, até o oceano aberto. Sem hesitação, ele fez essas coisas.

A garota está continuando a si mesma. Ela não precisa de Cotter nem da reparadora.

Mas se um dia retornar à cabana por vontade própria, será bem recebida. Tomará um chá com um gosto bom. Será apresentada a Hans e Pinka e à galinha manca. (Ela já conhece Malky.)

A reparadora paga pelas balas e pelo óleo de gergelim.

Caminha de volta para a floresta.

Quando o caminho se estreita até virar uma trilha, coberta por samambaias e rododendros e fentos do Oregon, ela procura o pinheiro prateado com a bolha de resina no formato de ampulheta.

Olá, Temple.

Viva nas mulheres que engoliram preparados feitos com sua pele, seus cabelos, seus cílios.

Enterrada no mar.

* * *

    A reparadora esfrega um unguento de mata-lobos nas panturrilhas ardentes. Deita no escuro com o gato sobre o peito. Nada de vozes humanas pelo resto do dia. Ela só quer o grunhido de Malky e o *méé́é* de Hans e Pinka. O crocitar da coruja, o trinado do morcego, o chiado do fantasma da lebre-americana. É assim que as Percival vivem.

Ela arrumou a sacola com o anemômetro e o barômetro, um frasco de chá, dois biscoitos. Informou uma tenda de marinheiros jogando cartas que voltaria em algumas horas.

— Se não, assoviamos para você — disse o contramestre, recebendo risadas grogues.

Ela não estava andando há muito tempo quando a névoa apareceu.

Há muitos nomes para névoa. *Pogonip*. Bruma. Nuvens terrenas. Escuridão. Mínervudottír tinha escrito cada nome no seu caderno de couro marrom. Agora estava de pé em uma neblina densa e cremosa, a pior névoa de gelo que já vira.

Sua bússola estava quebrada? Ela tinha esquecido de trazê-la?

Sinos e marreta = sinal de névoa

Ela gritou "Socorro!" em três línguas.

Quando suas pernas estavam anestesiadas e trêmulas demais para se sustentarem, ela se sentou.

Não havia saco de pele de rena onde se enfiar.

Pensou ter ouvido os sinos do navio, mas não conseguiu localizá-los.

Bebeu dez goles de chá.

Era como sentar em uma nuvem.

Irmão, onde estão os sinos?

Eivør tentou andar de novo, mas não enxergava nada à sua frente exceto branco. Estava com medo de pisar numa fenda no gelo e cair no mar.

Sentou-se de novo.

Cordeiros degolados estavam pendurados no galpão, as gargantas vermelhas.

Eu sei em qual encosta.

Ela não tinha um saco de rena.

Esse cordeiro pastou.

A sobrevivência não era garantida. Seus olhos estavam se fechando. Ela se deitou ~~e dormiu até que~~. Ela sentiu o gosto do papagaio-do-mar fervido em leite – estava mastigando suas próprias bochechas.

Irmão Gunni, os sinos estão onde?

Se não se movesse, seu sangue iria parar.

Persista, Eivør disse a si mesma.

Ela se ergueu e continuou.

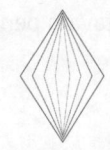

A FILHA

Querida Yasmine,

Estou escrevendo esta carta da Academia de Matemática. Não é tão incrível quanto imaginamos, mas é legal.

Sinto saudade de você. Sempre me pergunto como você está. Que tipo de situação escolar eles têm aí? Você ainda quer fazer Medicina? Meu plano é Biologia Marinha. Toquei no olho de uma baleia na praia.

Por favor, acredite em mim, Yas: eu não queria contar a ninguém. Achei que você fosse morrer, por isso os chamei. Foi o único motivo.

Outra coisa: eu fiz ~~um procedimento~~ uma coisa. Três meses atrás.

Quando você sair de Bolt River, podemos ser amigas de novo?

Amor,
MATTS

Mínervudottír foi encontrada sob um painel de gelo. Eles viram seu rosto primeiro, como se pressionado contra o vidro, uma bochecha achatada e branca. O ferreiro escreveu depois, para sua esposa: *Eu nunca vi um olho tão aberto.* Ela tinha removido seu casaco a fim de se libertar para lutar contra a corrente e quebrar o gelo. Suas unhas, de tanto arranhar, tinham quase sumido.

O grupo de busca não golpeou a água congelada para recuperar o cadáver da exploradora. Talvez eles tenham feito o sinal da cruz ou dito uma prece, ou simplesmente ficado aliviados porque havia uma boca a menos para alimentar. É odioso perder o corpo de uma mulher para esses ermos, escreveu o ferreiro para sua esposa, *mas não tínhamos a força para recuperá-lo.*

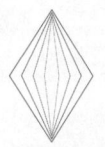

A BIÓGRAFA

Onde o livro acaba?
Tem que parar em algum lugar.
Ela tem que sair dele.
Mínervudottír: um buraco.

A maioria das baleias, quando morre, não acaba em praias. Suas carcaças afundam até o leito oceânico, onde são consumidas ao longo do tempo por forrageadores grandes e pequenos. Uma baleia do fundo do mar pode alimentar necrófagos por cinquenta anos ou mais.
Osedax, escreve a biógrafa no computador, é um *verme comedor de ossos.*

Ela espia através das persianas para os jardins úmidos e as palmeiras e os arbustos de flores vermelhas. O ar-condicionado está tão alto que ela estremece. O apartamento do pai é uma caixa de estuque conectada a uma fileira de outras caixas, cada uma com um pequeno pátio coberto com vista para o centro comunitário. Não é tão ruim, ele diz. O centro comunitário tem um barbeiro e passa filmes. No quatro de julho eles servem um ponche de uísque decente.
Archie nunca esteve na Flórida. A ideia de uma comunidade para aposentados o horrorizava, e Ambrosia Ridge parecia o nome de uma atriz pornô. Uma das últimas discussões que tiveram foi por causa da sua recusa em visitar o pai. A biógrafa também não amava comunidades para aposentados, mas o pai estava aqui agora. Archie a chamou de burocrata moralizante e desligou.
Ela grita em direção ao quarto:
— Vou abaixar o ar, ok?

— Um segundo. — A cama range.

— Não precisa correr. O café da manhã ainda está em progresso.

Ele vai precisar de um tempo para emergir. Quando anda, sua dor é evidente – no arrastar de pés encurvado, na pausa a cada poucos passos. Ele ignora as perguntas da biógrafa sobre opções de tratamento. Ela mesma vai precisar ligar para o médico.

* * *

Quando o pai finalmente chega, ela explica a refeição faroesa disposta no balcão laminado em tom coral: ovos fervidos de papagaio-do-mar (ovos de galinha), banha de baleia secada ao vento (bacon de porco) e pão doce *fastelavnsbolle* (massa pronta de biscoitos).

— Meu médico diz que não posso comer bacon — ele enfia uma tira na boca —, mas banha está permitido.

— Por que não pode?

— Quando você é velho, eles gostam de proibir as coisas. Se não, como vão preencher aquelas consultas de doze minutos? Nada de bacon, nada de açúcar. E nada de esforços amorosos.

— *Pai*.

— Ah, relaxe.

A biógrafa mastiga e observa o laguinho artificial. Como muitas coisas em Ambrosia Ridge, o laguinho é deprimente e relaxante em proporções iguais. O aerador gera uma fonte que nunca para, prova de fraudulência; no entanto, a pequena fonte, jorrando gotas de luz esverdeada, até que é bonita.

— Vamos brindar à sua mãe.

Ela ergue a xícara.

— À mamãe.

O pai ergue a dele.

— Ao meu amor.

A geladeira zumbe. Um cortador de grama distante é ligado.

— Devíamos também...? — pergunta a biógrafa.

Ele assente.

— A Archie — ela diz.

— A Archie, que era o garotinho mais doce. — Ele pigarreia. — Ir de tal doçura para...

Penhorar as joias da mãe morta.

Enfiar uma faca de bife no braço do pai.

— Paz — diz a biógrafa.

Eles erguem as xícaras.

O pai desce devagar do banco alto.

— Esta maldita cadeira é uma tortura para as minhas costas. Vou ficar de pé.

Ela realmente precisa ligar para o médico dele.

— Então, hoje é meu aniversário — ela diz.

Ele bate na testa.

— O quê? Jesus, eu esqueci!

— Não precisamos comemorar, eu só...

— Resposta: eu *não esqueci*. — Ele tira um envelope dobrado do bolso da camisa. — Feliz aniversário, querida.

— Uau, pai, obrigada!

Dentro do envelope há um vale-presente do site de relacionamentos Rose City Singles, válido para dois meses de filiação on-line e três noites de encontros. CONHEÇA SOLTEIROS NO OREGON COM MAIS DE 40 ANOS.

— Ok. — Ela bebe um longo gole de café.

— Um presente pouco convencional, eu sei, mas pode ser útil?

Ele vive em Ambrosia Ridge. Sofre de terríveis dores físicas a maior parte do tempo. Ela diz, numa voz neutra:

— Obrigada — e coloca o vale-presente ao lado do prato.

— Sou fã do pão doce — diz o pai, passando manteiga em seu terceiro.

— Eu compro mais massa antes de ir. É só abrir a embalagem e eles se assam sozinhos.

— Queria que você pudesse ficar mais tempo, garota.

— Eu também. — Apesar do vale-presente, não é mentira.

Motivos pelos quais não posso:
1. Emprego

O ano letivo termina em junho. Mas talvez ela se candidate à posição de Fivey. Há algumas mudanças que ela gostaria de fazer. Menos provas, mais aulas de Música. Inserir justiça social e meditação no currículo. *Diretora Stephens*. Um bom emprego para uma burocrata moralizante?

Ou ela pode trabalhar fora do aparato, como as Polifontes.

Depois que o corpo de Eivør Mínervudottír afundou até o leito da baía de Baffin, a oeste da Groenlândia, ele entrou em muitos outros corpos.

* * *

Ela está menstruada quando morre. Faixas de aniagem dobradas na virilha se desdobram na água, criando uma breve nuvem vermelha. Um tubarão da Groenlândia fareja o sangue a três quilômetros de distância; vira em um arco lento e silencioso e mira seu corpo esguio na direção do sangue.

Migalhas de sua pele flutuam para os canais de água salgada. Pele de rena e fios de flanela ficam presos em dendritos de gelo que descem da parte inferior das placas.

Depois que os predadores-alfa comem sua parte, os menores se satisfazem: peixes-bruxas, lagostas, lapas, mexilhões, estrelas-do-mar. Então os anfípodes, os vermes comedores de osso, as bactérias.

Um narval caçando buracos de ar arrasta sua sombra sobre ela.

Krill mordiscam algas verdes no teto de gelo.

A exploradora, com o tempo, se desfaz.

Semanas depois de digerir a pele de Mínervudottír, o tubarão da Groenlândia é capturado perto da costa oeste da Islândia. Os pescadores cortam sua cabeça e enterram seu corpo em cascalho e areia, cobrem-no com pedras que pressionam os venenos naturais do tubarão (ureia e N-óxido de trimetilamina) para fora do corpo. Depois de dois ou três meses, o peixe – a essa altura fermaentado – é fatiado e pendurado em um galpão para secar. Nos pedaços surge uma crosta marrom, com um cheiro chocante. Quando cidadãos de Reykjavik comem o tubarão no dia vinte e cinco de dezembro de 1885, estão comendo Eivør Mínervudottír.

Ela não deixou para trás dinheiro ou propriedade ou um livro ou um filho, mas seu cadáver manteve vivas criaturas que, por sua vez, mantiveram outras criaturas vivas.

Ela foi para outros corpos, mas também outros cérebros. As pessoas que leram "Sobre os contornos e tendências do gelo do mar Ártico" em *Transações filosóficas da Sociedade Real de Londres* foram tranformadas pela exploradora. O tradutor inglês dos seus diários foi transformado por ela. Mattie, ouvindo-a falar sobre o *grindadráp*, foi transformada. A biógrafa, é claro. E se seu livro tiver leitores, Mínervudottír vai persistir neles.

Ela fez pesquisas que ajudaram navios piratas a penetrar o Norte, as armas engatilhadas, as brocas afiadas.

E ela trouxe: *Se naufragarmos neste navio, naufragaremos juntos.*

E ela trouxe: *O nome de que eu gosto mais é "banquisa".*

Em vez de se candidatar para o emprego/posição de diretora, a biógrafa pode passar o verão em Ambrosia Ridge assando pães doces, ligando para médicos e começando seu próximo livro. Ser a acompanhante do pai no piquenique do quatro de julho.

Ela pode ficar nas montanhas cobertas de neblina, candidatando-se ou não se candidatando, inspirando o aroma do abeto de Douglas e do pinheiro-da-escócia. As ondas batendo, transbordando, recuando.

Ela quer mais de uma coisa.

Escrever a última frase de *Mínervudottír*.
Escrever a primeira frase de alguma outra coisa.
Ser educada, mas firme com os médicos do pai.
Ser uma mãe adotiva temporária.
Ser a próxima diretora.
Não ser nenhum dos dois.
Quer alongar sua mente para além de "ter um".
Além de "não ter um".
Parar de reduzir a vida a uma caixa ticada, a um quadrado do calendário.
Parar de balançar a cabeça.
Ir ao protesto em maio.
Fazer mais que ir a um protesto.

Ficar bem com não saber.
Mantenha as pernas, Stephens.
Ver o que é. E ver o que é possível.

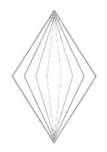

AGRADECIMENTOS

Sou incrivelmente grata a Lee Boudreaux, cuja edição brilhante levou este livro para territórios mais ousados e profundos; e à fenomenal Meredith Kaffel Simonoff, que tem sido minha agente dos sonhos de todas as formas. Agradeço muito também a Suzie Dooré, minha editora no Reino Unido, por suas sugestões astutas e excelente senso de humor.

Por seu talento e sua assistência, sou grata a Carina Guiterman da Lee Boudreaux Books; Charlotte Cray da Borough Press; Lauren Harms e Karen Landry da Little, Brown; a observadora Dianna Stirpe; e Reiko Davis, Colin Farstad, Linda Kaplan e Gabbie Piraino da DeFiore and Company.

Obrigada ao Money for Women/Barbara Deming Memorial Fund e ao Regional Arts and Culture Council por sua generosidade, assim como aos editores de *Columbia: A Journal of Literature and Art* e de *Winged: New Writing on Bees*, onde excertos deste romance apareceram, em formas muito diferentes.

Por seu incentivo, apoio e inspiração, agradeço a Heather Abel, John Beer, Liz Ceppi, Paul Collins, Sarah Ensor, Brian Evenson, Jennifer Firestone, Michele Glazer, Adria Goodness, Amy Eliza Greenstadt, Noy Holland, Alastair Hunt, Michelle Latiolais, Elena Leyva, Nanci McCloskey, Tony Perez, Peter Robbins, Shauna Seliy, Sophia Pfaff Shalmiyev, Anna Joy Springer e Adam Zucker. Gratidão especial aos primeiros leitores deste manuscrito: Zelda Alpern, Kate Blackwell, Eugene Lim e Diana Zumas.

Obrigada à minha família: Kate, Felix, Diana, Casey, Bridget, Greg e o pequeno Charles. *E grazie ai miei amici e alla mia famiglia in Italia*: Lucia Bertagnolli, Pietro Dipierro, Chiara Berattino e Federico Zanatta.

Acima de tudo, obrigada a Luca, por seu amor feroz e incrível; e a Nicholas, por ser exatamente quem é.

Este livro foi composto em Fairfield LH
e impresso pela Gráfica Santa Marta para a
Editora Planeta do Brasil em outubro de 2018.